白鳥士郎
イラスト しらび
監修 西遊棋
16
ryuoh no oshigoto!
りゅうおうのおしごと!

女流タイトル戦、開幕！
雛鶴あい
女流初段
登龍花蓮
奨励会三段

想いを胸に乙女たちは未来へ歩む。
釈迦堂里奈
女流名跡
夜叉神天衣
女流二段

そして再び巡り合う。

――すれ違い、

「エスコートしてハーくん？」
山城桜花
供御飯万智

女流玉将
月夜見坂燎
「さっさと行くぞクズ。
腕貸せ腕」

目次

著者	白鳥士郎	作品名	りゅうおうのおしごと！16
イラスト	しらび	監修	西遊棋

総ページ数	発行所	発行年月日
416ページ	SBクリエイティブ	2022年4月30日

迄416ページにて　りゅうおうのおしごと！　第16巻ぜんぶ

りゅうおうのおしごと！ 16

白鳥士郎

GA文庫

空《そら》銀《ぎん》子《こ》

八一の姉弟子。史上初の女性プロ棋士。昨今の動画配信ブームに背を向けるが、将棋関連動画で一番バズるのは『空銀子の現在は？』。

夜《や》叉《しゃ》神《じん》天《あ》衣《い》

八一の二番弟子。動画配信事業を始める。小学生専門の配信サイトを部下が提案。話題になるが部下は警察にマークされた。

山《な》刀《た》伐《ぎり》尽《じん》

名人戦挑戦者。棋士の配信は全てチェック。高評価＆コメントも必ず残す律義さを発揮するが、何故か同業者から恐怖される。

月《つき》夜《よ》見《み》坂《ざか》燎《りょう》

女流玉将。ツーリング動画を撮影して投稿。棋士ではなくバイク女子として人気沸騰。フォロワーはほぼヤンキーという偏り。

登場人物紹介

九《く》頭《ず》竜《りゅう》八《や》一《いち》

竜王・帝位の史上最年少二冠。最近よく見る動画は巨大な蜂の巣を撤去するやつ。対局中に蜂の羽音が聞こえるようになる。

雛《ひな》鶴《つる》あい

八一の弟子。女流名跡戦挑戦者。同居する先輩女流棋士の動画配信に出演。挑戦決定直後の配信で投げ銭がタイトル戦の賞金を超えた。

釈《しゃ》迦《か》堂《んど》里《り》奈《な》

女流名跡。クイーン四冠。頑なに持とうとしなかったスマホを遂に購入。小学生の弟子と一緒に踊った投稿がバズる。

神《かん》鍋《なべ》歩《あゆ》夢《む》

A級棋士。釈迦堂の弟子。お気に入りの海外ファッションブランドの試着動画を配信。デザイナー本人からDMが来る。

☗ 軸

「お父さん……それ本当に送るの？」

畳の上に伸ばした和紙。

墨をたっぷり付けた筆でその上に勢いよく字を書いていく父は、最後に『九段　清滝鋼介《きよたきこうすけ》』と書き終えてから、顔を上げてこう答えた。

「当然や」

昔はよく見た光景だ。小学生の頃《ころ》はお手伝いもした。その後は二人の内弟子《うちでし》が私の代わりに手伝っていた。

けど最近は、色紙くらいは書くことがあっても、こんなに大きなものは求められない。

和室を持つ家が減った影響もあるんだろう。

「師匠の八一《やいち》が不甲斐《ふがい》ないからな。その師匠であるわしが、あの子たちにタイトル戦における気構えを伝えてやらんと」

「八一くんが甲斐性なしなのは認めるけどね」

姉弟子《あねでし》、内弟子、二人目の弟子、それに幼馴染《おさななじ》みの将棋《しょうぎ》友達……ざっと挙げてもこれだけの女の子たちをヤキモキさせている。

もっと早く誰《だれ》かとくっついてたら誰も傷つけずに済んだろうに。

ま、仕方ないけどね？

私もあの子と同じように……心に決めた恋人がいるから。不動の一番が。

だから女の子たちは常に二番手争いを強いられる。将棋指しの宿命ね。

「送るのはいいけど、せめてもう少し将棋っぽい格言とかにしたら？　それ、お父さんのオリジナルでしょ？」

「それがええんやないか」

出来上がりに満足したのか、ニヤリと笑って父は筆を置いた。

「さてと！　乾いたら落款《らっかん》を押して、表具師に連絡せんとな。ええと、電話番号は――」

「私がやっておくわ。お父さんは立会人も引き受けてるから忙しいでしょ？」

「桂香《けいか》……すまんな。わしの我《わ》儘《まま》に付き合わせてしもうて……」

「いいのよ。ネットで調べて一番安いところに任せるから」

「桂香⁉」

孫弟子がタイトル挑戦を決めてからというもの、お父さんはずっとソワソワしている。

だから私がそのことに気付くのは、もっと後になってからだ。

お父さんが照れ隠しをしていたことに。

この書を本当に見せたかった相手は、むしろ――

☖　将棋星人と未来人

『目標とする棋士ですか？　それはもちろん空銀子《そらぎんこ》四段です』

タイトル戦……いや、タイトル保持者が空位になったことで優勝者決定五番勝負が始まる前に行われたインタビューで、僕はそう答えた。

三段に昇段して二日後のことだ。

世界で二番目に将棋が強い女のつもりでいた。この時は。

『空先生に続いて女性で二人目のプロ棋士になるのが僕の目標です。そのために女流棋戦に出場したと言っていい。ええそうです。真似《まね》をしてるんです。空先生が切り開いてくださった道を辿《たど》るのが一番の近道だと思っています……プロになるための』

空銀子先生。

僕よりも年下だけど、僕は常に『先生』とお呼びしている。

目標なんて軽々しいものじゃない。

あの方は、僕にとって……ううん！　将棋を志す全《すべ》ての女の子たちにとって希望の星であり、世界を照らす太陽だったんだ！

そんな空先生の苦しみを思うと、胸が張り裂けそうで……。

『確かに今、空先生は休場なさっています。けどそれも、たった一人で男性たちに混じって戦い続けてきたからだと思うんです。女性プロ棋士が二人になれば空先生の負担も半分になる。だからプロになるのが僕の目標……いや、使命だと思っています』

あの日、僕はあの場にいた。そして見たんだ。

祭神雷女流帝位《さいのかみいかじょりゅうていい》が、わけのわからない振《ふ》り飛車《びしゃ》の奇襲戦法で、空先生を引き裂くのを。

あの日から僕は女流棋士を憎んでいる。

だから手に入れるんだ！

『空先生の保持しておられた女流玉座《じょりゅうぎょくざ》と女王の両タイトルは僕が預からせていただきます……先生に続いて奨励会三段となった、この登龍花蓮《のぼりょうかれん》が』

今日、僕は番勝負の舞台に立つ。

空先生のお写真を和服の中に……ちょうど僕の心臓の辺りに忍ばせて。

初めて履《は》く緋色《ひいろ》の袴《はかま》は、思ったよりも動きやすくて。

緊張はしていない。対局者として初めて訪れる旅館でも、ぐっすり眠ることができた。記録係として何度も訪れたことがあるから自分の家みたいにリラックスできる。

迷うこと無く一直線に対局室へと向かい、勢いよく襖《ふすま》を開けた。

「失礼します」

その部屋で僕を待っていたのは——小学生の女の子。

「あなたの席、空けておいたわ」

下座にちょこんと正座しているのが、これから僕が二つの番勝負を行う相手。そうと知らなければ研修生が間違えて対局室に迷い込んでしまったと思うところだ。

夜叉神《やしゃじん》天衣《あい》女流二段。

この春、小学六年生になったばかりの、十一歳。

「奨励会三段といえばプロまであと一歩。しかも十九歳で三段ならそこそこ有望でしょ？　段位も二段と三段であなたが上だしね。だから今回は上座を譲ってあげる」

奨励会員は修行中の身であるため、本来ならば女流棋士が上座となる。

けれど僕は以前、この小学生から同じような挑発を受けた。

その挑発に乗って逆上し……自滅したのだ。

まだ奨励会の級位者の頃だ。遙《はる》か昔のことに思えた。

「……プロとアマチュアの実力が最も離れてる競技が何か、知ってるかい？」

「さあ？　野球とか？」

「相撲《すもう》と将棋さ」

上座の座布団を跨《また》いで四股《しこ》を踏むようにグッと腰を落として力を溜《た》めると、僕は宣言する。

「横綱相撲を見せてあげるよ」

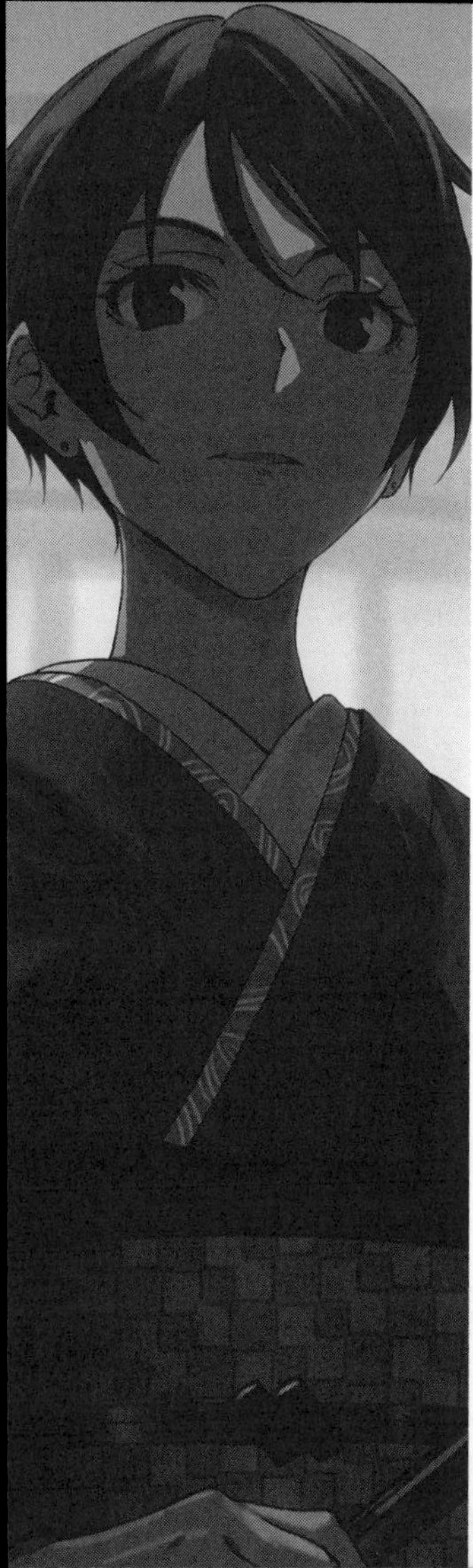

振り駒《ごま》が行われ、先手《せんて》を取った僕は、深く深く礼をする。

そして低い姿勢のまま――

「発気揚々《はっけよい》!!」

張り手をするかのように勢いよく飛車先《ひしゃさき》の歩を突く!

その手を見ると、夜叉神天衣は鼻で笑った。ホッとしたように。

「ふっ」

そしてくるくると器用に襷《たすき》を使って和服の袂《たもと》を固定する。空先生とのタイトル戦で自陣の香車を袖《そで》に引っかけて痛い目を見た教訓かな?

軽口を叩《たた》いて相手を油断させつつ、その実は油断も隙《すき》も与えない小さな勝負師。それがこの少女の本質だということを、僕はもう知っていた。

「対局前から凄《すご》い気合いで勿体《もったい》付けるからどんな戦法を使うのかと思ったら、愚直なまでの正面攻撃ね。矢倉《やぐら》の持久戦でも指すつもり?」

そう言う小学生の未発達な右手が選ぶのは、見慣れない急戦《きゅうせん》調の奇襲戦法。そう。キミはそれでいい。キミが僕に勝つにはそれしかない……。

「ほらほらほら! 来ないならこっちから行くわよ⁉」

大駒《おおごま》をダイナミックに動かしながら牽制《けんせい》してくる夜叉神天衣。隙だらけに見えるその陣形に安易に手を出せば、その瞬間に罠《わな》が発動するんだろう。

「……キミは強い。頭もいい。根性もあると思う」

後手《ごて》に回ってガッチリした矢倉に組みながら、僕は目の前の少女を称賛する。

独創的な序盤戦術を指しこなすセンスの良さは素直に凄いと思う。

アマチュアの世界にはそういった戦法がいっぱいあるし、プロの世界にも輸入されることがある。

そんな戦法を十一歳で使いこなせるなんて、本当に天才なんだって思うよ。

「だけど将棋星人《奨励会有段者》たちと比べたら――――あまりにも貧弱なのさッ‼」

「ッ⁉　あぐ……‼」

夜叉神天衣の現代的でスマートな陣形に向かって、僕は固め続けて相撲取りみたいに鈍重になった陣形《からだ》ごとぶつかって行った。

相撲と将棋。

その二つはいったい他と何が違うのか？　僕は自分なりに考えた。そして答えを出した。

「体格」

結局は物理的な違いが全ての答えだ。

「やせっぽちの相撲取りが横綱にはなれないのと同じように！　計算力が足りなければプロ棋士にはなれない！　努力以前に脳ミソの出来がものをいうのさ！　それに加えて体力！　肉体の疲労が思考力の衰えに直結するのは医学的に証明されている‼」

　結局、将棋は古典戦法に回帰する。

　矢倉。雁木《がんぎ》。角換《かくが》わり。相掛《あいが》かり。横歩取《よこふど》り。それに中飛車《なかびしゃ》、三間《さんげん》飛車、四間《しけん》飛車。

「キミが古臭いと嘲笑《わら》うこの矢倉の駒組みをご覧よ！　全ての駒がガッチリと組み合っているだろう!?」

「ふん……あなたたち奨励会員って、それが美しいとか言うんでしょ？」

「違うよ」

「え？」

　ポカンとする小学生に、僕は言った。

「指してて退屈なのは僕だって同じさ！　でもそれは当然なんだ！　それが修行ってもんだろ、い、いうがッ!!」

　相撲取りが土俵で四股を踏み続けるように、柱に鉄砲を撃ち続けるように。古くから指され続けてきた戦法を繰り返し、繰り返し、繰り返し指し続ける。

　それによって鍛えられる頭脳の瞬発力とスタミナと根性が、プロとアマチュアを隔てる最大の要素だ。

　戦法なんてどうでもいい。それはトレーニングの道具でしかない。

　計算力《ちから》こそが全てなんだ！

「摑《つか》んだ」

「くっ……！」

組み合って動きを封じてしまえば、奇襲戦法は怖くない。そして鍛え上げた思考力の差がモロに出る。中終盤の強さこそがプロとアマチュアの差だ。

実戦と詰将棋《つめしょうぎ》の違いは使う駒の数にある。駒の数を削ることが美しいとされる架空の問題と、四十枚の駒が絶対に存在する実戦とでは、必要とされる計算力が違うのは当然。

組み合ったまま土俵際まで追い詰めて――

「吹っ飛べオラァァァァァァァァァァァァァァァ――――ッッッ!!」

チョロチョロ動き回ろうとしていた小学生の貧弱な身体《からだ》は、奨励会で鍛え続けてきた僕にとっては紙みたいに軽かった。

そして一気に詰まそうとした、その時。

「ッ⁉」

夜叉神天衣の小さな手が、不思議な動きをした。

それは……まるでパズルのような一連の手順。投げ飛ばしたと思った相手が、重力を無視して土俵の上で宙返りをしたかのように、無傷で盤上に立っていて――

「な…………何だ？　い、今の手順は……？」

「……あなたにだけ教えてあげるわ。将棋星人さん」

その小学生は盤の向こうから身を乗り出して僕の耳元に口を寄せると、囁《ささや》いた。

「実は私ね？　未来人なの」

わけがわからなかった。

「…………………………はぁ？」

「今はまだ五年後くらいかしら？　次の対局までには十年後くらいになってると思う」

「ご、五年？　十年？　いったい――」

「安心して。私もまだ……見て来たばかりの未来の将棋をどう指しこなせばいいのか、よくわからないの。だからこの番勝負はフルセットになる。女王戦も含めると十番勝負ね」

未来を予言するその口調は、確信に満ちていて……。

「それだけあれば見せてあげられるわ。百年後の将棋を」

そして僕は思い知ることになる。その言葉通り、十局後に。

目の前に座る小学生が、本当に…………百年後の未来を見たのだということを。

第一譜

登《のぼ》龍《りょう》花《か》蓮《れん》

職業	奨励会員（三段）
出身地	東京都（八丈島）
好きな物	空銀子先生・くさや
苦手な物	飛行機

プロポーズ大作戦

「名人になったら――――結婚してください」

まるで時間が止まったかのようだった。

その言葉を発した神鍋歩夢《かんなべあゆむ》は一人の女性の前に跪《ひざまず》き、ベルベットの小さな四角い箱を差し出している。

箱の中には、大きな宝石の付いた指輪。

同じテーブルで展開されているはずの光景が……俺《おれ》には別世界のことのように感じられた。

「え？　あれって……」

「もしかして……？」

他の席の人々もこっちの様子がおかしいことに気づき始めて、ヒソヒソと言葉を交わしている。

興奮がさざ波のように、渋谷《しぶや》の高級レストランの中に広がっていく……。

何も知らない人たちからすれば、ちょっと芝居がかった格好をした美男美女が、一生に一度の思い出を作ろうとしているように見えるんだろう。

跪いてる美青年は純白のマントを着てるし、跪かれてる美女もビクトリア朝の貴婦人みたいな装いだ。場所が場所だし、結婚写真の前撮りと言われても信じてしまいそう。

しかし事情を知ってる俺たちは隕石《いんせき》が落ちてきたくらいの衝撃を受けていた。

だってこの二人は——将棋《しょうぎ》の師匠と弟子なんだから！

しかも親子ほど歳《とし》の離れた！

「「…………」」

突然の出来事に、豪胆で鳴らす《攻める大天使》こと月夜見坂燎《つきよみざかりょう》女流玉将《じょりゅうぎょくしょう》ですら口をあんぐり開けたまま固まってしまっている。

俺たち三人の中で最初に行動したのは供御飯万智《くぐいまち》山城桜花《やましろおうか》だった。

即座にバッグから一眼レフカメラを取り出すと、連写を始めたのだ！

「ちょっ……供御飯さん!?　なんで写真撮ってるの!?」

「《次世代《つぎ》の名人》がプロポーズしてはるんやで!?　しかも相手は自分の師匠である《エターナルクイーン》て、こんなん将棋史に残る名場面どすやろ!?　逃したら将棋ライター失格や!!」

確かに名場面だろう。プ、プ、プ、プロポーズが成功すれば。

「ゴッドコルドレンよ……」

プロポーズを受けている女性——釈迦堂里奈《しゃかんどりな》女流名跡《じょりゅうみょうせき》は、目の前に跪く愛弟子《まなでし》を優しい目で見下ろしたまま、落ち着いた様子でこう答えた。

「戯言《ざれごと》はやめよ。可哀想《かわいそう》に、若き竜王たちが驚いてしまっているではないか」

「戯言ではありません！」

血相を変える歩夢に、しかし釈迦堂先生は微笑《ほほえ》みを浮かべたまま、

「そなたが初めて余《よ》にプロポーズしてくれたのは何歳の時だった？　もう奨励会には入っていたか？」

「……五級に上がった日でした。最初のプロポーズは」

え⁉

最初の……ってことは、もう何回もプロポーズしてるってこと？

しかも五級なら十一歳のはずだ。きっと初めて奨励会で昇級した勢いでプロポーズしちゃったんだろうなぁ。

だが……そうなると話は変わってくる。

幼稚園や小学校で先生に憧《あこが》れて「結婚して！」とか言っちゃうのって、よくあるもん。俺だって弟子のお友達であるシャルロット・イゾアールちゃん（当時六歳）に「弟子にする代わりにお嫁さんにしてあげるよ！」って約束して大喜びされたからね！

もちろん俺も本気でシャルちゃんをお嫁さんにする気はない。今も周囲からガチで疑われて困ってるけど、俺には恋人もいる。

事情があって離れればなれになってしまっている姉弟子《あねでし》……銀子《ぎんこ》ちゃんのことを俺は決して諦《あきら》めない。どこにいるかはわからないけど、必ず見つけて結婚するつもりだ。

ん？　一夫多妻制の国だったらどうかって？

その場合は本譜と展開が変わってきますよね（将棋の解説風に）。

「指輪まで用意したのか？　Ａ級に上がったからといって無駄遣いは感心せぬな。後でちゃんと返品するのだぞ」

まるで子供をあやすかのように釈迦堂先生はそう言いつつ、バックヤードの入り口へ視線を向ける。

「そなたのことだ。店の者に言ってケーキや花束《はなたば》も用意しているのであろう？　そちらは余が費用を――」

「子供扱いしないでいただきたいと申し上げている！」

敬愛する師匠に対して歩夢は珍しく声を荒げると、

「確かに以前は戯言のような、非現実的な目標だったやもしれません。しかしＡ級棋士となった今、名人位は我が手の中にあります！　あとはそれを摑《つか》むのみ！　名人になったら、あなたと釣り合う棋士になったとお認めいただきたい!!」

「名人になったら、か……」

それまで微笑んでいた釈迦堂先生が、目を閉じる。

「名人という言葉は軽々しく口にしてよいものではない」

そして再び目を開いたとき、そこには俺たちがかつて見たこともないほど冷酷な表情を浮かべる《エターナルクイーン》がいた。

「ましてやそれを結婚の条件にするだと？　そのようなことをして余が喜ぶとでも本気で考えているのであれば……育て方を間違えたな」

「ッ……」

歩夢の顔に動揺が広がる。

こいつにとって釈迦堂先生は女神様みたいなものだ。崇拝《すうはい》の対象ですらある。

その女神から拒否されることを何よりも恐れているに違いない。

この時点でプロポーズは失敗してるんだが……。

それでも歩夢は縋《すが》るような表情のまま釈迦堂先生に指輪を捧《ささ》げ続けている。

そんな弟子の姿に冷たい視線を注《そそ》ぐ師の口から出たのは、意外な言葉だった。

「余の保持するタイトルがなぜ女流名人ではなく女流名跡となっているか、知っているか？」

「「「……？」」」

俺たち四人は答えられずお互いの顔を見る。

そういえば考えたことすらなかった。他の女流タイトルは女流玉将とか女流帝位《じょりゅうていい》とか、プロの七大タイトルの名前をそのまま使ってるのに。

「月夜見坂女流玉将。知ってます理由？」

「わざとタイトル言うんじゃねーよウゼぇ……」

当の女流タイトル保持者ですら知らないんだから俺にわかるはずがない。

「企画された当初は女流名人という名前だったのだ。しかし――」

釈迦堂先生は小さく溜息《ためいき》を吐《つ》くと、

「『名人』という称号は女流棋士などにはもったいないと理事数人からクレームが入ったのだよ。では『女流名人位』ではどうかと調整したが、最終的にはそれも棋士総会で反対された。それほど名人という言葉は重いのだ」

「棋士総会で……」

俺は思わず呻《うめ》いていた。

日本将棋連盟はプロ棋士の組合みたいな組織だ。そのメンバーである正会員になれるのは、原則として四段以上のプロ棋士。

そして連盟の方針を決定する棋士総会の議決権を有するのは、正会員のみ。

現在は女流四段以上も入会を許されているが、かつては女流棋士の入会は許されなかったと聞いている。

つまり当時の男たちがこう言ったのだ。『女に名人などもったいない』と。

「……下衆《げす》どもがッ！」

歩夢は歯軋《はぎし》りしながらそう吐き捨てた。

俺も歩夢も名人というタイトルを神聖視してない。むしろ名人位を含め四冠を保持するあの人物《現名人》を指すという意味で敬意を抱いているくらいだ。俺たちが生まれた時はもう名人の上に竜王ってタイトルがあったし。

「……でも、そういうことを言いそうな人たちの顔はすぐ思い浮かぶな……」

たとえば俺の師匠である清滝鋼介《きよたきこうすけ》九段。

名人に二度挑戦したあの人は明らかに特別視していた。名人というタイトルを。

自分が唯一挑戦したタイトルだからじゃない。

きっとあの世代にとってそれが普通だったんだ。

師匠が女流名人という名称に反対したとは思いたくないし、そういうことをする人でもないと信じてるけど、そんな師匠ですら神聖視するほど重いのだ。

名人というタイトルは。

「確かに一門より名人を輩出することは、余の師である足柄貞利《あしがらさだとし》九段の悲願であり遺訓でもある。そのために女の身で男の弟子を取り、愛情を込めて育てはした」

女流棋士の師匠が女流棋士というのは前例がある。

けど、男性棋士《プロ》の師匠が女流棋士というのは、釈迦堂先生と歩夢以外に存在しない。

実現するにはかなりの苦労があったはず。

それほど釈迦堂先生が歩夢の才能に惚《ほ》れ込んだってことなんだろうけど――

「だがその弟子の妻になろうなどと考えたことは一度もない。余は名人の師匠になりたいのだ」

「…………」

歩夢はガックリと床に手を突いてしまう。自分の浅はかさに気付かされたんだろう。

そもそもA級でトップに立つのも簡単じゃない。

おまけにその後には、あの神様みたいな伝説の棋士《ラスボス》と七番勝負が待っている。釈迦堂先生でなくとも『勝ってから言え』と突っ込みたくなるところだ。

「興が逸《そ》れたな」

先生は興味を失ったかのように歩夢から目を逸らすと、

「せっかく弟子のA級入りを祝うために集まってくれた皆にこのような茶番を見せて心苦しいが、しかし余もタイトル戦を控えた身だ。すまぬが先に帰らせていただく」

「ッ！　マスター、せめてお供を――」

「いらぬ」

「そんな……」

捨てられた子犬のような歩夢を無視し杖《つえ》を突いて一人で立ち上がる先生に、供御飯さんが言う。

「釈迦堂先生。こなたがご自宅までお供いたしやす」

「ありがとう万智」

先生は供御飯さんの差し出した手を素直に取ると、

「ついでと言っては失礼やもしれぬが、余の弟子を貰《もら》ってやってくれぬか？　美男美女でお似合いだと思うのだが……」

「お断りどす。こなたは釈迦堂先生と違《ちご》おて、自分より顔のいい殿方を侍《はべ》らせる趣味はおざりませぬゆえ」

「なるほどな。十人並みの顔がいいと……ふふふ」

二人して意味ありげに俺をチラ見して同タイミングで笑い合うのこわい。

「お、お待ちくださいマスター！　まだ――」

歩夢は釈迦堂先生のわさわさ揺れるスカートの裾《すそ》を摑もうと手を伸ばすが、その襟首《えりくび》を後ろから月夜見坂さんが摑んで止める。

「騒ぐんじゃねえよこれ以上。みっともねェ」

「くっ……！　放せ大天使《ガブリエル》よ!!」

「やだね。おいクズ、足持て足」

「合点！」

腕力担当の月夜見坂さんが歩夢を羽交い締めにする。俺も慌てて加勢した。A級棋士と女流タイトル保持者が衆人環視の場で痴話喧嘩《ちわげんか》なんてシャレになってない。

しかも女流名跡のタイトルはこれから俺の弟子が挑戦するんだ！　変なニュースで注目されるなんて真っ平ごめん。歩夢には悪いが大人しくしてもらう！

さて。

あとはこの場をどう収めるかだが——

「ご来店の皆様！」

俺たちが何かするよりも早く、店員さんが対応してくれた。

「ただ今の催しは、当店の企画したプロモーションです！　ご覧のように男性から女性へのサプライズなプロポーズにもご利用いただけます！」

「残念ながら失敗してしまった場合のフォローも、ご覧のように万全です！」

その説明で一気に場が和《なご》んだ。

高級店ゆえに客層が上品だったためスマホで撮影するような人がいなかったのも幸いしたな……供御飯さんが撮りまくってたけど、カメラが本格的だったおかげで撮影スタッフみたいに思われたのもラッキーだ。

サプライズ演出をギリギリで踏み止《とど》まったうえに、こうして状況を見極《みきわ》めて適切な対処をしてくれた店員さんGJとしか言いようがなかった。

えっさほいさと歩夢を抱えて出口へと走りながら、俺は月夜見坂さんに言う。

「さすが高級店ですね？」

「だな。このバカのせいでもう来られねーけど」

おっしゃるとおり。

☖　作戦会議

「「おじゃましまーす!!」」

久しぶりに暖簾《のれん》を潜《くぐ》ったその店は、昔と全く変わってなかった。

『神鍋豆腐店』。歩夢の実家だ。

俺と月夜見坂さんの腕力担当チームは歩夢を抱えたままタクシーに押し込み、ここ深川《ふかがわ》の豆腐屋まで連行した。

実家暮らしの歩夢は今も二階の子供部屋で暮らしている。純白のマントを纏《まと》って子供部屋から対局に来てると思うと何だか滑稽《こっけい》な感じもしちゃうが。ちなみに月夜見坂さんも調布《ちょうふ》の実家暮らしだ。家賃の高い東京《とうきょう》に実家があると一人暮らしするメリットも無いので、未婚の棋士は実家住みが多い。

そのうち供御飯さんもやって来て、みんなで車座になって会議が始まった。

「それにしても懐かしいどすなぁ。この部屋で集まるのも」

小学生時代からほぼ変わってない殺風景な四畳半。将棋盤とパソコン以外は本当に何も置かれていない。増えたのは服くらいだ。

同世代の棋士の部屋には漫画やゲームがあったりするけど歩夢の部屋にはそれも無い。実戦を重視するからか、将棋の本すら存在しない。昔からそうだ。

「最後にこの四人で集まったのっていつでしたっけ？」

「クズが四段《プロ》になった日じゃね？　あんときオメー、この家に泊まってたじゃん」

「そうそう。そうでした」

奨励会員は金が無い。三段リーグの遠征費は支給されるけど節約したいから俺はよく歩夢の家に泊めてもらった。

逆に歩夢が関西に来る時は清滝家に泊まったり、やたらと広い供御飯さんの家に四人で泊まって研究会をしたり……。

物は何も無いけど思い出だけは次々と溢《あふ》れてくる。

「それ、月夜見坂さんが付けた傷でしたっけ？　歩夢と取っ組み合いになって」

「そーそー。対局中に『手離れが悪い』とか難癖《なんくせ》ツケてきやがったからカチンと来て『だったら手が離れる瞬間を存分に見せてやんよオラァッ‼』って殴りかかってやった時のだな」

よく友情が続いてると思うよマジで。

「あの頃《ころ》の月夜見坂さんの手の早さは異常でしたからね……俺も何回殴られたことか……」

「ガキはみんなそんなもんだろーが」

「こなたはじっくり派どしたよ？」

「……俺は夜中に一階のトイレに行こうとして階段で供御飯さんに後ろから突き飛ばされたり、トイレのドアを外から開かないようにされたりしましたよね……」

「いややわぁ♡　それ、妖怪《ようかい》の仕業《しわざ》どすよ?」

「つまり自分が妖怪だって自白してるわけですか?　ようやく尻尾《しっぽ》を出したなこの女狐《めぎつね》!」

やばいな。この四人で集まると話止まんないわ。楽しい。

っていうか歩夢は一言も喋《しゃべ》ってないから実質三人で話してるんだけど、それも昔から変わってない。自分の家でも将棋のこと以外ほとんど喋らない奴《やつ》だから。

そう。歩夢は親友の俺たちにすら自分のことは喋らない。

だからいつも突拍子もない行動に出て驚かされる。

「で?　どうしていきなりプロポーズなんてしたんだ?」

「…………………」

自分の部屋なのに一番小さくなって体育座りしたまま、歩夢はやはり何も言わない。

「本気……なんだろうな。冗談でそういうことする奴じゃないってのは、ここに集まった三人とも疑《うたぐ》ってないさ」

「あとオメーが釈迦堂のバ……先生に昔っから憧れてんのもな」

鈍感な月夜見坂さんですら気付く程度には、歩夢の気持ちは誰《だれ》でも知ってる。

けどそれは『敬愛』って感じのものだと思ってた。

まさか本気で結婚したいと思ってたなんて……。

「とはいえタイミングってもんがあるだろ?　釈迦堂先生はすぐタイトル戦が始まるし、歩夢だって初めてのA級入りで恋愛にかまけてる場合じゃないはずだ」

「それにあのバ……先生って一人で将棋指すの大変なんだろ？　付き添いがあったほうが有利なのに番勝負の前に関係ギクシャクさせるとかさ。アホかってんだ」

「言葉は汚いけどお燎は真理を突いておざります。もしプロポーズの件が漏《も》れたら、歩夢くんが女流名跡戦で釈迦堂先生を介助する姿はマスコミの餌食《えじき》どすよ？」

　餌食にしようと写真を撮りまくっていた供御飯さんは自分を棚に上げてそんなことを言ってから、

「先生からご伝言どす。『今回のタイトル戦は同行不要。自分の将棋に集中せよ』と」

「…………………」

　俺たち三人から責められた上に師匠からも拒絶され、歩夢はますます小さくなった。

　軽率なプロポーズが招いた最悪の結果。

　さすがに可哀想になってきて慰めの言葉でも掛けようとした瞬間、歩夢が小さな声で言う。

「……………証人になって欲しかった」

「「「証人？」」」

　それはつまり……プロポーズの証人ってことか？

　確かに歩夢は釈迦堂先生に軽くあしらわれていた。今まで何度もアタックしてもあんな感じだったとしたら、他人も巻き込んで『本気アピール』するしかないと考えたのも理解できる。

けどなぁ……。

「プロ棋士と女流棋士が結婚するのはよくあるパターンですけど……師匠と弟子が結婚するのって前例ありましたっけ？」

「昭和の時代にあったなぁ。お師匠サンが年上の男性いうパターンどすけど。将棋に限らずお稽古事《けいこごと》で男の師匠が女の弟子に手を出すいうんは、割とあるパターンどす」

「つまりクズが小学生の弟子と結婚するのは一般的ってこった。よかったな？」

「なるほど前例があるならハードルは低い……じゃない!! い、いいいい、今は俺の話じゃないでしょぉ!?」

「おいおいそのキョドり具合……クズ、まさかマジで……？」

「いやいやいや！　無い！　無いですよ!! 俺が弟子とそういう関係になるのは無いィッ!!」

実は、ある。

天衣《あい》は正面から俺に告白済みで、一緒に住んでる。

そしてこれから釈迦堂先生とタイトル戦を行う雛鶴《ひなつる》あいが内弟子《うちでし》を解消して出て行った理由も……ゲフンゲフン！

こんな事情を悟られたらそれこそ将棋界は終わる。俺は慌てて話題を変えた。

「仮に！　仮にだよ？　師弟での結婚に前例があるとしても……問題はまだありますよ！」

「あん？　どんなだよ？」

「せっかく歩夢をきっかけに女性の将棋ファンが増えてきたのに、まさかA級棋士になった瞬間に自分の師匠にプロポーズするなんて……連盟的には大打撃でしょ？『浮いた噂《うわさ》が一つも無い将棋一筋のイケメン棋士！』ってのが歩夢のキャッチコピーだったわけで」

「浮いた噂が一つも無い……か。ハッ！」

月夜見坂さんは鼻で笑ってから、

「『老け専』ってキャッチコピーにしたら逆にファンが増えんじゃねーの？」

「失礼やでお燎。それに年上が好きいうわけやないやろ。釈迦堂先生のことが好きいうだけで……けど、確かに将棋界には打撃どすなぁ……」

将棋系出版物の編集者という顔も持つ供御飯さんは頭を抱えている。

俺も自分の本を出すためにずっと供御飯さんとやり取りしてたから、その苦悩は以前より理解できた。

「若手イケメン棋士へのインタビュー項目で『好きな女性のタイプ』は定番どす。それを知りたくて雑誌買《こ》うてくれる層もおざりますゆえ」

「歩夢のファンってガチ恋勢が多いんですよ。しかも女性本人よりも親が本気になってるパターンが多くて。母親と娘の組み合わせがメチャ多くて異様なんですよね……」

将棋界によくある『小学生の子供の付き添いに親が来る』のとは明らかに違う。

どう見ても結婚適齢期の女性に母親が付き添ってるのだ。みんなドレスアップしてて、中には母子で着物を着て歩夢のサイン会や指導対局に並んでる『それ何てお見合い?』みたいな猛者《もさ》もいて……。

「ただいまなのじゃー!」

その時、元気な声が一階から響いてきた。

「お母ちゃん、今日のおやつはドラ焼き? あと玄関に靴がいっぱいあったけど誰かお客さん来てるの?」

トットット……と階段を駆け上がって来る足音。この音の感じは――

「……六年生」

「キモッ!」

冗談で言ったのに月夜見坂さんが本気で引いててショック受ける。そもそも誰なのかは声を聞いた瞬間にわかるからな。

勢いよく襖《ふすま》を開けて現れたのは――獣耳JSの神鍋馬莉愛《まりあ》ちゃんだ。

「うお!? な、なんじゃ貴様ら!?」

「「「お邪魔してまーす」」」

警戒する歩夢の妹に、俺たちは一斉に挨拶《あいさつ》した。

そしてさっそくイジメっ子の月夜見坂さんが絡《から》み始める。

「奨励会員のくせに一人だけ美味《うま》そうなもん食ってるじゃねーか。半分寄越せ半分」

「うっせーわじゃ！　降級して奨励会から尻尾巻いて逃げた雑草が偉そーに人の家の子供部屋に上がり込んでデケー顔すんなじゃ！」

「んだとコラそっちが出てけやボケ！　こちとらオメーが生まれる前からこの家に出入りしてんだぞコラ⁉」

いや馬莉愛ちゃんはもう生まれてましたから。俺たちが将棋に集中しすぎて視界に入ってなかっただけですから。将棋に夢中な子供にとって、将棋の相手をしてくれない人間は空気みたいなもんだからな……。

のじゃのじゃ言いながら猫パンチを繰り出してくる馬莉愛ちゃんを適当にあしらっていた月夜見坂さんは、強奪《ごうだつ》したドラ焼きをパクつきながら、

「ところでよ。腹、減ってねぇか？」

「そういえばこの騒動で忘れてましたけど、俺たち結局あの店で飯を食えなかったんでしたよね……」

名店の料理は惜しいけど、今はそういうのじゃなくて、こう……シンプルでガツガツ食べれる下町の味が恋しかった。腹が減りすぎているんだ……。

供御飯さんが頰《ほお》に手を当てながら、はんなりと言う。

「こなた、久しぶりにアレが食べたいわぁ」

「歩夢の家に来たらアレですよね！」

「だな。アレ食わせろやアレ」

「なんじゃ⁉　アレとはなんなのじゃ⁉」

それは『深川豆腐』です。


「お台所と、あと木綿豆腐をお借りしやす〜」

深川豆腐は東京下町の郷土料理で、深川名物のあさりに豆腐を組み合わせた極《きわ》めてシンプルなものだ。

そして供御飯さんは京都人のくせにこれ作るのがメチャ上手なのである。

「シンプルゆえに素材の良さがダイレクトに出るのは京料理と同じどすからなぁ」

「『京の持ち味、浪速《なにわ》の食い味』ってヤツですね！」

師匠が酒に酔って教えてくれたことがある。

そういえばあれは順位戦で歩夢に勝った日のことだ。師匠は降級、歩夢は昇級したけど、終局後の表情はまるっきり逆だったのもよく憶えてる。

序盤で角損した師匠に対して、大優勢だった歩夢が見たこともないくらい崩れていったのが印象的で……。

あの日の歩夢は明らかに異常だったけど、その理由が今日わかった。

きっとそれくらい歩夢にとって順位戦は特別で、昇級のかかった一局はプレッシャーが凄《すご》かったんだろう。

もし上がれなかったら名人になるのが一年遅れて……それは釈迦堂先生との結婚が一年遅れるということでもあったから。少なくとも歩夢の中では。

そんなことを思い出しているうちに深川豆腐は完成した。あっという間だ。

「「「うまーい‼」」」

あさりも三つ葉も旬は春。

つまり深川豆腐も今が一番うまい！

「はむはむはむー♡　あさりも豆腐も食い飽きたと思っておったが、こうやって組み合わせると絶品チーズバーガーなのじゃ～♡」

馬莉愛ちゃんも絶賛である。歩夢も黙って食べてる。食欲があればひとまず安心だ。

「やっぱり深川のあさりは美味《おい》しおすなぁ。京都《きょうと》は基本的に東京より食べ物が全部上品なんどすけど、海産物の鮮度だけは一歩劣りやす」

供御飯さんは俺に流し目をくれながら、

「それとこなたはお豆腐の扱いも上手なんどす。八一《やいち》くんはよぉご存知やと思うけど。ふふ♡」

「っ……‼　そ、そっすね……」

南禅寺《なんぜんじ》で食べた湯豆腐の味を思い出して、顔が熱くなる。

しかも後で知ったんだけど南禅寺のある岡崎《おかざき》エリアって京都のラブホ街だったりして、つまりあの時の俺はかなり危険な状況にいたのだった……狐に咥《くわ》えられた油揚げの気分……。

「……まあ、歩夢の気持ちはわかった」

温かい深川豆腐が腹に入ったおかげで余裕が出た俺は、話を元に戻す。

豆腐屋の仕事があって朝が早い歩夢のご両親は既に就寝中。ずっと家にお邪魔してるわけにはいかない。結論を出すべき時だろう。

「俺たちが証人になる。お前のプロポーズを無かったことにしたりはしない」

「っ……！」

俯《うつむ》いて深川豆腐を食べていた歩夢が箸《はし》を止めて俺を見る。

「けどいったん預からせてくれないか？　釈迦堂先生の気持ちは俺たちが伺《うかが》っておくから……歩夢の思い通りの答えを得られる保証まではできないけど、きちんと答えは貰ってくる」

そんな親友の言葉に、歩夢は──

「…………お任せする」

そう頭を下げたのだった。

こうして俺は出て行った弟子の初タイトル戦の相手側の恋路に手を貸すという、実に奇妙な立場で女流名跡戦の開幕を迎えることになったのである。

……これって本当に竜王のするお仕事なのかなぁ？

☗ 再会

「綾乃《あやの》ちゃん！　それにシャルちゃんも！」

女流名跡戦の開幕局が行われる、箱根《はこね》のホテル。

敷地の入り口でわたしを出迎えてくれたのは……懐かしい二つの顔だった。

「あいたぁ〜〜〜ん！」

「わっ⁉　シャルちゃん、ちょっと大きくなった？」

声を上げて飛びついてきたシャルロット・イゾアールちゃん。わたしは受け止めようとして
そのまま後ろにひっくり返ってしまう。し、下が芝生でよかったよー。

「あいちゃん………よかったです」

慌てて助け起こしてくれた貞任《さだとう》綾乃ちゃんがそう言って、わたしは「うん」って笑顔で応え
ようとするけど――

「ッ……！　……綾乃、ちゃん……」

思わず言葉を失ってしまう。

綾乃ちゃんは泣いていた。ボロボロと涙を流して。

「よかったです……タイトルに挑戦できて……ほ、ほんとうに……よっ、よか……っ‼」

「うん………ごめんね綾乃ちゃん。何も言わずにいなくなったりして……」

関東への移籍を決めたとき、わたしは二人に相談しなかった。

それどころか住所も連絡先も変えて……関係を切り捨てたと思われて当然のことをした。長かった髪をバッサリ切ったように。

だって、そうしないと……。

「綾乃ちゃんもシャルちゃんも大切過ぎて……顔を見るだけで、声を聞くだけで、絶対に決意が鈍ると思ったから。それで――」

「わかってるです。あいちゃんが……強くなるために東京へ行ったということは」

綾乃ちゃんは眼鏡《めがね》を外して涙を拭《ぬぐ》いながら、

「うちは今でもはっきり憶えてるです。あいちゃんの研修会試験のこと……」

「最初に相手をしてくれたのが綾乃ちゃんだったね……」

「うちはボロ負けで……その時に、棋力とか才能以上に、覚悟の差を感じたです。たった一人で大阪に出てきたこととか、空先生との対局で最後の最後まで諦めない姿勢とか――」

一局でも負けたら将棋を辞めて実家に帰るという約束で受けさせてもらった試験で、わたしは最後の一局を落としてしまう。

「でもあいちゃんはそこで諦めずに、土下座までしてご両親にお願いしたのです。そして……中学卒業までに女流タイトルを獲得するという条件で、将棋を続ける許可をもらって。遂にあと一歩のところまで来たのです！　おめでとうなのです!!」

「うん！　ありがとう綾乃ちゃん！　シャルちゃん！」

そしてその時、わたしと一緒に土下座してくれたのが――

「えっと…………ところで、関西から来たのは二人だけ？　なの？」

「あいたん。ちちょ、いないよ？」

「っ……!!」

シャルちゃんにそう言われて、わたしは真っ赤《まか》になる。そ、そんなにわたし……師匠に会いたそうにしてたのかな……？

「……うちらも九頭竜《くずりゅう》先生とはずっと会えてないのです。シャルちゃんは研修会に入るにあたって、師匠になって欲しいってお願いしようと思ってたですけど……」

女流棋士を目指して研修会に入る場合、原則的には師匠が必要になる。

けど研修会は将棋教室の面もあるから『最初は女流棋士になる気はなかったけど、やっぱりなりたい！』って後から師匠を登録するケースもあって。

「うちの師匠の話によると、本を書いていたそうなのです。それが発売になったから今は書店への営業活動でお忙しいとか……このタイトル戦以上に大事とは思えないですけど……」

「いいの。わたしは大丈夫！　それより――」

綾乃ちゃんが持っている大きめのメモ帳を見ながら、わたしは言った。

「特別観戦記、よろしくね？」

「はいです！　天《てん》ちゃんのタイトル戦であいちゃんが書いた観戦記みたいな名作になるかはわからないですけど、精一杯《いっぱい》やらせていただきますです！」

二人が大阪《おおさか》から来たのは、それが理由だった。

綾乃ちゃんの師匠は連盟が発行する将棋雑誌の編集長。

おねだりなんてめったにしない綾乃ちゃんが『一生のお願いです！』って、わたしのタイトル戦で観戦記を書きたいと申し出てくれて。

それが……わたしには、とっても嬉《うれ》しくて。心強くて。

「しゃうもー！　しゃうもしゃしんとりゅんだよー‼」

「うん！　シャルちゃんもお写真よろしくね！」

女流棋士を目指し始めたシャルちゃん。観戦記者になりたいっていう綾乃ちゃん。

その二人がわたしのタイトル戦でお仕事をしてくれる。

そこに込められたメッセージは──『一緒に戦う』。

──JS研の絆《きずな》は繋《つな》がってる！　離ればなれになっても……。

そしてもう一人、わたしには大切な仲間がいる。

わたしよりも先に、強くなるために遠くへ旅立ったその子には、勝ってから報告しようと決めていた。

「ところで、さっそく取材を始めたいのですけど──」

綾乃ちゃんはキョロキョロと周囲を見回す。探してるのは当然、このタイトル戦のもう一人の主役。

少し離れた場所にその姿を見つけると、

「っ⁉　釈迦堂先生……お一人、なんです？　いつも神鍋八段がご一緒されてるイメージだったですけど……」

「そうなんだよ。わたしも新宿駅《しんじゅく》で合流したときビックリしちゃって」

「ふむふむ。なるほど……」

綾乃ちゃんはさっそくメモを開いて、

「ここ箱根は、釈迦堂先生のお師匠様に当たる足柄九段の出身地なのです。つまり釈迦堂先生にとってはご実家の鎌倉《かまくら》に次ぐ第二の故郷。一人で来ても問題ない……と、いうことなのかもしれないです」

つまり先生にとってここは有利なホームグラウンド。

開催地がタイトル保持者に縁のある場所になるのは、番勝負を盛り上げる面からいっても当然だった。

「あいちゃんにとって……厳しい開幕局になるかも、です……」

「そうだね。けど――」

「けど？」

「ここで勝てたら、どこでやっても勝てる。そういうことだよね？」

「ッ……！　そ、そうです！　その意気です！」

だからこの開幕局は絶対に落とすことはできない。絶対に！

改めてその覚悟を固めていると、綾乃ちゃんが明るい声で、

「ところであいちゃんの今日の服装は、とってもオシャレなのです！　もともとかわいかったですけど、東京で一気に垢《あか》抜けた感じがするのです‼」

「あいたん、そのふく……かたのとこ、ぱくってしちゃったのー？」

「あはは……これは、ええと……」

着慣れないオフショルダーのワンピースを指摘されて、わたしは大きく開いた肩のところを手で押さえた。

桜の季節とはいえ箱根の山の中だとちょっと寒い。

――服装選び、間違えちゃったかなぁ……？

親友との再会を喜びながら、わたしはこの場に来るはずだったもう一人の戦友のことを思い出していた──

それは女流名跡への挑戦が決まってからわずか三日後のこと。

「正直すまん」

同じ部屋に住んでる鹿路庭《ろくろば》珠代《たまよ》女流二段が、わたしに向かって頭を下げていた。

土下座……だね。

「いや～、まさかジンジンが名人挑戦者になるなんて思わないじゃん⁉　あんだけこっぴどく負けたらしばらく立ち直れないと思うじゃん⁉　だからあんたのタイトル戦で大盤解説の聞き手とか指導対局とかの仕事をホイホイ入れてたけど……えっと、その……ジンジンが名人戦に出るなら……そっちの仕事にチェンジさせていただきたいな………と………」

「へぇー？　ふうーん？」

にこやかに頷《うなず》いてから、わたしは確認する。

「挑戦権を獲得して号泣してたわたしに『一人で行くのが不安なら、私が背中を押してやる。タイトル戦のために空けてたスケジュールが真っ白になったからね！』とおっしゃったのは、どなたでしたかねー？」

「言ったけど！　あれは私が自分でコケちゃって、あんたが罪悪感を抱かないようにという、先輩の気遣いというか心意気というか――」

「わたしのほうが山刀伐《なたぎり》先生より先にタイトル挑戦決めてましたけどねー」

「そ、それはそうだけど……でも一日だけっしょ⁉　早かったの！」

「一日だけでも早いほうを優先すると思うんですけどねー。そもそも仕事を入れたのにキャンセルするのって職員さんにもご迷惑がかかると思うんですけど？　女流棋士として、そういう態度っていかがなものなんでしょうか？　鹿路庭先生ほどの方でも、いざとなったら仕事や友情より愛情を取るんですねー」

「あうぅ…………」

「そんなのだから《研究会クラッシャー》とか呼ばれちゃうんじゃないですかねー」

「もう許してよぉぉぉぉ！　偉そうに説教とかしてすみませんでしたぁぁぁぁぁ‼」

過去の言動を反省する鹿路庭先生に、わたしは一転して優しく声を掛ける。

「冗談です！　もちろん山刀伐先生を応援してあげてください！」

「い…………いいんですかぁ……？」

「だってそっち行きたいんでしょう？　わたしを見捨てて……」

「ぜんぜん許してくれてねーじゃん⁉」

もちろん鹿路庭先生もわたしが本気で怒ってるなんて思ってない。好きな人といい雰囲気になったから照れ臭くて、それを誤魔化《ごまか》してるんだよね！　それはそれで腹が立つな……。

「まあでも、あんたなら一人でも楽勝だよ。万智ちゃんにあんな内容で勝てるんだから」

「そう……でしょうか？」

「全盛期の釈迦堂先生が相手ならともかく、さすがに今のあの人は女流タイトル保持者の中で最弱っしょ。私だって公式戦で勝ったことあるんだし」

「……どうでした？　その時の将棋は」

女流名跡リーグで開幕三連敗していたわたしは、その時点でほとんどタイトル挑戦を諦めていた。

　リーグで当たらない釈迦堂先生の棋譜《きふ》を調べ始めたのは、挑戦が決まってから。

　準備期間が圧倒的に足りない上に《エターナルクイーン》の棋譜は女流公式戦だけでも九〇〇局以上、それとは別にプロ棋士との対局も二〇〇局近くあって、とてもじゃないけど並べきれない。

　だから実際に盤を挟んだ人の感想は、とってもとっても貴重なの！

「私が振り飛車《ふびしゃ》にして、まあ向こうは自然と居飛車《いびしゃ》で穴熊《あなぐま》に組んで……わちゃわちゃやってたら勝てた感じかな？　対抗形だとよくあるよね」

　ぜんぜん参考にならない……。

「お？　なにその表情？『参考にならねー』って思ってるのか？」

「ソンナコトナイデスヨー」

「それにさぁ」

　正座してた足を胡座《あぐら》に崩しながら鹿路庭先生は言う。

「私がいたら九頭竜先生も顔を出しづらいと思うんだよね。遠慮してさ」

「っ……！」

「仲直りするいい機会なんじゃないの？　あんたら師弟も」

　師匠の反対を押し切って上京したわたしは、大阪で将棋を指して以来……お互いの声すら聞いていない。

だから師匠がわたしのタイトル挑戦をどんな気持ちで受け止めたかも、わからなくて。

喜んでくれてるのかな？

それとも……怒ってるのかな？

女流名跡リーグの最終局で供御飯先生と対局したとき、師匠と一緒にいるみたいなことをおっしゃってた。そんな供御飯先生を倒してわたしが挑戦者になっちゃったから、やっぱり師匠は怒ってるかもしれなくて……。

「……来て、くれるかな？　師匠……」

「来る来る。絶対来るって」

鹿路庭先生は軽い口調で断言する。

「初タイトル戦なんだし、初々しい感じで攻めたらイチコロだって。『やっぱり俺が守ってやらなくちゃ～』とかロリコン特有のクソ迷惑な使命感で大阪からホイホイ出て来るよ。絶対」

「でも…………」

「それにタイトル戦の最中って文化祭みたいな独特の興奮があるからさぁ。一緒に仕事したプロと女流がくっつく話は割とよく聞くね」

「ッ!!　……くわしくおしえてください」

経験者の発言は説得力が桁外《けたはず》れ。わたしは俄然《がぜん》、引き込まれた。

「あと服装ね。対局は和装だけどそれ以外は私服だから、そっちでアピるのも大事だよ。東京暮らしで垢抜けたとこ見せてやればワンチャンあるっしょ」

鹿路庭先生はスマホでショップサイトを検索しつつ、

「この服なんてまさにロリコンホイホイなんじゃね？　ほら、肩出し《オフショルダー》のワンピース。もう小学六年生なんだからセクシー路線で行こうぜ！」

「そんな！　師匠はこんな破廉恥《はれんち》な服……………好きそうですね……」

「だしょ⁉　暖かくなってきたし、ついでにヘソも出しちゃって──」

それからわたしたちは、お互いに好きな人の好みの服装の話で盛り上がった。

それは頑張ってタイトル戦という舞台に辿《たど》り着くことができたことへのご褒美のような……とても楽しい時間だった。

☖　特別な朝

「苦しくはありませんか？　あい……」

帯を締める母の指は微《かす》かに震えていた。

「大丈夫だよお母さん！　むしろもっとキツくていいかも？　対局中は何度も立ったり座ったりするし」

「……ダメね。私が緊張しても仕方がないのに……」

雛鶴《ひなつる》亜希奈《あきな》は震える自分の指先を見て何度目かの溜息を吐く。

女将をする傍ら、亜希奈は旅館に併設したサロンで着付けやヘアセットも行っている。美容師の専門学校まで通った腕は超一流。

けれど今日は普段のように手が動かなくて――

「ごめんねお母さん。忙しいのに、出張して着付けをお願いしちゃって」

いつになく弱気な母を気遣いつつ、あいは言った。

「でも、この将棋だけは……初めてのタイトル戦の、第一局だけは、お母さんに着付けをしてほしかったの」

「あい………そうね。約束したものね……」

短くなった娘の髪に触れながら、亜希奈は頷く。

それは、あいが東京へ出てきたばかりの頃。まだ鹿路庭と同居する前、東京の『ひな鶴』で一時的に生活していた頃。

女流名跡リーグで三敗目を喫し、どん底まで落ちたあいは、長い髪を揺らして千駄ヶ谷や新宿駅を彷徨っていた。

――そうすれば……師匠に見つけてもらえるかもしれないって思ってた。

そんな娘の髪を切ったのが、母だった。

　そして二人は約束したのだ。

　いつか、あいがタイトルに挑戦する時は、また亜希奈の手で髪を整えることを。

　その約束を果たしたものの……母は心残りを口にする。

「本来なら、あなたの初タイトル戦は『ひな鶴』で行いたかったのですが……」

「仕方ないよ。最初に三連敗しちゃったのに挑戦者になれるなんて、あいだって思ってなかったもん！」

　髪飾りを娘の髪に付けながら後悔を口にし続ける亜希奈に、あいは努めて明るい口調で、

「それに釈迦堂先生は女流名跡を二九連覇もしてるんだよ？　女流名跡戦の開幕局が箱根っていうのは二十年以上の伝統があるもん。みんなそれがずっと続くと思ってる」

「…………」

　割り切っている娘の態度に、母も無言になる。

　あいの言葉には続きがあった。

「けど、来期は『ひな鶴』でタイトル戦がやりたい」

「っ……!!」

　それは宣言だった。

　必ずタイトルを獲得し、来年も女流名跡戦に出場すると。そして次こそはタイトル保持者として自分の思いを通すのだと。

「だからお母さん！　今からスケジュールを空けておいてね！」

「…………あい…………強くなりましたね、本当に…………」

亜希奈はハンカチをそっと目頭に押し当てた。

――お母さんが泣いてる!?　ど、どっか悪いのかな……？

あいは涙に気付かないふりをした。だってそうしないと……戦いを前にして、自分も泣いちゃうかもしれないから。

「ところでお母さんが洋服を着てるなんて珍しいね？」

「娘よりも目立つ母親だと言われたくありませんから」

母と娘は揃《そろ》ってクスクスと笑い合った。


「挑戦者がいらっしゃいました！」

あいが和装を完了して対局場に続く長い廊下を歩いて行くと、待ち構えていた関係者たちが一斉にカメラを向ける。

「おはようございますっ！」

あいはいったん立ち止まって、丁寧に頭を下げた。挨拶が何よりも大切だという鹿路庭《せんぱい》の教えを忠実に守ることで初の大舞台でも及第点の振る舞いができていた。

「小さいのに堂々としてるな」「ああ。この環境に怯《ひる》んでない」「さすが竜王の一番弟子」「《浪速の白雪姫》が初めてタイトル戦に出た時を思い出すよ」

そんな囁《ささや》きが耳に届く。

東京に出てきたばかりの頃だったらきっと右往左往してすぐ誰かに頼ろうとしていただろう。

けれど鹿路庭が言葉や振る舞いで教えてくれた様々なものが、あいを守ってくれていた。

——ありがとうございます！　たまよん先生……。

山刀伐の名人戦に同行しているルームメイトに心の中で感謝する。一緒にいなくても彼女は常に背中を押してくれていた。

再び頭を上げて前を向くと、あいは対局室へ向かって長い廊下の真ん中を堂々と歩いて行く。

その廊下の先で——

「？　あれって……」

頼りない足取りで、壁伝いにのろのろと前を進む背中が目に入り、あいは驚いた。

——釈迦堂先生？　お一人で…………杖を使わずに⁉

考える前に身体《からだ》が動いていた。

「……先生！」

和装していることも忘れて駆け出すと、あいは自分の腕を釈迦堂に差し出す。旅館業を営む両親から叩《たた》き込まれていたハンディキャッパー《身体が不自由な人》への対応が咄嗟《とっさ》の場面で出たのだった。

「先生。お手をどうぞ」

「ん？」

釈迦堂はあいの行動が意外だったのか、一瞬だけ動きを止める。

それからニッコリと微笑んで、素直にその手を取った。

「ありがとう。優しい子なのだね？」

二人は寄り添って対局室へと進んでいく。こんなタイトル戦は前代未聞だろう。挑戦者がタイトル保持者に手を貸すなど、馴《な》れ合《あ》いと批判されかねない。

しかし。

「おお……！」『美しい光景だな』『世代を超えたタイトル戦に相応《ふさわ》しい……！』

その光景を目にした関係者たちはむしろ感動していた。

和装のあいと、洋装の釈迦堂。二人は一緒に対局室へと足を踏み入れる。

記録係の手を借りてゆったりとした動作で上座に腰を下ろすと、釈迦堂は盤側《ばんそく》に用意された紅茶に手を伸ばしながら、

「馬莉愛からいつも話は聞いている」

下座でかしこまるあいへ親しげに話しかけた。

「今日も平日でなければ、あの子を伴ってもよかったのだが……義務教育期間中は学校優先が最近の風潮であろう？　将棋の修行が最優先という時代に育った余には寂《さび》しくはあるが……」

部屋の窓から外を眺めながら、女流名跡は饒舌《じょうぜつ》だった。

「懐かしい……弟子入りしてしばらくは、ここ箱根から女流育成会に通っていた。女流棋士になって対局が忙しくなってくると、師は余とご家族を伴って東京へ引っ越すと言い出してな。脚の不自由な余が移動で苦労しないように……」

「…………」

「師の口癖は『タイトルを獲るまで恋も化粧もするな』であった。余も内弟子をしていたが、学校の宿題をしていたら怒られたものだよ。そんなことをする暇があったら将棋を指せと……其方《そなた》は若き竜王から何と言われていたのだ？」

「あ……ええと、その…………」

「すまない。年寄りの昔話に付き合うために、ここに来ているわけではないのにな？」

「い、いえ！　とても、その…………勉強になります！」

「ふふ。優しい子だ、本当に」

釈迦堂はもう一度そう言った。優しい子だと。しかし今度は目に鋭さが潜んでいる。

戦いの瞬間《とき》が近づいていた。

盤の中央に安置された駒箱に両手を添えると、《エターナルクイーン》と呼ばれる生きた伝説《レジェンド》は、その蓋《ふた》を開けつつ幼い挑戦者へと囁く。

「さあ――――将棋を始めよう」

☗ 貼《は》り付き

「振り駒《ごま》です」

記録係がそう言って立ち上がるのを、綾乃は報道陣と一緒に対局室の隅から見詰めていた。

前人未踏の女流タイトル三十連覇か？

それとも十一歳の女流名跡誕生か？

注目の開幕局。集まった報道陣の数は多い。特に地元メディアが。

——つまり釈迦堂先生を目当てに集まった人たちばかりだということ……です。

彼らはあいを見てヒソヒソと言葉を交わしている。

「おいおい、震えてるんじゃないか？　あの小学生……」

「当然だろ。初タイトル戦で、しかも相手はクイーン四冠だぜ？」

「《西の魔王》の弟子なんだろ？　有望なんじゃないのか？」

「けど破門だか逆破門だかされてるって噂だ。今日も九頭竜は来てないしな」

——破門なんてされてないのです！

勝手なことを言う記者たちに綾乃は反論したくなったが、実際に八一はこの場にいないし、あいも微かに震えている。

——でも……あれは緊張や怯えなんかじゃない……です。

綾乃は思い出していた。着付けを終えたあいと控室で顔を合わせた時のことを。

『あいちゃん？　震えているのです？』

洋服よりも遙《はる》かに厚着となる和服は、あまりにも熱がこもるため対局の途中で着替える女流棋士もいるほど。

だから寒さで震えることは考えづらい。

まさか昨日の肩を出した服で風邪をひいたのだろうか？

そんな不安すら抱く綾乃に、あいは震えながらこう言った。

『……………熱いの……』

『へ？』

『綾乃ちゃん、わたし……わたし……！』

全身を大きく震わせながら、あいは声を絞り出す。

『わたしが今日まで積み重ねてきたものを思いっきり試せるのが……ワクワクするの。今すぐにでも爆発《ばくはつ》しちゃいそうなくらい熱いの。お母さんに和服を着せてもらってからずっと……ずっと、震えが止まらなくて……！』

そう言ってあいの差し出した手に、綾乃はおずおずと触れた。

『……熱い』

まるで、肌が燃えているかのようだった。

あんなにも熱を持った人間に触れた経験は初めてのことで。綾乃はその熱量をどうやって文字で表現すればいいか、今もその言葉を探している――

「と金《きん》が四枚です」

記録係の言葉で現実に引き戻された綾乃は、あいが先手《せんて》を取ったことを知る。

そして、その瞬間。

「ッ……！」

あいの表情は明らかにスイッチが入っていた。

熱さが限界を超えたのか、畳に置いていた扇子《せんす》を開いてバサバサと激しく煽ぐ。その扇子はあいが大阪でずっと使っていた『勇気』の扇子とは別の物で。

――九頭竜先生の直筆扇子……じゃ、ない!?

綾乃は驚いた。目を凝らして何が書いてあるか確認すると……あい自らの筆で、こう書いてあった。

『雲外蒼天《うんがいそうてん》』

その四文字が、大阪を離れてからの半年間を物語っていると、綾乃は思った。

「あいちゃんは雲を……迷いを抜けたんです？　それとも……」

その答えを見届けようと、綾乃はペンを握る手に力を込めた。

『貼り付き』という言葉がある。

観戦記者が対局中ずっと盤側に座り続けているという意味の将棋用語で、対局者によっては「気が散る」と嫌がるケースもある行為だ。なので実際にそれをする観戦記者は少ない。

だが綾乃はこの貼り付きをする覚悟を固めていた。

なぜならそれが観戦記者の特権だから。

他の報道陣は対局者が初手《しょて》を指すまでしか滞在を許されない。シャルですら、初手の撮影が終わったら、名残惜しそうに対局室を出て行った。

そんな報道陣を尻目に、それまで対局室の隅にいた小学生の地味な女の子が盤側に堂々と腰を下ろしてメモ帳を広げる。

驚きに目を見開く地元メディアの大人たち。綾乃は優越感に浸る。王子に選ばれたシンデレラの気分だった。

同時に、自信があった。

——全部見逃さないです！　あいちゃんと釈迦堂先生の仕草の一つたりとも！

一緒に修行した自分にしか書けないことがある。

そんな自信が綾乃を支えていた。あいのことなら何でも知ってるし何でも書ける。だから対局室で取材をすればするほどいい観戦記になるはずだと。

盤側に座った瞬間、綾乃の頭の中にはもう、名作が出来上がっていた。

しかし――――対局開始から、わずか三十分後。

「…………………………………」

綾乃は青い顔で対局室を後にしていた。

盤側に座っていた雛鶴あいは……別人だった。

東京にいた半年間で、あいは大きく変化していた。盤に注ぐ視線の鋭さも、短く切った髪に触れる仕草も……。

しかしそれ以上に衝撃だったのが――

「は……早すぎる…………なにが行われて……？」

対局開始から二人の指し手はノータイムの連続で。戦型《せんけい》が相掛《あいが》かりになったということ以外、何一つ理解できなくて……。

難しすぎる試験を途中退席するように綾乃は対局室を出た。真っ白なメモ帳を持って。いても邪魔になるだけだから。

完全に心を折られてフラフラと検討《けんとう》室に戻ると、一番隅の席に腰を落とす。

「…………うちは…………もう…………」

もう、あいがどれだけ強くなったのかすらわからないほど、差が開いてしまった……。

そのことに衝撃を受けて、打ちのめされてしまって……。

「…………いったい、なにを書けばいいのか――――」

「この局面の前例は現時点で七局。先手三勝と後手《ごて》四勝で、後手に分のいい勝負といえるかもしれませんね」

そう教えてくれた人物を見て、綾乃は驚きに目を見開く。

「まち………ねえさま？」

「頑張りましたね。綾乃」

観戦記者姿の供御飯万智は、妹弟子《いもうとでし》の前にノートパソコンを置いて、

「連盟のデータベースを使えば局面から前例を検索できます。棋士や関係者しか扱う許可は下りませんが、特例として綾乃も使えるよう申請しておきました」

「あ、ありがとうございますなのです！」

「次からは一人でやるんですよ？　それから——」

万智は綾乃を部屋の外へ連れ出すと、

「解説役の棋士も連れて来ました。来たくて来たくてたまらないくせに来たくないとか駄々をこねるので、対局開始に間に合わなかったんですけど」

「ふえ？　来たいのに……来たくない人？　です？」

いったい誰だろう？

首を傾《かし》げる綾乃の前に、気まずそうに現れたのは——

「ど、どうも……」

「くっ⁉」

「静かに」

万智はそっと綾乃の口元を手で押さえる。だから言葉は出てこなかった。

その代わり……眼鏡の下の瞳《ひとみ》から、みるみる涙が溢れてきた。

「……ず、りゅう……せんせぇ……！」

「……ひさしぶり。綾乃ちゃん」

史上最年少二冠王が人目を憚《はばか》るようにしてそこにいた。

最後に会った時よりも黒っぽい服装をしていて、顔つきもどこか大人のようで。

綾乃は咄嗟にこう尋ねていた。

「あいちゃんに会いに来てあげたんです⁉」

「いや、俺は釈迦堂先生に確認しなきゃいけないことがあって。それで来ただけで……」

八一はモゴモゴと言い訳をしつつ視線を逸らし、

「それに……あいもまだ、俺に会いたいとは思ってないんじゃないかな？」

「…………」

綾乃はまだ言いたいことがあったが、堪《こら》える。今は他にやるべきことがあった。

涙を拭って記者の顔になると、さっそく質問する。

「……対局前、あいちゃんは武者震いをしていたのです。相掛かりは一番の得意戦法ですし、この展開は希望通りだと思うのですけど――」

「そうだね」

話が将棋に移ったことにホッとしつつ、八一は語る。

「ハイスピードな手の進み方から見ても想定内で推移していると思う。相掛かりは双方の同意があって成立する戦法だから、釈迦堂先生もここに絞って対策してたんじゃないかな？　観戦記用に初手から振り返ってみようか」

そう言ってスマホの棋譜を初手から再生していた八一の手が、途中で止まる。

「ん？　先手は飛車先《ひしゃさき》の歩を切ったのか？」

「なにか変なんです？　普通に見えるですけど……」

「最近は保留するのが多いですね。その代わりに3筋の歩を突いて、そこから銀を繰り出していくような指し方が主流です」

「供御飯さんの言うとおりで、3筋の歩を突くことで桂馬も使えるようになる。破壊力のある攻めで主導権を握れるんだけど――」

「むしろ後手の釈迦堂先生のほうが最新の相掛かりっぽく見えます。雛鶴さんは囲いも角換《かくが》わりのようで、少し窮屈ですよね？」

万智の言葉を聞いてから改めて局面を見た綾乃は、

「た、確かに先手は相掛かりっぽくないのです！　逆に後手の釈迦堂先生は中住《なかず》まいのまま両方の桂馬も跳ねていて、すごく攻撃的で……対局者の名前を伏せていたら、うちは後手をあいちゃんだと言ってしまいそうなのです！　そっか、それでうちは……」

対局室で自分が抱いた違和感の正体を突き止めて、止まっていた綾乃のペンが猛烈に動き始めた。

「けど……普通だったら、自分のよく指す形を持ちたいと思うんじゃゃ？　敢《あ》えてそうじゃなくしたメリットが、うちには思いつかないのです」

「しかも雛鶴さんは負け越している側を持っているんですからね。なぜ大事な開幕局で敢えてそんな将棋を選んだのか……いいですね綾乃。読者の期待を煽る、いい視点です」

妹弟子を褒める万智。そして八一は弟子の意図を解説する。

「あいが指し慣れた相掛かりの最新型にしなかったのは……おそらく研究会で何度も指しているうちに、本人的に怖い変化を見つけたんだと思う」

「っ⁉　そ、それってつまり――」

目を見開く綾乃に、挑戦者の師匠はニヤリと笑って頷いた。

「あいは罠《わな》を仕掛けたんだ。釈迦堂先生がそれに気付かないまま攻め続ければ、おそらく……この将棋は早く終わる。かなり早くね」

対局室ではちょうど、記録係が昼食休憩に入ったことを告げていた。

☖ 昼食休憩

「……はふぅ……」

昼食のために自室に引き揚げたわたしは、そこでようやく、自分がどれだけ対局室で力んでいたのかを実感する。

息苦しい。

対局室はまるで檻《おり》のようで、釈迦堂先生の微かな動きや息づかいにまで過敏に反応してしまっていた。

明らかに力みすぎだし、目がチカチカする。興奮しすぎて眼球の毛細血管が切れてしまっているのが自覚できた。

「あ、あれ？ 手に力が……入らない⁉」

袴の帯を少し緩《ゆる》めようとしても、それすらできなかった。

諦めて、そのまま椅子にポスンと腰掛ける。

座ることができるだけでもかなり楽になる……。

「和装は慣れてるって思ったけど……甘すぎたなぁ。着物のままで対局するのが、こんなにも身体に余計な力が入っちゃうだなんて……」

天ちゃんがタイトル戦の途中でドレスにお色直ししたことがあったけど、あれは好手だと改めて思った。

今はいい。

全身に力が漲《みなぎ》って、気合いも充実してる。頭の中で読み筋が溢れて止まらないほどに。

「でもこのままだと……どこかで切れちゃうかもしれない…………熱い……」

身体が燃えているかのようだった。そして頭はもっと熱い。脳が熱暴走しているかのように勝手に読みを進めてしまう。

食事に付いていたおしぼりを目に当てる。ひんやりとした感触が心地いい。

「…………おひるごはん、どうしよう？」

問題は……贅《ぜい》を凝らした松花堂弁当。

テーブルの上に用意されたそれに手を付けるかどうかが差し当たっての最重要課題だった。

普段の対局でお昼を抜くことはない。

けど――

「持ち時間をお互いにフルで使えば、終局は夕方の五時くらい。でもわたしがあの手を指せば……勝負所は休憩が明けて、すぐに来る。だったらお昼は抜いたほうがいいよね？」

実は、狙《ねら》っている筋があった。決まれば一撃で相手が倒れる勝負手《しょうぶて》が……。

たぶん釈迦堂先生はその手に気付いていない。

――けれど、もし…………決め損ねて勝負がもつれたら？

そうしたら確実にエネルギー切れが来る。

最近わかってきたけど、わたしは燃費が悪い。

「山刀伐先生や鹿路庭先生と早朝ランニングをして、ちょっとスタミナが付いてきたけど……お腹《なか》が空いたら一気に集中が切れちゃうし……ああ……どうしよう……」

食事は短期的に思考を鈍らせる。頭の中に浮かぶ盤面が濁る。このまま一気に決めるなら、抜いた方がいい。

アドバイスが欲しかった。

誰かに相談したい。こっちが一方的に話すのをただ聞いてもらえるだけでもいいから。わたしの話に無言で頷いてくれるだけでもいいから！

「そうしたら……将棋だけに集中できるのに……!!」

初めて抱く種類の迷いに、わたしの心は掻《か》き乱《みだ》される。

外界から完全に隔離されたタイトル戦の対局者という立場が、どれだけ孤独か。

「師匠は……こんな環境でいつも戦ってたんだ……」

遠い。そう思った。

ずっと隣で見てきたと思ってたけど、わたしは何も理解できていなかった。あの人が抱えていた困難と孤独を。

「もっと聞いておかなくちゃいけないことがいっぱいあったのに。もっと聞いてほしいことがいっぱいあったのに……！」

　できなくなってから初めて後悔する。

　将棋と同じだ。わたしはいつも同じところで間違えちゃう。素直にならなくちゃいけないところで変に意地になったり……。

　全く成長していない自分が嫌になりかけた、その時。

『わぁ！　しゅっごいおべんとーなんだよー！』

『まるで玉手箱なのです！　対局者と同じものをいただけるなんて、記者の役得なのです！』

『ねーねーあやにょー。もうたべていい？』

『だ、ダメですシャルちゃん！　先にお写真を撮ってからじゃないと！』

　昨日はバタバタしてて気付かなかったけど、隣の部屋は綾乃ちゃんとシャルちゃんの宿泊室になっているみたいだった。

　——会いに行っちゃおうかな？　二人に……。

　規定上はダメじゃないはず。

　会って楽しくお話ししながら一緒にお弁当を食べることができたらリラックスできる。

　——将棋のことは忘れて、完全に休憩したほうがいいかも？

　一度掴みかけた勝利のイメージを手放して長期戦を選ぼうとしたわたしは、椅子から立ち上がってお弁当箱を手に取った。

そして部屋を出て隣に行こうと思った瞬間、

『先生のお弁当が無いのです。どなたかに連絡して――』

その声が聞こえた。

『俺は大丈夫だよ。予定外に押しかけちゃったんだし、急にタイトル保持者が現れたと知ったら宿の人も無下にはできないだろ？　内緒にしておいてくれると嬉しいな』

えッ⁉

「し…………しょう……？」

耳に届いた声が信じられなくて、わたしはお弁当を床に落としてしまう。

「ッ‼」

壁に耳を押し当てる。抱きつくように……。

『タイトル戦の休憩時間は結構短く感じるからね。さあ！　二人は早くご飯を食べて食べて！』

あの人の声だった。

間違いない！　間違いない……！

――来てくれたんだ‼

もしかして、とは思ってた。

でもきっと、来たとしてもわたしにはそのことを言わないとも思ってた。姿を見せてはくれないし、声も聞くことはできないと諦めてた。

でも今、こうして。

「師匠……」

壁を隔てた隣に、いる。

わたしが一番、話を聞いてほしい人が……！

「……師匠……お昼ご飯、どうしたらいいと思いますか……？　わたしは食べないままで、気を緩めずに一気に決めようと思うんです。ずっと温めていた手があるんです……それでいいですか？　師匠……」

わたしは壁に身体の半分を押しつけて一方的に喋り続ける。

それだけで気持ちがすぅっと落ち着くのを感じていた。

「………ありがとうございます。師匠……」

壁に頬を押し当てたまま、わたしはそう囁いた。

食事はもういらない。胸がいっぱいになってしまって、お腹にはもう何も入らないから。

「よし！　行こう!!」

緩めようとしていた帯を締め直し、わたしは決意を固める。勝負を終わらせる決意を。

「綾乃ちゃんとシャルちゃん、タイトル戦を楽しんでくれてるみたいでよかった！　わたしは何もしてあげられないから不安だったけ………ど？」

隣の部屋から聞こえてくる楽しそうな声。

そこに……聞き捨てならないセリフが混じり始めていた。

『しゃうのおべんと、ちちょにあげうよー！』

『うちも九頭竜先生のお好きなものを何でも差し上げるのです！　このお肉とか、お好きな部位があればおっしゃっていただきたいです！』

『ありがとう！　おかずがいっぱいで嬉しいなぁ♪』

『しゃうのもも、たべゆ？』

『ぷりぷりしてて美味しいねぇ！』

『う、うちの胸肉も食べてくださいです！』

『うーん！　こっちもすっごく美味しいよ！　瑞々《みずみず》しいけど肉厚で、さっぱりしつつも濃厚な味わいがたまんないな！』

……セリフがいちいちエッチじゃないですか……？

これ……本当に、お昼を食べてるのかなぁ？　松花堂弁当と一緒に他のものもパクパクしちゃってるんじゃない⁉

そもそも女の子が泊まるお部屋にやって来て休憩するとか、それってどんなご休憩なんですか！　師匠のだらっ‼　だらぶち‼

『ちちょー。ほっぺにおこめついてるんだよー』

『え？　どこどこ？』

『ここー♡　ぱくっ』

『しゃ、シャルちゃん⁉　そういう場合はお口じゃなくて指で取ってあげるのです‼』

こ、これって……。

もしかして……これって……‼

「ちゅ――――」

チュー食休憩ッ……‼

☗意外と薄い壁

女子小学生をおかずに……じゃなかった。女子小学生からもらったおかずでお腹いっぱいになった俺は、ベルトを緩めてソファに深く腰掛ける。

卑猥《ひわい》な意味ではない。本の執筆でカンヅメになってたせいで太り気味なのだ。

「ちちょー！」

「ぐえっ‼」

そんな俺の上にシャルちゃんがトランポリンでもするかのように全身で飛び乗ってくる！

「ちちょーちちょーちちょー！　しゃうのこと、ぎゅーして？」

「ど、どうしたんだいシャルちゃん？　こんなに甘えん坊だったっけ？」

「むーっ！」

俺の首に両手を絡ませながら、シャルちゃんは怒ったように涙目になって。

そしてこう叫んだのだ。

「ちちょーのばかっ！　しゃう、もっとはやくちちょーにあいたかったんだよっ‼」

「……ごめん。無責任な師匠で」

俺は本気で強くなりたいと言うシャルちゃんを弟子にしてあげると約束した。

以前は『お嫁さんにしてあげる』とお茶を濁したが、なにわ王将戦での将棋を見て考えを変えたのだ。

シャルちゃんの熱い涙に心を打たれたから……。

なのに俺は自分のことばかりで、この子を放置してしまっていた。

無責任と詰《なじ》られ、見捨てられて当然なのに……それでもまだ、この子は俺のことを慕ってくれている。

だったら俺もその気持ちに応《こた》えなくてはいけない。

「男としてちゃんと責任を取るよ！　結婚しようッ‼」

ドンッ‼

隣の部屋から大きな物音が凄くいいタイミングで聞こえてきたため俺は発言の誤りに気付く。

「おっと間違えた。お嫁さんにするんじゃなくて、弟子にするんだったね？」

「りょうほうっ‼」

欲張りなシャルちゃんは弟子とお嫁さんの両取りを狙っている。

やれやれ……将棋は一手ずつしか動かせないから、どっちか一つを選ばなくちゃいけないのにな？　そんな基本的なところから教える必要がありそうだ。

「けど『両取り逃げるべからず』って格言もあるからね！　シャルちゃんがそれを望むなら、俺も覚悟を決めて――」

ドン！　ドンドンドン‼

また隣から激しい音がした。工事でもしてんのか？

「く、九頭竜先生！　あの……その……」

もじもじしながら今度は綾乃ちゃんが口を開く。

「あいちゃんも澪《みお》ちゃんも大阪からいなくなってしまって、残ったのは……うちとシャルちゃんの二人だけなのです。けど、あの……その……」

「？　どうしたの綾乃ちゃん？」

「も、もし先生さえよかったら！　ＪＳ研を続けていただけないでしょうか⁉　ですっ‼」

そう叫ぶと、綾乃ちゃんは深々と頭を下げた。

なんだ。そんなことか。

「もちろんさ！　ＪＳ研は永遠に不滅だよ‼」

「せ、せんせぇ………」

綾乃ちゃんはぽろぽろと涙を流し始める。

その涙に再び罪悪感を覚えた。

こんなにも純粋に慕ってくれる生徒がいるのに、俺はずっと自分のことばかりで……。

「よかった……うち、みんないなくなってしまって……師匠もずっと東京だし……シャルちゃんと二人だけで、どうやって強くなればいいのか、不安で……！」

「ごめんね？　けど、もう心配しなくていい」

とにかく今はこの子たちを安心させてあげることが大事だ。

俺は綾乃ちゃんの頭を優しく撫《な》でながら、

「あいには使いこなせなくても綾乃ちゃんならピッタリな戦法も既に用意してあるからね！」

「ふぇ⁉　う、うちのために……？　二冠王が、戦法を……？」

夢見心地な綾乃ちゃん。

しかしすぐにまた不安そうな表情に戻ってしまう。

「けど……あいちゃんは天才なのです。そんなあいちゃんに指しこなせないのに、うちみたいな研修会でずっと停滞してる劣等生が使える戦法なんて……本当にあるんです？」

「確かにあいは早見え早指しで、そういう子を天才と思ってしまうのも仕方がないけどね」

「才能の方向性が違うだけで、綾乃ちゃんだって十分な才能を持ってるんだよ？　たとえば綾乃ちゃんは本を読むのが好きだよね？」

「違うんです？」

「は、はい。うちは実戦よりも、本で将棋を勉強するほうが好きなのです。棋譜並べとか……」

「姉弟子もそうだったんだよ？」

「空先生が⁉　い、意外なのです……！」

病弱だった姉弟子は、実戦をたくさんやると体調を崩していた。

だから本で学ぶ時間が同世代の他の子供よりも極端に多かったんだが、結果的にそれがプラスに作用していたんだろう。

「勉強でも同じだと思うけど、教科書を読むだけですぐ問題が解けちゃうような子もいるだろ？　将棋はそういう子の才能だって表現できるゲームなんだ！」

「うちが……空先生と同じ才能を……？」

「本で効率よく感覚を摑めば、同じ番数をこなしても得られるものが違ってくるからね。けど何でも読めばいいってわけじゃない。いい本を繰り返し読むことが大切だよ？」

「九頭竜先生！　なんだかうち、あいちゃんにも勝てるような気がしてきたのです！」

「その意気だよ！　そんな綾乃ちゃんには俺が書いたこの『九頭竜ノート』をプレゼントしちゃおう。サイン入りでね！」

「す、すごいのです！　著者自ら本をいただくなんて、こんなの初めて……!!」

「この『九頭竜ノート』を読めば綾乃ちゃんに必要なものは全《すべ》て手に入るから」

「わかりましたなのです！　うちは九頭竜先生を信じてこの本だけを繰り返し読むのです！」

「もしよければ通販サイトで高評価もお願いね？」

「☆5です！　長文のレビューも書くです!!」

国語が得意な綾乃ちゃんならさぞ購買意欲をそそるレビューを書いてくれるだろう。やったぜ。

洗脳？　いやいや。ホントいい本だからこれ。

「誰にだって弱点はあるさ。あいは終盤でよく手が見えるけど、その力に頼りすぎて序盤が適当なままだったからね。東京で揉《も》まれて少しは改善されたみたいだけど」

「確かにうち、あいちゃんと練習将棋を指すときはいつも序盤は有利にできたのです。本で読んだ作戦がハマったから」

「それに性格も嫉妬《しっと》深くて、けっこう早く手が出るだろ？」

「あはは。そこは澪ちゃんがいつも心配してたのです。いつかあいちゃんが九頭竜先生を刺すんじゃないかって」

「俺も同居中はそれだけが心配でさぁ〜。さすのは将棋だけにしてほしいって（笑）」

ドンドン!!　ドゴンッ!!

「……さっきからドンドンうるさいな？」

「立派なホテルですけど意外と壁が薄いのです」

綾乃ちゃんの言うとおり壁が薄いのかもしれない。

それにこのフロアはほとんど将棋関係者で貸し切り状態とはいえ一般のお客さんも宿泊している。隣の部屋に将棋が嫌いな人が宿泊してる可能性だってあるのだ。将棋用語を連発するのは自重しよう。

「しゃうもー！　しゃうも、しぇんぽーほちいんだよー！」

「はっはっは！　もちろんシャルちゃんにも特別な戦法を用意してるよ！　さあ二人とも、ベッドに行こう!!」

床に座って将棋を指すわけにはいかないから、ベッドの上に正座して休憩中にちょっとレッスンをしてあげよう。

そんな親切心から出た言葉だったのだが――

プルルルル、と備え付けの電話が鳴った。

『お楽しみのところ申し訳ございません。フロントです』

「何ですか？」

『あの……お隣のお客様から――』

「あ、苦情が？　すみません。ちょっとうるさかったかな」

『いえ。苦情というか……』

フロントスタッフは言いにくそうに口ごもってから、

『そちらのお部屋で昼間から男性が女子小学生二人とベッドの上でいかがわしい行為に耽《ふけ》っていると通報があったのですが……』

「将棋です！　将棋を指してただけですから‼」

『しかしベルトを緩める音も聞こえたと――』

説明しているうちに昼休みが終わってしまった。いったい誰が通報なんてしたんだ⁉

☖初陣

濃厚な休憩時間を過ごしてからシャルちゃんと綾乃ちゃんを検討室に送り出すと、俺は服装を整えて一人、ホテルの庭園に向かった。

木陰《こかげ》に据え置かれた長椅子《ながいす》に腰掛けてスマホで中継を見る。

『挑戦者は休憩時間中に戻って来ましたね。昼食を摂っているとは思えないくらい短時間で、しかも駆け足で』

『床を踏み鳴らす音がこっちまで聞こえてきました』

休憩が明けるまで、あと数分。

あいは既に戦闘態勢だった。盤に頭突きするんじゃないかと思うほど近づいて前後に揺れていて、その姿に解説の棋士たちも驚いている。

そして記録係が休憩の終わりを宣言すると、

『時間になりましたので対局を再開――』

『はいっっ‼』

食い気味に返事をして即座に着手《ちゃくしゅ》。敵陣の奥へと大きく手を伸ばした。

２一角。決断の一手だ。

「終わらせるつもりだな。あい」

思わず口に出してそう言ってしまう。

強引に勝負を決めようとする手。早い段階で相手を投了《とうりょう》に追い込もうという、不退転の決意を感じる一手。

休憩明けギリギリに帰って来た釈迦堂先生がまだ紅茶を啜《すす》ってるのと比べると、その姿はあまりにも対照的だ。

『まるで怒っているかのようにも見えますね。いや、凄まじい気迫です！　いったい昼食休憩中に何があったんでしょう？』

『朝は震えていたのに、まるで別人みたいです！』

『釈迦堂女流名跡を相手にあれだけ闘志を剥《む》き出しにできるのは、やはり若さなんでしょうかねえ。大舞台にも全く怯んでいない。これは何かを読み切ったんでしょうか？』

『評価値はそれほど開いていないようですけど……』

聞き手の女流棋士はソフトの示す評価値を見て、あいの決断に疑問を呈している。嫉妬もあるかもしれない。

しかしそれは浅い意見だった。

「竜王。形勢をどうご覧になります？」

望遠レンズ付きのカメラを手にした供御飯さんが俺を見つけて声を掛けてきた。

「……よく俺がここにいるとわかりましたね？」

「外から対局室を撮影できるスポットは、観戦記者なら事前に必ず押さえておくべきポイントですから」

当然のように供御飯さんはそう言ってから、理由をもう一つ付け加える。

「それにここは、向こう《対局室》からは死角になっています。家出した娘と顔を合わせる度胸のないパパが選びそうな場所ですよね？」

「辛辣《しんらつ》だな」

その通りなので反論はしなかった。

「それよりも現局面です。雛鶴さんには何が見えてるんですか？」

「ソフトには終盤に詰みを見逃しやすい形ってのがある。前にも言いましたけど」

俺は前提を確認してから、

「それに設定によっては深く読まないから、この局面を『まだまだどっちもやれる』と見た。けど、あいは休憩中に深く深く読んだ先で詰みのある局面を発見したんでしょう。それをストレートに釈迦堂先生にぶつけに行った」

「……雛鶴さんがＡＩを超えたと？」

「得意不得意の問題です。人類より遙かに強くても、盤上真理にはほど遠い。スーパーコンピューターでも使えば話は別なんでしょうけど」

初めて俺とあいが盤を挟んだ時も同じようなことをされた。あの子は俺が将棋を教える前から知っていたんだ。『勝ち方』というものを。

天性の勝負師。

それが雛鶴あいという少女。

「なるほど……しかし世間は騒ぐでしょうね。『ＡＩ超え』の少女の存在に」

妙な方向に盛り上げてもらっても困る。釘《くぎ》を刺しておくか。

「単なる勝負術ですよ。この状況なら俺でもそうします。仮にすっぽ抜けてもまだ第一局で挽回《ばんかい》できるし、詰んでたら次局以降、相手は萎縮《いしゅく》するから」

「休みを利用して詰みを見つける……ですか。どこかの竜王に似ていますね？」

「…………」

「『九頭竜ノート』を読んだんでしょうか?」

「本能ですよ」

その姿勢はむしろ俺があいから学んだ。供御飯さんは知ってて言ってる。あの本を一緒に書いたんだから。

『こうこうこうこうこうこうこうこうこうこう……こうっ!!』

スマホからは、あいの声がずっと聞こえていた。

深く深く読む時にいつも出す、あの声が。

『こうッ!!』

鞭《むち》のように指が撓《しな》り、駒音《こまおと》が対局室から直接響いてくる。たっぷり時間を残している状況だが、あいはノータイムで指し続けている。

『こうッ!!　こうッ!!　こうこうこうこここうこうこうこうこうこうこうこうこうこうこうこうこうこおおおおおおおおおおおおおおおおおおおおうううううッ!!』

そして斧《おの》でも振り下ろすかのように、盤上にそれを叩き付けた。

1二銀を。

「「いっ……………1二銀!?」」

俺も供御飯さんも思わず声に出して確認してしまった。

相手の香車の前に銀を放り込むという、驚愕《きょうがく》の一手!

「強い……」
俺ですら見えなかったその手に……あの子はいつ辿り着いていたんだ？
『…………うむ』
《エターナルクイーン》はその手を見て額に手を当てると、二度、三度と頷く。
そして紅茶の残りで唇を潤してから、優雅さを崩さないまま居住まいを正した。
「釈迦堂先生の背筋が伸びた……」
「シャッターチャンスですね」
カシャシャシャシャ……と供御飯さんがレンズを対局室に向けて連写する。
その瞬間が近いことを知っているからだ。
『強い』
スマホからは、対局室でそう呟《つぶや》く釈迦堂先生の声が、はっきりと聞こえてきた。
奇《く》しくもそれは俺と同じ言葉で――
『負けました。これほどとは……な』
駒台《こまだい》に右手を翳《かざ》し、女流名跡は己《おのれ》の敗北を告げる。
迄《まで》、七三手で後手の投了。
『ありがとうございました』
礼を返す挑戦者の声は落ち着いていた。既にこの未来が見えていたから。

『とっ、投了です！　女流名跡が投了しました‼』

　中継動画は大騒ぎだ。

『１二銀なんて成立してるんですか⁉　ソフトの候補手にも……ええ⁉　い、今ごろ最善手に上がってくるなんて――』

　立会人や記者たちがドタドタと慌てふためいて対局室へと続く廊下を移動していく。ソフトの形勢判断に頼り切っていたため誰もこの手が見えていなかったのだ。

　初めてのタイトル戦。

　その第一局という難しい将棋を、強く踏み込んで勝つ。ＡＩにすら読めない決め手を放って。大きな大きな一勝だった。

「九頭竜竜王。お弟子さんのタイトル戦をご覧になっていかがでしたか？」

「うちの弟子が引くくらい強すぎてヤバい」

「そのままラノベのタイトルにできそうですね」

　呆《あき》れ顔の供御飯さんだけど完全に同意って感じだ。この人も終盤力であいにブン殴られた被害者の会の一人だもんな……。

「完勝でしたから。午前中に勝負所の直前まで誘導して、そして昼食休憩明けに一気に決めに出た。休憩中も読み筋を確認して、決め切れると踏んだんでしょう。おそらく昼飯は食ってないんじゃないかな？」

相撲《すもう》でいえば『電車道』だ。

正面からぶつかって行って、そのまま真っ直《す》ぐ押し出してしまった。相手に何もさせずに。

力と勢いの差を見せつけるかのような勝利。

この一勝はかなり大きな価値がある。

それこそ……実質的にこれで番勝負が終わってしまうくらいの価値が。

「何かしました?」

「いや。会ってすらいませんからね。俺が何かしたってことはありませんけど……」

「ちなみにうちの妹弟子とシャルちゃんは『お昼に九頭竜先生からベッドの上で特別レッスンを受けたのです!』と検討室で自慢していましたが」

「俺が何かしたってことはありませんけど!!」

綾乃《あやの》ちゃん記者になるなら表現に気をつけようね!?

「……強くなったってことでしょう。東京で。一人でもタイトル保持者と互角以上に戦えるくらいに、強く」

それを認めるのは、口で言うほど簡単じゃなかった。

俺がいなくても大丈夫だと認めるのは……。

「まるで別れてからもどんどん綺麗《きれい》になっていく元カノを見るような感じがして悔しい?」

「心読むのやめてもらっていいですか?」

　しかしさすが供御飯さん。記者だけあって表現が的確すぎる。

　さっきからパパとか元カノとか単語のチョイスが際《きわ》どいけど……。

　それだけ俺とあいの関係は……師弟という枠を踏み越えてしまっていた、ということなんだろうな……。

「こなたのことも、そう思うやも？」

「はいはい。いつもそう思ってますよ」

「むー」

　ぷぅっとかわいく頰を膨らませてから、供御飯さんは口調を戻して、

「さて。私は妹弟子をサポートしに対局室へ行きますが、竜王はどうなさいます？」

「もう少しここで時間を潰《つぶ》してから一人で帰ります」

「意気地無しどすなぁ。ま、知っとるけど！」

　そして俺は一人になる。

　聞こえないことをわかっていても口にしたい言葉があった。

「おめでとう。あい」

　その言葉は散りゆく桜の花びらと同じ風に乗って、対局室のほうへ舞っていった。

　部屋の中では感想戦が始まっていて、あいの意識は盤上にだけ向いている。笑顔は無く、真剣な表情で検討していた。

対局後の振る舞いも満点を付けていい。

その様子を見ながら、俺にはもう一つ、気になることがあった。

「釈迦堂先生……やっぱり歩夢の件が影響してるのか？」

そう思わざるを得ないほど、あらゆる面で差の付いた将棋だったから。

プロポーズの件について話を聞くのは別の機会にすると決めて、俺はその場から一人で立ち去った。

☗棒

「こう、こう、こうこうこうこうこうこうこうこうこうこう――――」

一週間後の第二局。

釈迦堂先生の出身地である鎌倉で行われたその将棋でも、わたしは速攻を意識した。

戦型は相掛かり。

ただ、最新流行のソフト調じゃなくて古式ゆかしい捻《ひね》り飛車を先生は採用していた。わたしが生まれる遙か前の流行だ。

――それでこっちが戸惑うと思ってる？　……でも‼

多少の噛《か》み合わなさは感じる。

けれどチグハグなその将棋観の違いを、わたしは序盤からフルスロットルで回し続ける読みの量で押し潰す！

「こう――――」

手番の釈迦堂先生はもう一時間近く考え続けている。

形勢は……多少、こっちがいいはず。

そして持ち時間では大差。

わたしは一秒も無駄にせず相手の手番でも読み耽る。この形勢のまま持ち時間でさらに差を付けて、得意の終盤で勝つ。そんなゲームプランを組み立てていた。

局面は相掛かり特有の、短手数《たんてすう》ながら既に終盤の入り口といっていい勝負所を迎えている。

先生がこれだけ時間を使うということは……。

――わたしの攻めが刺さってるはず！

自分の読みと、相手の態度。

その二つが導く結論に自信を深めた、その時。

「…………………………」

釈迦堂先生が腕組みをしたままチラリと時計に目を向ける。

そして腕組みを解くと、自分に言い聞かせるかのような声で、ポツリと言った。

「……うん。無いね」

「えっ⁉」

盤上に意識を集中させていたわたしは、釈迦堂先生の言葉が信じられなかった。記録係の恋地綸女流四段《リンリン先生》もビックリしてる。

え？

終わり？

――これで……わたし、勝ちなの？　もう指さないの？

「…………？」

呆然《ぼうぜん》と釈迦堂先生の顔を見る。

そのわたしに、先生はまるで子供に言い聞かせるかのようなゆっくりした口調で、こう言って頭を下げたのだった。

「負けました」

リンリン先生が慌ててタブレットを操作して時計を止める。棋譜用紙に最終手の消費時間を書き込み……そして本来指し手を記録するはずの場所には、一本の長い横棒を引いた。

『残念棒』

将棋界で、その横線はそう呼ばれる。

不出来な将棋が悔しくて、すぐに投了できなかったという証明。惨敗の証。

「あ………あ！　ありがとうございましたっ‼」

わたしは慌てて頭を下げた。

そしてそのまま顔を上げることができなかった。もしかしたら……顔がニヤけてしまっているかもしれないから。

——連勝？　本当に？　釈迦堂先生に、わたしが？

クリスマスプレゼントとお年玉を一度に貰ったような感じがした。

記録用紙に引かれた残念棒を、横目で見る。

——わたしの攻めが刺さってる……どころの話じゃない。

固い鎧《よろい》を貫き通したと思ったその一突きは、相手の心臓ごと刺し貫いていた。そこから一歩も動かないまま相手は即死していた。

ラッキーパンチ？

ううん。まだ指せるはず。わたしだったらもっと抵抗する。

それなのに指さなかったということは……。

——釈迦堂先生は……わたしが考えている以上に形勢を悲観している。

第一局で受けた精神的なダメージが尾を引いているのか、それとも別のことで悩んでいるのか、それはわからないけれど。

つまり、わたしの勢いを止められないと考えて、諦めてる！

――もしかして…………次で決められるかも？

ドッ！　と今になって汗が噴き出す。

心臓が痛いほどドキドキと胸の中で跳んでいた。

「ッ……!!」

和服の襟《えり》をきつく摑んで、わたしは肋骨《ろっこつ》を圧迫するようなその胸の鼓動を封じ込める。扇子を開いて激しく自らを扇《あお》ぐ。動揺を悟られないように……。

『雲外蒼天』

このタイトル戦が始まる前に揮毫《きごう》した四文字が目に入った。

――青空が見られるのかな？　あの場所で……。

次。

第三局。

そこはこの番勝負が始まる前からわたしにとって一番有利になることがわかっていたから。

仮に他の全部で負けたとしてもそこだけは絶対に勝とうと決めていたから。

次の対局地。

そこは……わたしが将棋の修行を始めた場所だから。

第二譜

◯　帰宅

「ただいまー」

西宮《にしのみや》のタワマンに帰宅した俺《おれ》が靴を脱ぎながらそう言うと、部屋の中から闇《やみ》の香りを漂わせるメイドさんが顔を出した。

「おう。先生お帰り」

「あ、どうも晶《あきら》さん。これお土産の『湯もち』と『権五郎力餅《もち》』です」

「餅ばかりじゃないか。どこの土産なんだ？」

「『湯もち』は箱根《はこね》で『権五郎力餅』は鎌倉《かまくら》の……まあまあ、どこの土産だっていいじゃないですか。餅は何だって美味《うま》いから」

「まあな」

メイド服を着て家事万能感を出している晶さんだが料理は全くできない。

天衣《あい》は最初からその点について諦《あきら》めているらしく、我が家の食事はデリバリー中心だ。各自が好きな物を買って、好きなタイミングで食べる。家族というよりルームシェアという感じが強い。

おかげで食生活はすっかり一人暮らしの頃《ころ》に戻ってしまった。土産のチョイスも『女子小学生が喜びそうなかわいいお菓子』から『食事一回分をそれで済ませることもできる腹持ちのいい食い物』に変わった。必然的に餅が多くなる。

「ふぅ……旅から帰って来て部屋が綺麗《きれい》だと、疲れが半分くらいに感じますよね」

二人分のコーヒーを淹《い》れると、俺は晶さんと向かい合って餅を食いながら、まるでホテルみたいに綺麗な部屋の中を見回して言った。

「そうか？　まあ、仕事でも使うスキルだからな」

料理が苦手な晶さんだが掃除は異様なまでに上手だ。

一度掃除をしてるところを見せてもらったが『これはあらゆるタンパク質を分解する洗剤』『これは骨だけ綺麗に溶かす洗剤』とか物騒な説明をしつつ取り出す特殊な薬剤は掃除というより清掃と呼ぶべき域に達していた。特殊清掃……。

「あれ？　天衣は帰ってないんですか？」

「対局がお忙しいのと、家業でも新たなプロジェクトが動いていてな。そちらのスタッフが同行している」

「あいつ学校にも通わないといけませんもんねぇ……」

将棋《しょうぎ》だけやってりゃいい俺よりも確実に忙しい。

「ってことは……晶さんは天衣がいないあいだ、ずっと家にいたんですか？　それとも別の仕事を？」

「それより先生。将棋を教えてくれ」

「将棋を？　別にいいですけど……」

微妙に話を逸《そ》らされた気がするな。

お！　そうだ。この機会に晶さんにも布教しとこう。

「もっと強くなりたかったらこの『九頭竜《くずりゅう》ノート』を読むといいですよ！」

「それはダメだ」

整った顔を歪《ゆが》めて晶さんは即座に吐き捨てた。

「お嬢様が熱心に読んでおられたから私もチラ見してみたが、まえがきでもう挫折した。字がいっぱい詰まっていたからな」

「そ、そうですか……」

「もっと字をスカスカにして、代わりに局面図をいっぱい入れてくれ。あと最初に結論を書いて欲しい。どんな凄《すご》い戦法なのかとドキドキしながら手順を並べていって最後に『以下、形勢不明』とか書いてある本は窓からブン投げたくなる。どうして将棋の本はそういうのが多いんだ？　これでは学習意欲を削《そ》がれて逆効果だろう。もっと効率的に学ぶことのできるツールを本気で考えるべきだと思うぞ。それから――」

晶さんからのダメ出しは具体的かつ的確で、俺はもうただひたすら頷《うなず》くしかなかった。

本……売れなかったらどうしよう……？

☗凱旋

女流名跡戦《じょりゅうみょうせき》第三局。

検分のため東京《とうきょう》から会場入りしたその子と、私は大阪《おおさか》で再会した。

「桂香《けいか》さん！」

待ち構えていた関係者の中に私の姿を見つけたその子は、人垣をかき分けるようにしてこっちへ向かって駆け出す。

私は笑顔を浮かべて両手を広げ、小さなその子を迎えた。

この子と再会したら言おうと決めていた言葉で。

「おかえりなさい。あいちゃん」

「……ただいま。桂香さん」

はにかんだような笑顔を浮かべる、小さな小さな挑戦者。

雛鶴《ひなつる》あい女流二段は子犬のように私に抱きついてから、気まずそうにモジモジと身をよじって顔を赤らめた。

幼いその姿は、大阪を出て行ったあの日のままで……。

「えへへ。恥ずかしいなぁ……あれだけ大げさに出て行ったのに、こんなに早く関西《こっち》に戻って来るなんて……」

「そんなことないわ」

「え？」

そう。あいちゃんは全く変わってなかった。

ある部分を除いては。

「つらかったんでしょう？　こんなに立派になって……逞《たくま》しくなって……」

大阪を出たときは長かった、髪。

大切に伸ばしてきたはずの黒髪を、あいちゃんはバッサリ切り落としていた。

棋譜《きふ》中継の画像でそれを見た瞬間の衝撃は今も忘れられない。

──ああ、だめだ……。

ずっと笑顔でいようと決めていたのに、目の前のあいちゃんの姿がみるみる滲《にじ》んでいく。

「………ごめんなさい、あいちゃん……」

こうして実際に会ってみると……やっぱり涙を抑えることができなくて……！

泣きながら私は許しを請う。

「ごめん……ごめんなさい……私が女流棋士として、もっと強かったら……もっと早く女流棋士になって、関東でも人脈を築けていたら……あいちゃんをたった一人で行かせるようなこと、しなかったのに……！」

「桂香さん！　ああ……泣かないで桂香さんっ……!!」

あいちゃんは私の両手を取って、

「たまよん先生が……鹿路庭《ろくろば》先生がずっと守ってくださったの！　山刀伐《なたぎり》先生も、タイトル戦でお忙しい中でもずっと鍛えてくださって……桂香さんとおじいちゃん先生がお二人に相談してくれたおかげだよ！」

東京での出来事をあいちゃんは教えてくれた。

最初はつらく当たっていた女流棋士たちにも、今は優しくしてもらっていること。

それに岳滅鬼《がくめき》翼《つばさ》女流一級や恋地綸《こいじりん》女流四段といった、新しいお友達ができたこと。

その全《すべ》てが鹿路庭珠代《たまよ》女流二段のおかげだったということを。

「そう……やっぱりあの人にあいちゃんを託したのは間違いじゃなかったのね」

鹿路庭さんは評判が二分される人物だ。

関西では《研究会クラッシャー》や《プロ女流棋士》と揶揄《やゆ》する人のほうが多い。私も正直そう思っていたし、銀子《ぎんこ》ちゃんも毛嫌いしていた……まあ、あの子の場合は別の理由が大きいんだけど。

けれどあの、将棋に全てを捧《ささ》げる山刀伐八段が熱心に勧めてくれたのだ。

『あいくんはボクよりも珠代くんから学ぶところが多いはずです。ぜひ東京に来て、彼女と同じ部屋に住むといい』

プロ棋士のお父さんにはあまりピンと来なかったみたいだけど、私はその言葉を聞いたからこそ山刀伐先生にお任せしようと決めた。

——この人は私たち女流棋士のリアルを知っていると思ったから……。

結果的に、絶妙手だったようね。

とはいえここまであいちゃんが爆発《ばくはつ》的に強くなるとは予想してなかった。

第一局と第二局は完勝。

奪取にリーチをかけた状態で迎える大阪対局は、まるで銀子ちゃんが初の女流タイトルである女王を獲得した時の再現のようで。

——あの子が女王になったのも小学六年生だった……出来過ぎね。偶然にしては。

対局場すら同じなのだ。運命じみた物を感じるのは私だけじゃないようで、将棋メディアだけじゃなく在阪マスコミも今回の対局に押し寄せていた。

第二の《浪速《なにわ》の白雪姫》が誕生する瞬間を見届けようと。

「そうそう」

私は涙を拭《ぬぐ》いながら笑顔を浮かべ、

「あいちゃんの初タイトル戦を記念して、ちょっとしたプレゼントを用意したわ」

「え！　プレゼント⁉」

ぱぁあっと顔を明るくして、あいちゃんは聞いてくる。

「なになに⁉　桂香さん、プレゼントってなぁに⁉」

「うふふふ。お楽しみよ……前夜祭で、ね？」

「あ！　それってもしかして、あれのこと？　対局室の床の間に――」

「違う違う。もっといい物よ……っていうかあれ迷惑じゃなかった？」

「そんなことないよ！　対局中に見ると笑っちゃ……元気が出るもん！」

「……邪魔だったら燃やしていいから。あれ」

孫弟子を励ますどころか逆に気を遣われてるじゃない。まったくあのヒゲは……！

文句の一つも言ってやろうと周囲を見回す。

そのお父さんといえば、私たちとは少し離れた場所で、もう一人の対局者と挨拶《あいさつ》を交わしていた。

「鋼介《こうすけ》さん」

「里奈《りな》ちゃん……」

はにかんだような表情を浮かべて見つめ合う二人。

「……不思議な感じがするな。わしの孫弟子と里奈ちゃんが、タイトル戦をするとは……」

「ふふ。二人とも歳《とし》を取るわけですね？」

「里奈ちゃんは変わらんよ。あの頃のまま……いや！　今のほうが綺麗になっとるよ！」

「鋼介さんも、あの頃より――」

「男ぶりが上がったか？」

「ううん。口が上手《うま》くなった！」

少女のようにコロコロと笑う釈迦堂《しゃかんど》先生は、これが本当に連敗で角番に追い詰められたタイトル保持者かと疑ってしまうほど朗かで。

——あと一敗で無冠に転落するのよ？　怖くないの？

弱みを見せないよう、敢《あ》えて明るく振る舞っているのだろうか？

それとも……もうタイトルを持つことに飽きてしまったのだろうか？

そんな人間が本当にいるの？　私なんて、一度でもタイトル戦に出られたらいつ死んでもいいと思って——

「桂香！　おい桂香！」

「へ？　な、なに？　お父さん……」

「里奈ちゃんを……釈迦堂女流名跡を対局室までご案内しなさい。気をつけてな！　あと公の場では師匠と呼べ師匠と」

私は無言で頷くと、あいちゃんに目配せしてから、もう一人の対局者へ近づいた。

天辺の人に。

「久しぶりだね？」

「はい。ごぶさたいたしております」

私はかつて、この人を倒して、ほとんど閉ざされかけていた女流棋士への扉を開くことができた。

　人生最高の一局だ。

　これからもあの将棋を超えることはできないと思う。あいちゃんと違って、この人にもう一度勝つイメージなど、私には持てないから。

「失礼します先生。お手を……」

「うん。ありがとう」

　あの時は激しく戦った手を繋《つな》いで、私たちはゆっくりと歩き始めた。そしてようやく私はこの状況に違和感を抱く。

　──歩夢《あゆむ》くんはどうしたのかしら？

　私と対局したあの時も、釈迦堂先生の傍《かたわ》らには愛弟子《まなでし》の姿があった。

　それが今はどこにもいない。

　──公式戦があるの？　それ以外、ここにいない理由はありそうにないけど……。

「明日は桂香くんが記録を？」

「あ………は、はい！　なにぶんタイトル戦の記録を取らせていただくのは初めての経験ですから、粗相がないよう十分に注意を──」

「いや。緊張するのはむしろ余《よ》のほうさ」

「え？　……釈迦堂先生が？　タイトル戦で？　緊張？　ご冗談を……」

やっぱりこの方でも角番ともなると緊張するんだろうか？

「かっこ悪いところは見せられないからね」

誰《だれ》に？

ずっと応援しくれるファンに？　あいちゃんにだろうか？

――まさか私に？　それとも……？

検分は五分で終了した。

前夜祭は非常に盛大なものになった。

両対局者の挨拶と、立会人であるお父さんの挨拶に続いて、記録係を務める予定の私も一言求められる。

「タイトル戦の記録を取らせていただくのは初めてですし、とても貴重な機会ですので、しっかりと勉強させていただくつもりです」

宴もたけなわといった、和《なご》やかな雰囲気。

多くのテーブルで雑談が始まっており、私の挨拶に注目している人はほぼいない。互いに離れた場所に座っている釈迦堂先生とあいちゃんもリラックスしているように見える。

しかしそんな中でも雑音を奏《かな》でる人はいるもので。

「……立会人が清滝《きよたき》九段なのは問題だろ……？」

「……対局者と公私混同を……」

「……検分の前も…………話をして……」

どうしても耳が拾ってしまうそんな声を打ち消すように、ハンドバッグから封筒を取り出して、私は中に入っていた二枚の便箋を広げる。

「それから――」

両対局者への、とっておきのプレゼントを。

「空《そら》銀子四段より祝辞を預かっています。そちらを代読させてください」

「そ、空四段だって⁉」

衝撃が会場を揺らした。

「《浪速の白雪姫》は外部と一切《いっさい》の連絡を絶っているんじゃ⁉」「休場の報告以来、公の場に出る初めてのメッセージじゃないか⁉」『すごいスクープだぞこれは……‼』

それまで談笑していた記者たちが慌ててカメラを構えたりメモを取り出したりする。雑音は完全に吹き飛び、誰もが息すら止めて私の次の言葉を待つ。

それは両対局者も同じだった。

「銀子が……」

釈迦堂先生は小さな声でそう呟《つぶや》くと、視線で先を促す。

息を吸い込んで私は言った。

『釈迦堂女流名跡には、私が女流タイトルを獲得してからずっと研究会で鍛えていただきました。公式戦では勝たせていただきましたが、研究会での成績は私の負け越しだったと思います』

「…………」

先生は私の読み上げる銀子ちゃんの言葉を黙って聞いている。

『だから釈迦堂先生の強さは私が一番よく知っていると思います。そして明日の対局がどんな将棋になるかも、私にはわかっているつもりです。その予測が現実のものになるかどうか……注目させていただきます』

釈迦堂先生に一礼することで、私はメッセージの終わりを示す。

先生は…………何も仰《おっしゃ》らなかった。

ただ目を閉じて、静かに銀子ちゃんの言葉を反芻《はんすう》している。

『挑戦者の雛鶴あい女流二段とは、彼女の研修会入会試験で一度だけ真剣勝負を指したことがあります』

私はもう一人へ向けたメッセージを読み上げ始めた。

『駒《こま》落ちでの対局で、勝ったのは私でした。そのあと、一番手直りの練習対局で六枚落ちまで指し込んだこともあります。公式戦でも研究会でも私は雛鶴さんに負けたことは一度もありません』

ざわざわざわ……。

釈迦堂先生へ向けたメッセージとのあまりの落差に、あいちゃんよりもむしろ他の人々が動揺する。

『女流棋士になってからの雛鶴さんの将棋を見ても、あの時から全く変わっていないと感じました。まるで暴《あば》れ牛みたいに突き進むだけ。それでよくタイトル戦に出られたなと不思議に思います。だから──』

私はそこで一度言葉を切り。

そしてできるだけ銀子ちゃんの口調に似せて、最後の一文を読み上げる。

『だから今はちょっと……逆に楽しみになっています。あの時のまま、真っ直《す》ぐに伸びていった雛鶴あいの将棋を、この目で見る日が来るのを』

「ッ…………!!」

あいちゃんの瞳《ひとみ》に炎が宿る。

けどそれは釈迦堂先生に向けたものじゃなかった。

「…………まっすぐに、伸びた…………わたしの将棋を…………」

冷たい氷を溶かそうとするように、その炎はめらめらと激しさを増していく。

その瞬間、私は確信したのだった。

この子が本当に戦おうとしているのは、釈迦堂先生じゃなくて──

☖　来訪

「戦型《せんけい》は相掛《あいが》かり……か。釈迦堂先生、避けなかったな」

女流名跡戦第三局は、弟子《あい》の先手《せんて》で始まった。

三局連続で相掛かりだが、似ているようで大きく違う。

「今度はあいが最新型を持って来たか。満を持して、って感じだな……『絶対ここで決める！』って気持ちが指し手から伝わってくる……」

よくないと思いつつも我慢できずに歩きスマホで棋譜を確認しながら、俺はブツブツと局面について呟き続けていた。

対局場は天満橋《てんまばし》にある超高級ホテル。普通の女流タイトル戦じゃあこの規模の対局場は使われないが、過去に一度だけ、大注目のタイトル戦がここで行われたことがあった。

その対局のことはよく憶えている。絶対に忘れられない。

「あの時、記録係は鏡洲《かがみず》さんで……俺は大盤解説会の駒操作係だったな……そして、あの子が初めてタイトルを獲って……」

「おい。そこの不審者」

ホテルの敷地に足を踏み入れて五分で俺は関係者に見つかった。

しかも《捌《さば》きの巨匠《マエストロ》》に。

「お、生石《おいし》さん⁉　来てたんですか？」

「そりゃ来るだろ。あいちゃんの初タイトル戦だし、立会人と記録係は清滝親子。こんな面白《おもしろ》い見世物はそうそうありゃしない」

自分の対局がある日以外は経営する銭湯兼将棋道場に引きこもってるこの人ですら、やっぱりあいのタイトル戦は気になるらしい。

俺とあいは生石さんの銭湯でバイトしながら振《ふ》り飛車《びしゃ》を教えてもらった。

その教え子が挑戦者になって、しかも奪取まで一勝と迫った状況で大阪に凱旋だ。店を閉めてでも来ようって気になってくれたことが嬉《うれ》しかった。

「平日じゃなかったら飛鳥《あすか》も連れて来たんだがな」

「この春から大学生でしたっけ？」

「将棋部の強い大学を自分で見つけてきて、一般入試でいつのまにか合格してやがった。将棋以外は手の掛からない娘でね」

「飛鳥ちゃんが女子大生かぁ……研修会はどうですか？」

「幹事の久留野《くるの》君は振り飛車党だからな。良くしてもらってるよ」

うちのあいは振り飛車党じゃなくても久留野先生には大変良くしていただいたが、突っ込んだら負けだ。

「それに高校卒業後に研修会に入ったのは桂香ちゃんも同じだ。お互いの道場《いえ》を行き来してアドバイスを貰《もら》ったり将棋を教えて貰ったりしてるらしい」

「なら安心ですね」

二重の意味で俺は言った。一気に家族が減った清滝家にとって、飛鳥ちゃんが来てくれるのは大きいに違いないから。

「にしても九頭竜一門は大活躍だな？　師匠は史上最年少二冠、あいちゃんは初タイトル戦、それにもう一人の弟子はダブルタイトル戦だろ？」

「天衣はタイトル戦っていうか、優勝者決定戦ですけどね」

「銀子ちゃんが手放したタイトルも結局はお前の一門が回収するんだな？」

「まだわかりませんよ。相手は奨励会三段ですから」

「そっちは見に行ってないのか？」

「天衣は俺が行くと露骨に嫌がるんですよ……終わるまで棋譜も見るなって言われるくらいで。せっかく一緒に――」

「何だ？」

「いっ……しょうけんめい師匠として教育してきたのに！」

「ふん。まあ親の心子知らずってヤツだな。うちの飛鳥も似たようなもんさ」

あ、危ないところだった！

俺と天衣が一緒に暮らしてることは周囲には伏せている。やましいことがあるわけじゃないんだが、何となく言い出しづらくなっちゃってて……。

「それとアレだ。椚創多《くぬぎそうた》」

生石さんは特に俺の様子を不審に思うこともなく話を続ける。

「あの小学生……いやもう中学生か。あいつ年末に竜王戦でデビューしてから負け知らずだ。騒ぎになりかけてる」

「それくらいじゃ逆に驚かないですけどね」

創多の実力ならいきなりA級順位戦に放り込んでも十分対応するだろう。

しかも関西所属棋士は関東より数が少なく、予選で当たるのは常に同じメンツ。お互いに手の内がわかってるから番狂わせも起こりづらい。

月光《つきみつ》会長、生石さん、そして俺の関西三強に当たるまで勝ちっぱなしの可能性がある。二十連勝くらいなら予想の範囲内だ。

「このまま勝ち続ければ竜王戦の六組決勝で祭神雷《さいのかみいか》と当たる。小学生棋士と女流棋士、どっちが勝っても大騒ぎだろうさ」

「妖怪《ようかい》大戦争って感じですね」

「お前は色々あって祭神のことを嫌ってるんだろうが、俺としては頑張ってほしいね。例のトマホークって戦法はかなり優秀だぜ？」

「…………」

その名前は苦味を伴って俺の心をザワつかせた。

姉弟子《あねでし》の心を刈り取った戦法だ。必ず絶滅させてやると誓っていた。

けれど俺は心の動揺を見せることなく話し続ける。

「……角道を止めるノーマル《ノ》三間《マさん》飛車がここまでブームになるなんて、ちょっと前までは想像すらできなかったですよねぇ」

「だな。俺もエースのゴキゲン中飛車《なかびしゃ》に代わる隠し球を研究中だ」

「え⁉ どんな戦法です？」

「アホ。教えたら隠し球にならんだろ。公式戦で出るのを楽しみにしておけよ」

俺の頭を小突いてから、生石さんは小言を口にする。

「それよりお前、関西《こっち》の情報に疎《うと》すぎるだろ。いったいどこに住んでるんだ？　アパートからも退去して行方《ゆくえ》不明だって桂香ちゃんが騒いでたぞ？　うちの飛鳥なんか銀子ちゃんの件でショックを受けたお前が失踪《しっそう》したんじゃないかと警察に相談しようとしてな」

「いやぁ……年始からずっと本の執筆でカンヅメになってて……本を出してからも営業で関東の書店を回ってたから、あんまり帰ってないんですよ……」

本格的に書店営業するのは明日からだが、まあ嘘《うそ》のうちに入らないだろう。

「営業？」

心底意外そうな顔で生石さんは言う。

「そんなことするのか？　五年前に出した俺の本は特に何もせんでも重版し続けてるぞ？」

「アマチュアには振り飛車が人気ですもんね……」

さすが巨匠。晶さんからダメ出しの嵐《あらし》だった『九頭竜ノート』とは格が違う。やっぱり小学生向けの本にするべきだったか……。

近況報告をしているうちに検討室《けんとう》の前に到着した。

部屋の中からはタイトル戦の午前中にありがちな、勝負とは真逆の和気藹々《わきあいあい》としたお喋《しゃべ》りが漏《も》れ聞こえてくる。

「誰かゲストを招いてるっぽいですね。スポンサーかな？　ま、俺としてはあんまり注目されたくないから好都合ですが――」

だが先を歩いてた生石さんはドアを開けようとしない。

「あれ？　入らないんですか？」

「……会長の声がするからな」

巨匠は露骨に嫌そうな顔をする。

月光会長に見つかると「そろそろ理事をやりなさい」とプレッシャーをかけられるため逃げ回ってるのだ。

「忙しい人だからそのうち消えるだろ。しばらくそこら辺でタバコでも吸ってるさ」

「そんなに避けなくてもいいと思うけどなぁ」

「A級棋士同士はあまり同じ空間にいないものなんだよ。味が悪いからな」

「そうなんですか？」

「お前も早く上がって来い。そしたらわかるさ」

ひらひらと手を振りながら、A級在位十四期目を誇る《捌きの巨匠》は喫煙所を求めて旅立っていった。

「…………A級、か」

先に上がった歩夢のことを思う。

ようやくB級2組の俺がその頂に登るのは、最短でもあと二年。

けれど二年後、共にA級棋士となった時……俺たちの関係はどうなるんだろう？

そしてもし、その頃に歩夢が名人になっていたら……。

「歩夢に、月夜見坂《つきよみざか》さん、それに供御飯《くぐい》さん。小学生名人戦同期の俺たちが一緒になってバカやれるのも、そう長い時間が残されてるわけじゃないのかもな……」

今のこの時間が永遠に続いてほしいのか。

それとも早く頂点で戦いたいのか。

両方求める自分は将棋指しとして未熟なのかと悩みつつ、俺は検討室の中へと足を踏み入れるのだった。

☗ VIP

検討室の中に入ると、継ぎ盤の周囲に異様なまでの人集《ひとだか》りができていた。ちなみに師匠は大盤解説会に行ってることを確認済みなのでその中には含まれていない。顔を合わせると絶対に厄介なことになるからな……。

「誰だ？　有名人かな？」

タイトル戦の早い時間帯には将棋界以外の人が対局室や検討室に出入りする。勝負が佳境になると構ってらんないが、序盤なら丁寧にエスコートできるからだが――

「わ、和装した月光会長自ら対応してるのか⁉　いったいどんなＶＩＰが来てるんだ……⁉」

背の高い女性だ。

若くて美人で、しかしどこか闇の世界の空気を漂わせている。タイトル戦の検討室という独特の空間であの会長と対面して気圧《けお》されずに堂々と振る舞えるとは、二十歳そこそこの女性にしては凄いことだと思って見ていると……。

「池田《いけだ》社長。どうぞこちらの特等席に。ささ、どうぞ」

「ありがとうございます月光会長。Ａ級棋士と継ぎ盤を挟むことができるとは……将棋ファンとしてこれ以上の特等席はありませんね？」

思いっきり知ってる人だった。

っていうか同居してる人だよ！

「あ、晶さん⁉　こんなとこで何やってるんです⁉」

目立たないように来た俺だったが思わず人垣に割って入ってそう叫んでしまった。こんなの絶対おかしいよ！

池田晶さんは大げさに驚いた表情を作って、

「これはこれは！　九頭竜八一《やいち》竜王までサプライズのご登場とは！　史上最年少二冠にも会えるなんて、いやぁ今日はこのタイトル戦にお邪魔して本当によかった‼」

「へっ？　昨日も家で餅食いながら将棋を…………っとと」

衆人環視の前で同居の事実なんて言えるわけがない。俺は慌てて晶さんに調子を合わせる。

「そ、そうっすね。お久しぶりで……マジ偶然……」

会長が意外すぎる説明をした。

「池田社長はこのたび将棋会館の建て替え事業をお引き受けくださることになったのです」

「社長？」

晶さんが……社長？

「そういえば神戸《こうべ》でゲーム会社を立ち上げて、連盟を通して俺に仕事を振ってくれたことがありましたっけ」

あまりにも酷《ひど》すぎて封印していた記憶がムクムク甦《よみがえ》ってくる。

　てっきり将棋のゲームの監修をするもんだと思って行ってみたら『ロリコンGO』だとか『ロリライブ』だとかそういうかわいい幼女がいっぱい出てくるゲームを作る片棒を担《かつ》がされた、あの日々を……。

　最終的には出資者である天衣の逆鱗《げきりん》に触れて、俺たちが開発したゲームというか美幼女コンテンツが日の目を見ることはなかったんだが……。

「でもあの会社はもう潰《つぶ》したはずじゃ……？」

「スマホゲームを作るために大規模サーバーを自前で用意したりと初期投資をしてしまっていたのでな。新しく起業したのだ。今度は不動産会社を」

「ああ、そっちのほうが得意っぽいですもんね。地上げとか……って！　ちょっと待って⁉」

　タピオカ店を潰して高級食パンの店を作りましたみたいに気軽なノリで語っちゃってるけど……聞き捨てならない単語が混ざってたぞ⁉

「い、いま……将棋会館の建て替えって言いました⁉」

　連盟長年の懸案事項で、特に東京の会館はもう二十年くらい前からずっと建て替え建て替え言い続けてる。

　いい業者が見つからないとか様々な理由で話が全くまとまらなかったんだが……。

「それを晶さんの会社が請け負うんですか？」

「それだけ我が社が優秀だということだな！」

胸を張る晶さん。不安すぎる……。

「確かに創業間もない会社ではありますが、急成長を遂げておられる将来有望な企業ですよ」

「会長がそう言うなら信じなくもないですけど……」

疑念を拭いきれず、俺は晶さんに確認する。

「で？　どんな名前の会社なんです？」

「『ロリホーム』だ」

「また潰れるわ大バカ野郎!!」

思わず怒鳴り声を上げてしまったが、晶さんは自信満々で補足説明なんぞしてくる。

「幼い子供が安心して住むことのできる住宅を提供する、という固い決意を込めて私が命名した。いい名前だろう？」

「素晴らしい。成長を期待させる実に素晴らしいお名前です」

月光会長は大絶賛だ。

俺に説明するため……というよりも、周囲に集まった報道陣や将棋関係者に親密ぶりを見せつけているように感じる。

「残念なことに私には子供はいませんが、もしいたらぜひ御社でマイホームを購入しようと考えたでしょうね」

子供がいないからこそ会長はそんな無責任なことを言う。ああほら、不用意にそんなこと言うから隣にいる男鹿《おが》さんが手元のタブレットで物件を凄い勢いで検索し始めちゃってるじゃないの……。

盲目の会長は秘書の暴走が見えないので穏やかに話し続ける。

「池田社長は九頭竜竜王と同じように、女子小学生を支援したいという高邁《こうまい》な理想をお持ちなのですね。なるほど、だから話が合うと」

「私は撮る小なので」

「いま流行の『撮る将棋ファン』というわけですね？」

違います。いついかなる時代も絶対に流行してはいけない『撮る小学生ファン』です。つまり変質者です。

「その撮影技術とゲーム会社の頃の機材とノウハウを活《い》かして開発した新たな技術こそが、我が社が不動産業界で急成長している秘密なのだ。知りたいか？　九頭竜先生」

「別に……」

「VRだ」

「ぶい……あーる？　って、アレですか？　ゲームとかで使う、あの頭にゴツいゴーグルみたいなのを付ける……」

「そうだ。実はここに実機を用意してある」

「神聖なタイトル戦に変なもの持って来ないでください」

俺が抗議すると、意外なことに男鹿さんが擁護した。

「連盟の要望でご持参いただいたのです。この後の記者会見で必要になるものですから」

記者会見？

「いいから試してみろ。世界が変わるから」

「おお⁉　こ、これは……⁉」

ズポッと被《かぶ》せられたヘッドセットを通して得られる映像に、俺は検討室にいることも忘れて思わず叫んでしまった。

そこは何と、かつて俺があいと住んでいた商店街のアパートの部屋そのままだったのだ！

「凄いじゃないですか晶さん！　まるで本当にアパートの一室にいるかのようだ！」

「ふふふ。そうだろう？」

いや、これはちょっとナメてた。

圧倒的な没入感により、視覚だけではなく触覚や嗅覚《きゅうかく》すらも惑わされてしまう。本当にどこか別の部屋に来たみたいだ……。

「引っ越しというのは基本的に遠方へ行くためのものだ。そのためにわざわざ仕事を休んで部屋を探しに行かなければならなかったり、しかも大事なお部屋探しを一日で終わらせねばならなかったりする」

確かに晶さんの言うとおりだ。なら俺が四億のマンションを即決で買わされるという悲劇も避けられたんじゃないの？　と思わなくもないが……。

「しかし！　このＶＲを使えば遠方のお部屋もこの通り非常にリアルに再現できる！　わざわざ現地に行く必要がないからそのぶん時間も費用も浮くし私のように若く美しい女性がツーブロックの不動産屋と二人きりで車に乗って物件を見に行くのは抵抗があったりするがそういうのも一切必要なくなるのだ！」

「この技術があれば新しい将棋会館の内部を事前に体験することもできます。今まで建て替えに反対してきた棋士も説得しやすくなりますね」

会長が静かに付け加える。

「将来的にはこの仮想空間……いや、超越空間《メタバース》と呼びましょうか。そこで対局を行うことすら可能となるでしょう。東西の棋士が移動する負担も減りますし、ソフトによるカンニング対策にもなり得る」

ＶＲ将棋会館構想まで⁉

「海外の方や、身体《からだ》が自由に動かない方も、プロ棋士を目指せる環境を整える。そのために新会館の建設委員長はあの方にお任せしたのですが……いかがです？　新会館の主となる竜王のご感想は？」

「は、話が壮大すぎて、ちょっと何がなんだか……」

「九頭竜先生の説得は私に任せていただきましょう」

晶さんがそう言って指をパチンと鳴らす。

「他にも……そら！　このように幼女をお部屋に配置することも可能なのだ‼」

「おおおおおおおおおおお⁉」

突如として視界に出現したのは――――懐かしきあのＪＳたち！

「あいにシャルちゃんに綾乃《あやの》ちゃん……そ、それに海外へ行ったはずの澪《みお》ちゃんまで⁉　みんながまた、俺の部屋に集まる日が来るだなんてッ……‼」

晶さんが天衣と一緒に盗さ……記録していたＪＳ研のメンバー。

あいが俺の部屋に来て二ヶ月後くらいだろうか？　小学四年生に上がったばかりの頃の幼い姿がサイバー空間で甦っていた。

「おおおお…………おおおおおおおおお…………‼」

気付けば俺は……ゴーグルの中で号泣していた。

もう二度と戻らないと諦めていたあの幸せな日々が今、目の前に広がっている……‼

これが……メタバース……‼

「おい、あれ見ろよ……」「竜王がＶＲで幼女に囲まれて泣いてるぞ……」「やっぱりガチのロリコンだったんだな」「今日の記者会見って、まさか……」

違います違います！　懐かしさで感動してたんですぅぅぅ‼

と説明しようと思ったが幼女を詰め込んだ部屋を『懐かしい』と表現する時点で絶対に誤解

は解けそうにない。ここは我慢の一手だ。うぅ……。

苦悩する俺の頭からヘッドセットを外しながら晶さんは言う。

「このVRの他にも我が社は誰も買わなかったカスみたいな土地をAI分析によって法律の許すギリギリのラインまで分割して極小住宅を建てまくる技術も確立した」

「あくどい！」

「効率的、と言ってくれ。それに――」

悲しげな瞳で、晶さんはこう付け足す。

「傾斜地が多くて住居に適した土地の少ない神戸では非常に有用な技術なんだ。特に震災から立て直すためには……な」

「あっ……」

晶さんは阪神淡路大震災を経験した世代ではないけれど、それでもあの大災害の傷痕《きずあと》と無縁の人生を送ってきたわけがない。

そして会長も神戸出身。そもそも天衣と俺を繋いだのが会長だった。

もしかしたら……夜叉神《やしゃじん》家と月光聖市《せいいち》の繋がりは、俺が想像している以上に深いのかもしれない……。

「まあそんなわけで我が社は子供が出入りするような建物を、安全安心に、しかもAIを使って効率よく建てることに長《た》けているわけだ。新しい将棋会館を建てるのにこれほど適任な会社も他にあるまい？」

「ぜひ長期的なお付き合いをお願いいたします。池田社長」

会長は晶さんのことを有能な若手女性社長と頭から信じ切ってる様子だ。あまりの信頼っぷりに男鹿さんがだんだん晶さんのことを敵視し始めてるのがその証拠だ。殺し合いになったらどっちが勝つんだろ？

「会長、こっちも見てください。盤上が大変なことになっています」

「どうしました男鹿さん？」

継ぎ盤に並べた現局面を男鹿さんが口頭で伝えると、会長の顔色が変わった。

「ほう⁉　これは確かに……興味深い。実に興味深い……」

「何がですか？　普通の相掛かりの序盤に見えますけど」

「私が後手《ごて》を持って三十年近く前に指した将棋と合流しました。非公式の席上対局ではありましたが」

「え⁉　……これが？」

月光会長の将棋なら非公式戦に至るまで全て頭に入っているぞという男鹿さんのマウントにビビりつつ局面を確認した俺は、首を傾《かし》げて言う。

「でもこれ……直近の将棋でも端歩を突き合った類型があったはずですよ？　若手プロ同士の将棋で」

「それは面白いですね」

定跡《じょうせき》の整備が進んでいない相掛かりという戦型では往々にしてこういうことが起こる。もっとも当時と今では思想が全く違うため、偶然の要素が強いんだが……。

「会長は後手ですよね？　じゃあ先手を持ってたのは誰なんです？」

「わかりませんか？」

「非公式戦で席上対局ってことは、相手はプロ棋士とは限らないわけで……とはいえ三十年近く前にここまで高度な序盤を指せるアマチュアや女流棋士なんているはずないから、やっぱりプロ棋士の誰か――」

「釈迦堂里奈女流二冠」

「ッ……!?」

それはつまり……。

あいは今、昔の釈迦堂先生と同じ将棋を指しているということになる！

「彼女は当時まだ十代。可憐《かれん》なセーラー服姿に油断して、私も危うく不名誉な記録を残すところでした……まだ辛《かろ》うじて目が見えたのでね」

三十年近く前の記憶を盤上に鮮明に再現しつつ、史上最年少で名人になった天才は言う。

「現役《げんえき》の名人が衆人環視の前で女流棋士に敗れるという記録を」

☖　若返りの水

「こう――――――」

釈迦堂先生が飛車を引いて銀を押し上げた瞬間。

わたしはスイッチを入れていた。

「こう……こう……こう、こう、こうこうこうこうこうこう――――――――こうッ!!」

まずは相手の角頭《かくとう》に歩を打ち込む!

後手からの角交換を強要して――

「こうこうこうこうこうこうこうこうこうこうこうこうこうこうこうこうこうこう!!」

ここからが第二幕。

角を持ち合うことで互いの駒組みに制約を加え、神経戦に持ち込んでいく。

――削る! 後手の囲いと持ち時間を!

手番を握ったわたしはノータイムで指し進める。しかし達人同士の型の応酬のように、釈迦堂先生も全く崩れずノータイムで完璧《かんぺき》に受け切っていた。堅いっ……!!

「ふふ。こちらは角番《かどばん》だからな……さすがにそう易々《やすやす》と隙《すき》は見せぬよ」

「チッ! ………だったらっ!!」

呼吸を読んで飛車を最下段まで引いたわたしは、陣形を素早く組み替えた。

「……ふむ？　2九飛・4八金型か……」

釈迦堂先生は軽く首を回しながら、意外そうな声を発した。

なぜならこの囲いは――――角換わりで最も頻出する形。

「第一局で相掛かりを目指したにもかかわらず角換わりに似た囲《かくが》いを採用していた時から予感してはいたが……そうか。そういう狙《ねら》いなのだな？」

ようやく気付きましたか？　でも……もう遅い！

五三手目にして、盤上には角換わり相腰掛《あいこしか》け銀《ぎん》に酷似した形が出現している。

――つまり相掛かりの将棋から角換わりの将棋に変化させたということ！

これがわたしの、真の作戦だった。

相掛かりしか指せないと油断させて、角換わりに誘導する。しかも対局の途中で‼

現代将棋のこのスピード感に対応できますか⁉　釈迦堂先生！

「相掛かりも角換わりも、最新の流行をよく勉強していると見える。ならば余は……青春時代の服でも着るとしようか」

「っ⁉　それは……？」

離れていた右金を引き寄せて、釈迦堂先生は玉の前に金銀の防壁を築いた。

見慣れない形の囲い。

堅さを主張する、実戦的な構えだった。

「実戦的……だけど、古臭い！」

「失礼だな。人の青春を」

わたしは最新のバランス型に玉をセット。そして右の桂馬も跳ねている。

これで確実にポイントを稼いだ。

それと同時に、相手の底を見切ることができたのも大きい。

——きっと最新型での戦いに自信が無いんだ！　一局目でわたしに負けてるから……！

第一局でわたしは相手に最新型を持たせ。

第二局では先手を持たせた状態で勝った。

そしてこの第三局で、わたしは最新型と先手の両方を持った状態で戦うことができている。

——相手を丸裸にして自分だけが武器を持った状態！　絶対有利っ!!

対局が始まる前からもう、勝負はわたしの有利が確定している状態だった。

それは相手も理解しているはず。

——なのに……この余裕は？　角換わりなら勝てると思ってるの？

《エターナルクイーン》と呼ばれるその人に残された武器は————経験。

軽視はできない。それはわたしが持ち得ない唯一のものだから。

「さて。角換わりが指したいのであれば……こんな手はどうかな？」

先生は6筋の歩を押し上げて、その後ろにスペースを作る。角を打ち込む隙間《すきま》を。

狙いが見えた。

「千日手《せんにちて》……」

後手番《ごてばん》で千日手を狙う筋は、角換わりではよくある。そうやって有利な先手番《せんてばん》を得ようという、後ろ向きな発想。それが女流名跡の縋《すが》るものの正体だとしたら。

——蹴《け》散らす！

「…………こう…………」

手持ちにしていた角を先に放り込んで揺さぶりを掛けてから、盤にギリギリまで躙《にじ》り寄って、わたしは再び前後に揺れる。詰みまで読み切って勝ってやる!!

「こう、こう、こう、こうこうこうこうこうこうこうこうこうこうこうこうこうこうこうこ」

「こうか？」

「こ…………え⁉」

釈迦堂先生は手待ちなんかしないでいきなり開戦した。あまりにも唐突に。

「しかも……9五歩⁉」

8筋にあるわたしの玉を露骨に狙って釈迦堂先生はパンチを繰り出してきた。

挑発としか思えないそんな雑な攻撃に加えて——

「攻め合うのが好きなのであろう？　さっさと来い。存分に殴り合おう」

その一言がわたしに火を点《つ》けた。

「こうこうこうこうこうこうこうこうこうこうこうこうこうこうこうこうこうこうッ!!」

殴り殺す。

二九年間座り続けた玉座から引きずり下ろしてグチャグチャにしてやる。穏やかな政権交代なんか許さない。これは――――革命なんだっ!!

若者《わたし》の最大の武器である暴力的な読みの力で蹂躙《じゅうりん》しようと力勝負を挑む…………けど！

「押し戻される!?　な、なんて怪力……!!」

「ふふふ。ふふふふふ。ふふふふふふはははははははははははははは！」

釈迦堂先生は…………笑っていた。

少女のように頬《ほお》を紅潮させて！

「まるで余が十代の頃に指していたような将棋ではないか。あの灼熱《しゃくねつ》の時代を思い出させてくれる棋士が、まさか奨励会員ではなく女流棋士として余の前に現れるとは……」

手を進めていくうちに、わたしは信じられないものを見た。

——釈迦堂先生……若返って……!?

指し手だけじゃない。

佇《たたず》まいや顔つきすらも明らかに変貌《へんぼう》していた。

「滾《たぎ》るな」

「ッ⁉　…………？　…………‼」

盤側《ばんそく》の桂香さんも目をゴシゴシと擦ってる。そして驚いた表情のまま言った。

「しゃ、釈迦堂先生！　残り十分です！　秒読みは──」

「不要」

爽《さわ》やかな汗を滴《したた》らせ、少女のように弾んだ声で伝説は答える。そしてわたしの玉頭目《ぎょくとう》がけて香車を打ち込んだ。

──秒読みがいらない？　投了《とうりょう》するつもりが無いなら、それって………ッッ‼

「舐《な》めるなぁぁぁぁぁぁぁぁぁぁぁぁ‼」

中盤のごちゃごちゃした戦いで、互いに決め手を与えず囲いを乱し合う。そんな中でも、わたしは背中に匕首《あいくち》を隠し持っていて──

「今だッッ‼」

四十手前からずっと動かず盤の隅でひっそりと出番を待っていた、角。

それが相手の思考と視界から消えたであろうタイミングで、わたしは釈迦堂先生の心臓目がけて最強の一撃を放つ！

「こうこうこうこうこうこうこうこうこうこうこおおおおおおおおおおおおおおおおおおおおおおおおおおおおおおおおおおおおおッッ‼　うッッッ‼‼」

「ッ………王手、か」

角を裏返して５二の地点にわたしが打ち込んだ馬を、釈迦堂先生は駒台《こまだい》から銀を投入して弾《はじ》き返そうとする。

けれどその受けもわたしは読み切っている。

わたしの本当の狙いは――――釈迦堂先生の、飛車!!

「…………獲った!!」

王手を掛けていた馬をバックステップするように斜めに一つ引いた状態が、わたしが目指していた形！

――玉に狙いを定めつつ飛車取りになってる！　勝っ…………た!!

その瞬間。

女流名跡のタイトルは、飛車の形をして盤上に……わたしの手の届く場所に存在した。

「…………………」

俯《うつむ》くタイトル保持者。

その手が駒台に向かってゆっくりと動く。わたしの心臓はドキドキと跳ねていた……先生が駒台に手を翳《かざ》した瞬間、女流名跡は交替する……！

けど――――違った。

白くて長い指先は、駒台の上に載っていた、一番小さな駒を摘まみ。

そして釈迦堂先生は水滴のように、ぽたりと歩を垂らした。

「………歩？」

一瞬、意味がわからなかった。

――馬をどかす手でも、玉を逃げる手でも……こっちに王手を掛ける手でもない？

ぼんやりとした手だ。

読みの本線には現れない。だからわたしは全くその手を読んでいなかった。

無視してこのまま飛車を取り、斬《き》り合いで勝つ順もある。

――………だめ！　最後まで油断するなッ!!

安全に行こう。確実にタイトルを獲るためにわたしは冷静になって金を引き、その歩を取る。

その一瞬が全てを覆した。

「死ぬがよい。雛鶴あい」

そんな宣告と共に、釈迦堂先生は駒台から桂馬を摑《つか》み、それを打ち下ろす。

8四桂を。

「て――――」

そしてようやくわたしは気付く。

自分の首が……断頭台の上に載っていたことを。

「手抜いた⁉　飛車取りを無視して………あああああああああああッ⁉」

8四桂が発動したことにより世界は一変していた。

──いま、飛車を獲ったら……詰む⁉　わたしが⁉　……わたしが詰むの⁉

「ッ……‼」

慌てて自陣に金を埋める。後手玉《ごてぎょく》を詰ますために必要な戦力だったけど、延命しなければ即死しかない。

しかし打ったその金も釈迦堂先生の狙いだった。桂を跳ねて金を取ると、絶妙なタイミングで自陣に手を戻し、わたしの馬を叱《しか》りつける金打ち……！

この時点で勝負は付いていた。わたしには見えてしまった……自分の負けが。

──読み……まけ、た？　わたしが……終盤で……？

信じられなかった。

だって……相手は、わたしのお母さんより……もっと年上なんだよ……？

──嘘だッ‼

目の前の局面が押しつけてくるその事実を否定しようと、わたしは指し続ける。だって……こんなの、おかしいもん！

──嘘だ嘘だ嘘だ嘘だ嘘だ嘘だ嘘だッッ‼

「見苦しいな」

それだけを呟くと、わたしの王手ラッシュを全てノータイムで弾き返し、釈迦堂先生はこっちの襟首《えりくび》を摑んでビンタをくれるような応手を放ってくる。

まるでA級棋士と戦っているかのように、釈迦堂先生は完璧だった。

なんで……こんなに、つよいの……？

「負けを受け容れることすら師匠に躾《しつ》けられずこの場に立ったのか？」

「っひ………」

最新研究をぶつけた。

山刀伐先生と……名人挑戦者にもなったA級棋士と研究会を重ねて身体に染《し》み込ませた居飛車《いびしゃ》の新しい指し方を。

そして研ぎ澄ました終盤力。

師匠にも……史上最年少二冠にもこれだけは負けないと信じていた、わたしの最強の武器。

その二つの武器を粉々に砕かれた。

たった一局の将棋で。

「…………………あ…………………」

『負けました』の言葉すら出てこない。

わたし自身が置かれた状況を、ただ、言葉にして発した。

「…………………………ありません………」

その言葉が全てだった。

摑んだはずのタイトルも。

持っていたはずの武器すらも、わたしの手から砂みたいに消え失せていた……。

「相掛かりの最新型と角換わりの最新型に詳しいことは、これまでの将棋でよくわかった。おそらく矢倉《やぐら》の最新型にも詳しいのであろう。よく勉強したね？」

「…………」

こっちの底を完全に見切った視線が恐ろしくて、わたしは顔を上げることすらできない。

恥ずかしかった。

このまま死んでしまいたいくらいに。

「だから余も、なけなしの若さをぶつけてみた……楽しかったよ。青春時代《むかし》を思い出して」

「失礼します」

報道陣と一緒に入室してきた男鹿さささり女流初段が、勝者に近づいて耳打ちする。

「釈迦堂先生。会見のお時間が……」

「うん」

そして男鹿さんの手を借りながら、釈迦堂先生は立ち上がってこう言った。

「ここまで長引くとは思わなかったのでね。すまないが感想戦は遠慮させていただこう」

脚を引きずりながら去るその姿はいつもの釈迦堂先生で。

対局中に見たあの少女の残像は、わたしの投了図の中にしかなかった……。

☗発表

終局後に行われた会見を、俺は部屋の隅から見ていた。

『このたび日本将棋連盟は東西将棋会館の建て替え事業を、こちらの株式会社ロリホーム様と共同で進める運びとなりました』

集まった報道各社にペーパーを配布しながら男鹿さんは端的に説明していく。いつもならその場にいるはずの会長の姿は見えない。

『正式な承認は棋士総会に諮《はか》ることとなりますが、包括的なパートナーシップ契約を結ぶ予定です。詳しいご説明は、こちらの池田社長にお願いいたします』

『ロリホーム代表、池田晶です』

男鹿さんからマイクを引き取った晶さんは堂々とした態度で喋り始めた。

しかし女性であることと、そしてあまりにも若いことから、記者たちは半信半疑といった様子だ。そもそも会社の名前が……。

『当社は女性の活躍を応援する不動産会社として近年急成長を続けております。あまりにも成長が早いため、まだご存じない方々もいらっしゃるでしょう』

晶さんは会場の雰囲気を敏感に察知してか、普段のヤク……ごほん。バイオレンスな空気を和らげながら、

『しかも社長である私を含め役員は全員が女性です。従業員も九割以上が女性であるにもかかわらず男性優位の不動産業界で急成長を遂げている理由が何か……おわかりでしょうか？』

「「……？」」

記者たちが首を傾げる。

『それは！　当社が社員教育に将棋を取り入れているからです‼』

「「おおお……‼」」

熱意溢《あふ》れる晶さんの口調に、次第に誰もが引き込まれていく。

『将棋で学んだ大局観は不動産相場の先読みに、そして終盤での粘り強さは営業に、最後まで逆転を信じて諦めない姿勢はサラリーマンとして絶対に必要なファイティングスピリットに。将棋にはビジネスに必要な全てが詰まっているのです。我々は将棋を学んで不動産業界の名人になることを目標に掲げています』

会場から質問が飛んだ。

「池田社長も将棋を指すんですか⁉」

『暇さえあれば関西将棋会館の道場で指していますよ。実力は……まあ、初段には少し届かないといったところでしょうか。得意戦法は一手損《てぞん》角換わりです』

「渋い……」「これは本物の将棋指しだ……！」

将棋界は将棋を指す人にとことん甘い。会社の名前もあって最初は胡散臭《うさんくさ》そうに見られてた晶さんだったけど、これで一気に認められた。

……本当は連盟道場で小学生相手にブチ切れながら姑息《こそく》な反則を繰り返す変態ロリコン盗撮魔だと知ったら、この評価も真っ逆さまなんだろうが。

『大切なことは全て将棋に教わりました……』

目に涙すら浮かべながらどっかで聞いたようなフレーズを口にした晶さんは、力を込めてこう宣言する。

『そこで！　戦う女性を支援したいと考え、このたび将棋連盟さんに新たな女流タイトル戦の創設を提案させていただきました‼』

おおおおお！　と会場がどよめく。

会館建て替えよりも遙《はる》かに大きなサプライズだ。俺もこれにはびっくりした。

「女流タイトルの創設だって⁉　女流玉座戦《じょりゅうぎょくざ》以来の大ニュースじゃないか！」

「プロと同じ七冠になるのか⁉」

「格式は⁉　賞金額は⁉　タイトルの名前は⁉」

「タイトル戦は何番勝負になるんですか⁉」

『タイトルの名前はまだ決まっていません。ただ一つだけ決まっているのは、これが女王・女流玉座を超える規模の棋戦となることです。すなわち――』

晶さんは思わせぶりに溜《た》めを作ると、

『女流順位戦。これは必ず実現することをお約束します』

おおおおおおおおおおおおおおおおおおおおおおおおおおおお!!

凄《すさ》まじい興奮が会場を染め上げていく。

『また、希望される方には当社のサーバーを利用したVR対局場を開放いたします』

「「VR対局場!?」」

話題のメタバース関連が飛び出したことで、一般マスコミたちも食いつきが変わる。

晶さんはヘッドセットを掲げつつ、

『個人では導入が難しいとされるディープラーニング系の将棋ソフトを二四時間いつでもご利用いただける環境を整えてあります。また、最新GPUを導入できるようアンペア数を増加した当社物件への転居も格安でご提案させていただく《将棋限定お引っ越しプラン》も用意しております』

「な、なぜそこまでするんですか……?」

『ロリホームの社訓は《育てる》です。よちよち歩きの幼女のような幼い会社ではありますが……ぜひ女流棋士の皆様と一緒に、大きく育っていきたいと願っております』

記者の質問に、晶さんはそう答えてマイクを置く。

そして最後にマイクを持ったのは――本日の勝者だった。

『余は、女流順位戦の創設と東西新会館建設の両委員会で、その長を務めることと相成った。

女流棋士の身で不遜《ふそん》ではあるが……』

釈迦堂先生は就任の理由をこう語る。

『月光会長は現役A級棋士であり、プレーヤーとしての活躍も期待される。しかし余は保持するタイトルが一つのみで暇だし、おまけにその一つも風前の灯火《ともしび》なのでな。今日は無冠でこの会見に臨むことになるのではと内心ヒヤヒヤしていたよ……めでたい席がお通夜のようになってしまわないかと』

会場からは好意的な笑いが起こった。

男鹿さん、晶さん、そして釈迦堂先生のリレーによって興奮が増幅されていく。まるで好手が好手を呼ぶかのように。

「……会長を含めて男性の棋士は一人も登壇せずに女性だけで記者会見、か。見事なもんだな……企画したのは男鹿さんか？　それとも――」

よく出来た会見だ。出来過ぎなほどに。

もし女流名跡戦がここまで盛り上がっていなかったらこんなにも記者は集まらなかっただろうし、釈迦堂先生がタイトルを失っていても具合が悪かったはずだ。晴れがましい発表の場で敗者が登壇するのは味が悪いうえに、第二の《浪速の白雪姫》の誕生という話題の方が大きくなりすぎて会見の内容が食われてしまっただろう。

空銀子という圧倒的な広告塔を失った将棋界において、久しぶりに明るい話題の会見だ。

失敗は絶対に許されない。

――もしかして釈迦堂先生は………この会見のために負け続けた？

「いや！　まさか………なぁ？」

いくら釈迦堂先生といえども、今のあいを相手にそんなことが可能なわけが……。

自分の頭を過《よぎ》ったその考えを打ち消そうとした、その時。

スマホが震えた。

「ん？　……ん⁉」

表示された名前に驚いて思わず二度見してから、俺は部屋の隅に移動して通話ボタンを押す。

聞こえてきたのは……少し懐かしい、高い声。

『いるんでしょ？　そこに』

黒幕のご登場だ。

「……いるよ。どうして黙ってた？」

『あなた顔に出るもの』

声の主――夜叉神天衣は、他人を小馬鹿《こばか》にしたような口調でそう言った。つまりいつもの口調で。

どこか別の場所にいて、この記者会見を見ているんだろう。

会見に出る人間を全部女性にしたのも、そして会見の場所が女流名跡戦第三局になるよう選んだのも天衣のはず。

――まさか……俺に見せたかったのか？　この会見を？

『ああ見えて晶は経営者としてそこそこ優秀なの。グループ内で人望があるし。それに私の考えを汲《く》み取るのが上手いから』

「………………」

『しばらくは連盟とのパイプ役も任せるつもり。何かあったら助けてやってちょうだい。私は忙しくて手が放せないから』

「俺だって暇じゃないんだけどな」

声のトーンこそいつもと同じだが……やっぱり少し、天衣は疲れてるような感じがした。普段はもっと罵《ののし》ってくるのに今日はそれが無い。

棋譜は見るなと言われてるから見てないが結果はどうしても耳に入る。

女王戦と女流玉座戦はどちらも初戦を落としてるし、三局目までで千日手が二回も出てると話題になってた。

史上二人目の女性奨励会三段が相手だ。世間的には小学生が善戦してると見られてるんだろうが……。

「……いろいろ聞きたいことはあるが、一つだけ教えろ」

『いいわよ。一つだけならね』

「よし」

俺は息を吸い込んでから、一息にこう言った。

「体調は大丈夫か？　お前なら奨励会三段が相手でも絶対に勝てる。だからとにかく体調にだけは気をつけてくれ」

『…………』

「ダブルタイトル戦は疲労が一番の敵だ。ヘタに将棋の対策をするより休養を取ったほうがいい場合もある。身体が重いと感じたら寝ろ。いいな？」

『…………聞きたいのって、それ？』

「ああ。晶さんがこっちにいて社長業なんぞやってるってことは、お前は一人で転戦してるんだろ？　無理してないか？　元気なのか？」

『いま元気になった』

心なしか、掛けてきた時よりも明るい口調になって、天衣は素直にそう言った。

安心してさらに話しかけようとしたが——

『あ、もう降りないと。じゃあね』

「おい⁉　一つだけって言うから絞ったけど、ホントは聞きたいことが山ほどあるんだからな⁉　落ち着いたタイミングでまた電話を——」

問答無用で通話終了。

切れる直前に、何とかセンター前？　みたいなアナウンス？　が聞こえた。電車にでも乗ってたのか？　それにしては音が静かだったような……。

「ったく！　ありとあらゆる行為が一方的なんだよな、あいつは……」

スマホをポケットに仕舞うと、俺は少し迷ってから……部屋を出る。

記者会見はまだ続いてて今は晶さんが例のＶＲをアピールしてるが、天衣があのタイミングで連絡してきたということは、これ以上は大きな発表も無いってことだろうから。

来た時と同じように、誰にも会わないよう道を選んで外に出ようとしたけれど――

「お帰りですか？　竜王」

来た時と同じように見つかってしまった。

いや、見つかったという表現はおかしいかもしれない。目の見えない人だから。

「会長……」

男鹿さんを従えず一人でソファに座っていたその人は、足音だけで俺だとわかったらしい。

――バケモノだな。相変わらず。

そろそろＡ級順位戦が始まる。感覚を研ぎ澄ましているんだろう。脳内将棋盤だけで研究をしていたのかもしれない。忙しいこの人にとっては、こういう隙間時間が貴重な研究時間になるんだろうから。

この人がＶＲや新会館の場に同席しなかった理由が俺にはよくわかるよ。

メタバースなんてオモチャよりも広い世界がこの人の脳内には広がっているからだ。

——師匠も怖かったもんな。Ａ級にいた頃は……。

順位戦が始まってからは家の空気が明らかにピリついてた。あの空気があったからこその修行時代だったように思う。

『Ａ級棋士同士はあまり同じ空間にいないものなんだよ』

生石さんの言葉が現実の重みを帯びる。

確かに……こんなバケモノ同士が同じ空間にいたら、盤を挟まなくても将棋《たたかい》が始まってしまうだろう。

歩夢はそのＡ級棋士になったが、俺とあいつとの間には、まだここまでの緊張感は無い。幸か不幸か。

「お弟子さんには会っていかないのですか？」

静かに口から滑り出たその言葉に、俺は答える。

「今はそっとしておいたほうがいいと思うんです。あの斬られ方は……ハワイで俺が名人にやられたのと同じだ」

俺は自分が育ててきた将棋観を根底から否定され。

あいは自信の根幹だった研究と計算力を正面から潰された。負かされ方まで師弟そっくりだ。

「自力で立ち直るしかない。そうでしょ？」

「ふむ」

今の説明でわかってくれたようだった。この人もあの場にいたからな。

「では師匠には？　清滝君は竜王《あなた》に会いたいと思いますが」

「………東京で仕事があるんです。今から出ないと間に合わない仕事が……」

「それは残念」

会長は肩をすくめる。

そして本当に残念そうにこう言ったのだった。

「一門《かぞく》が増えるというのも大変ですね？　私には無縁な話ですが……彼はずっと、それで悩まされてきましたから」

☖ 春時雨《はるしぐれ》

いつの間にか、しとしとと雨が降っていた。

「女流……順位戦……」

記者会見の会場から外に出た私は、庭園が見える大きなガラス窓の側《そば》にふらふらと近づく。

情報量が多すぎて処理しきれなかった。

東西の将棋会館が建て替えられるということは、私の知っている風景が大きく変わることを意味している。

特に関西将棋会館に関しては……。

「移設も含めて検討って、つまり福島《ふくしま》から移るってことよね？　どこに？　まさか神戸？　けど、さすがに関東から遠くなりすぎる気がするし……」

今まで自宅から一駅の場所にあった将棋会館が他所へ移るとなれば生活への影響は大きい。道場経営への影響もあるかもしれない。

――他のみんなにも影響が……って、そうか。もう私とお父さん以外は……。

八一くんも銀子ちゃんも。そしてあいちゃんも。

とっくに関西将棋会館の近くから別の場所へと移ってしまっていた。

……私だけね。右往左往してるのは。

将棋界は前に進んでいる。過去を物理的に押し潰して。永遠に変わらないと思っていたタイトルの数も変わり、将棋会館すら変わる。

そんな未来に希望を抱く若い世代もいれば、ついていけないと心が折れる古い世代もいるのだろう。

――どっちだろう？　私は…………。

「桂香。おい桂香！」

「へ？　あ……なに？　お父さん？」

「仕事の場では師匠と呼べいうとるやろ」

和服からスーツに着替えてこざっぱりした父親が、そんな小言を口にした。衝撃を受けた様子は無い。記者会見の内容を事前に知ってたんだろうか？

「まあええ。あいちゃんが見当たらんから探して来てくれんか。これから打ち上げもあるしな」

「あいちゃん？　スマホで呼べば……って、そうかまだ金庫の中に……」

両対局者の通信機器は立会人であるお父さんが部屋の金庫に保管してて、今ようやくそれを釈迦堂先生に返却しているところだった。

「どうやった里奈ちゃん？　あいちゃんは」

「優しくて勉強熱心です。そして才能だけなら余が今まで戦った女性の中でも一番でしょう。いずれタイトルを獲るのは間違いない」

あれだけの大熱戦の後に記者会見までこなしたというのに、釈迦堂先生はむしろ普段よりも元気になってるようにすら見えた。

対局中に見た、あの少女のままのように――

「新しくできるタイトルの初代となるのは、あの子かもしれませんね？　もしくはもう一人の『あい』か……」

「夜叉神天衣ちゃんやな。我が孫弟子ながら、あの子も末恐ろしい」

そんな会話を背中で聞きながら、私はあいちゃんを探しに建物の中を彷徨《さまよ》った。

結論から言うと、あいちゃんはすぐに見つかった。

きっと誰にも会いたくないはず。

そして自室にも、検討室にもいない……となれば、探す場所は自ずと限られたから。

「あいちゃん」

しとしとと雨の降る庭園に、あいちゃんはいた。

雨が降っているのに外にいるわけがないと誰もが思って探さなかったから今まで見つからなかったのね。

和装のまま空を見上げて雨に濡《ぬ》れる小さな挑戦者は、敗北感を全身で表現したまま、こっちを振り向いた。

「…………桂香さん？」

「ごめんなさい。お父さ……ヒゲがスマホを返したいって！」

できるだけ明るい声で私は言った。

振り返ったあいちゃんの顔が……あまりにも苦しそうだったから。

「それにしても凄い発表だったわ！　将棋会館を建て替えて、しかも女流棋士にも順位戦ができるんだって！」

女流棋戦はトーナメントばかりで、だから女流棋士は一度負けると将棋を指せなくなってしまう。

年間で十局指さずに終わってしまうこともあるのだ。私みたいに……。

「みんなずっと言ってたもの。『プロ棋士みたいに順位戦があったら、もっと強くなれるのに』って。私なんてそれだけで年間対局数が倍になるかもしれないのよ？　ああでも、あいちゃんみたいに勝ち続けてると逆に対局が多くなりすぎて大変かもしれないけど――」

喋り始めたら止まらなかった。

対局料が欲しいというのも、正直ある。

けど、もともと女流棋士は将棋を指してもそんなにお金は貰えない。だからお金より、強くなるための場所が欲しくて戦ってる。公式戦が。

「研修生の頃のほうが本気の将棋をいっぱい指せたなんて、悲しすぎる現実だものね」

ああ……そうか。

あいちゃんに話しながら、私は自分が将棋界の変化を肯定的に受け容れることができているのを実感していた。

――変われるんだ。私でも。

「それにしても、もっと驚いたのはスポンサーよ！　晶さんが社長ですって？　どう考えても黒幕はあの子よね！　未成年だし思いっきり利害関係者だから表に出てこられないのはわかるけど、少しくらい事前に何か話してくれたっていいと思わない？」

この私ですら前に進める。

なら、あいちゃんはもっと凄いスピードで進めるはず。一度の敗北なんて躓《つまず》きにもならない。

そんな気持ちを込めて喋り続ける……けど。

「…………あいちゃん？　ねえ、どう思う？」

「決めたかったのに…………ここで…………」

「え？」

「決められたはずなのに！　強くなったわたしを見せなくちゃいけなかったのに！　なのに、手も足も出なくて……ッ‼」

パシャン！

水溜《みずた》まりのできた地面を足で蹴って、まるで駄々っ子のようにあいちゃんは悔しがる。私の声なんて全然耳に届いていなかった。

「負けちゃダメなのに‼　あいは……あいはもっと速く進まなくちゃいかんのに‼　それなのに……それなのにッ……‼」

「あいちゃん…………」

「空先生が嫉妬《しっと》して、あんなメッセージなんて送ってこられないくらいの将棋を指さなくちゃいけないのに！　終盤で読み抜けをして負けるなんて！　弱すぎるっ‼　だらッ‼」

「あい…………ちゃん…………」

これを成長と呼んでいいんだろうか？

無心で戦っていた小学生の中に芽生えた、タイトルへの欲。

もっともっと勝ちたいという欲。

そして己《おのれ》の才能への自信。客観的に見ても、確かにあいちゃんの終盤力は女流棋士の枠を超えてはいる。最新型の研究も凄いと思う。

けど……三連勝で釈迦堂先生に勝てるほど強くなったと本気で思っているのなら、それは自信を超えて『過信』になってるんじゃない？

いや。

そもそも今のあいちゃんの眼中には……釈迦堂先生の姿すら無い。

前夜祭で私が読み上げた手紙。

銀子ちゃんのメッセージが想像以上にあいちゃんを刺激してしまったというのもある。その意味では、私にも責任があるけど――

「…………こんな時こそ師匠の出番なんじゃないの？　八一くん……」

バランスを欠いたままあいちゃんは吠《ほ》え続けた。傷ついた小さな獣のように。

しとしとと降っていた雨は激しく打ち付ける春時雨へと変わり。

あれだけ咲き誇っていた桜はもう、すっかり落ちてしまっていた。

第三譜

☗　書店営業

大阪《おおさか》から急いで東京《とうきょう》へ移動した俺《おれ》は、普段あまり来ない場所にいた。

「おおお！　並んでるよ供御飯《くぐい》さん！　俺の本があんなにいっぱい並んでる‼」

「並んでいますね。あんなにたくさん……」

新宿《しんじゅく》にある大型書店。

九階建てのお店の中にはホールもあって、作家のトークイベントなども行われる。社長さんが将棋《しょうぎ》ファンなので将棋のイベントをすることもあった。

そんなわけで将棋書籍の棚も充実しており、そこに俺の『九頭竜《くずりゅう》ノート』も並べていただいているわけだ。

「本当にありがとうございます！　こんな立派なコーナーを作っていただいて！」

俺は店員さんに向かって頭を下げる。

「はい！　史上最年少二冠となられた九頭竜竜王の処女作ということで、気合いを入れてたくさん発注させていただきました！」

将棋が趣味というその店員さんが担当してくれたコーナーは、小さな折り畳みの将棋盤が飾ってあったりと、本屋さんの中で非常に目立っていた。

盤に並べてある局面図は飛車と角の位置が逆になっていたりと間違いもあって、きっとそこまで将棋に詳しくはないんだろうが……そんな人が一生懸命にコーナーを作ってくれたという事実が俺の心を温かくする。

　嬉《うれ》しい……！　嬉しい……！

「しかし今の時点でこれだけ山積みになっているということは、初速はそれほどよくなかったということですよね？」

　棚の写真を撮ってSNSに投稿していた供御飯さんが、険しい表情で言った。

「初速……？」

「本は生物《なまもの》です。賞味期限はだいたい発売後二週間。それを過ぎるとピタッと売れなくなってしまうんです」

「え⁉　二週間って……とっくに過ぎてるじゃないですか！」

　それなのに、まだこんな大量に残っているという事実。

　目の前の棚に詰まれた光景が、さっきと全く別の意味を持って俺に迫る。

「じゃあ……売れてないってこと？　あんなに苦労して書いた本が……？」

「で、でも熱烈なファンがいらっしゃるんですよ⁉」

　店員さんは『売れてない』という部分は否定せず、慌ててそんなフォローをした。

「熱烈なファン……？」

「はい！　棚に並んだ瞬間に、お一人で五冊も一気に買って行かれたお客様です！」

「本当ですか⁉」

俺は思わず店員さんの肩を摑《つか》んで、

「どんな人だったんです⁉　も、もしかしてそれ……小学生くらいの女の子じゃありませんでしたか⁉　ショートカットの‼」

「は？　小学生……？　女子……？」

しまった！　これじゃあ俺が女子小学生に異様に執着する変質者みたいじゃないか！

「いや……四十歳くらいの男性でした。すごくダンディーな感じで……そうそう。買った本を抱き締めながら『フフ！　これでこのお店の八一《やいち》くん、ボクが独り占めだね？』と嬉しそうに表紙の九頭竜先生のお写真の耳元に口を寄せて囁《ささや》いていらっしゃったと記憶しています」

「…………」

この広い東京にだって、そんなことする人間は間違いなく一人だけ……。

しかもここ……新宿…………絶対あの人……。

「あんな熱烈なファンがいらっしゃるんだから絶対もっと売れるはずだと追加で発注を掛けたんですが……いやぁ、将棋の本を売るのは難しいですねぇ……」

その後、俺はバックヤードで大量のサイン本を作ることになった。

お店の人が遠慮がちに『では三冊くらい……』と言うのを供御飯さんが遮《さえぎ》って『ここにあ

る全《すべ》ての本にサインを入れさせていただきます！　いいですよね竜王⁉』と凄《すご》い剣幕で言ったので断り切れなかったのだ。

棋士のサインは色紙に揮毫《きごう》するのと同じように毛筆で、落款《らっかん》も押す。一冊当たりの作業時間が長いため、店を出る頃《ころ》には三時間も経《た》っていた。

「もうこうなったらインフルエンサーに頼るしかありません。最近は『TikTok売れ』といって短い動画で紹介すると本が売れるといいますから」

店を出てからも供御飯さんは本を売ることばかり考えている。

「理想をいえば名人や空《そら》四段にご出演いただきたいところですが、名人戦も佳境ですからね。タイミングが悪い」

「そうなんですね。今年の名人戦は早く終わるのかな……」

「見てらっしゃらないんですか？　名人戦」

「見てらんないですよ……だって供御飯さん、俺の本を名人に送りつけたんでしょ？　本に書いてある内容を名人が採用してくれなかったらショックを受けるじゃないですか……」

そりゃ、気にはなる。

名人が俺の本を読んでくれたのかとか、読んだ上でどう評価してくれたのかとか。そういうのは将棋を見ればすぐにわかるから。名人戦みたいな大舞台で、しかも本が出てすぐのタイミングで採用してくれてたら、それは最上級の評価だ。

でも……。

「逆に本の内容が採用されてても、それって俺の強みが名人に吸収されたってことだから、次に当たった時どうやって戦うか悩ましいし……」

「採用されたら素直に喜べばいいと思いますが」

売れなきゃ売れないで自分の人生を否定されたような気持ちになるし、本を読んだライバルが強くなるのも困る。

こんな思いするくらいなら本なんて書かなきゃよかったなぁ。

「とにかく一軒でも多く書店を回ってサイン本をたくさん作るしかありません」

落ち込む俺の背中を平手《ひらて》で張り飛ばしながら、供御飯さんは歩調を早める。

「サインを入れるくらいで売れてくれますかね？」

「いえ。サインを入れてしまった本はもう出版社へ返本できないので、その時点で書店の買い切りになるんです。売れようが売れまいが知ったことではありません」

「それって押し売りじゃないですか！」

「押し売りしてでも売らないと私の首が飛ぶんです！」

しかし後に『九頭竜ノート』はとんでもない売れ方をする。

それがまさかあの人物のおかげだとは……この時はまだ、想像すらしていなかった。

☖ 編集部

日が暮れるまで本屋さんを回った後、俺と供御飯さんは将棋会館へ。

千駄ヶ谷《せんだがや》にある将棋会館は五階建ての建物である。

一階は売店。二階は道場。三階は事務局。そして四階と五階は対局室や宿泊室に配信用のスタジオがあるというのは、よく知られる。

しかしその地下に何があるかはあまり知られていない。というか地下室があることもあまり知られていない。

「ここは昔な、食堂があったのさ」

薄暗く圧迫感のある地下室の主は、本や書類が乱雑に積まれたデスクの上に行儀悪く腰掛けてそう教えてくれた。

「そういえば……師匠に聞いたことがあります。けっこう美味《おい》しかったから、東京で対局する時はそこの弁当を注文してたって。それがいつの間にか潰《つぶ》れてて残念だったと」

「清滝《きよたき》君か。彼は何でも美味《うま》そうに食うからな」

五十代の師匠を君付けで呼ぶその人は、もともと俺たちと同じ関西の棋士だ。

けどその口調は江戸っ子のように芝居がかっている。

「編集長……いえ、師匠」

こちらも同じように標準語になってる供御飯さんが、まとめていた髪を解きながら、

「そないな思い出話を聞きに来たのやおざりませぬ」

「わかってるさ。里奈《りな》ちゃんについてだろ？　……ったく、上司を急《せ》かすなってんだ」

俺が東京でする仕事。

それは書店営業の他に、もう一つあった。

歩夢《あゆむ》のプロポーズを成功させるため釈迦堂《しゃかんど》先生を説得すること……の前に、まず先生の過去について詳しい人から話を聞くことだった。

昔は食堂があった地下室は今、出版部門が入っている。

要するに編集部だ。

連盟の機関誌である将棋専門雑誌や、名局集や戦法書などの単行本が作られている。俺の本もここから出してもらった。

編集部員は六人と少数精鋭だが、フリーの将棋ライターも出入りしているから普段はもっと賑《にぎ》やかなんだそうな。

俺は関西だから馴染《なじ》みがないけど原稿を依頼された棋士がここで書くこともあるらしい……たとえばそこにいる女流玉将《じょりゅうぎょくしょう》のように。

「ところでさっきから月夜見坂《つきよみざか》さんは何を書いてるんですか？　反省文？」

「殺すぞ。自戦記だボケ」

鉛筆の尻《しり》で頭をガリガリ掻《か》きながら毒を吐く月夜見坂さんは『殺す』と言う割に普段の元気がない。

「暇なら何か書いてけって言われたんだよ。オメーらが遅ぇからだぞ、クソ……」

「遅刻したのは悪かったですけど、そんなに嫌なら断ればよくない？」

「断ったらナニ書かれるかわかったもんじゃねーからな」

「せやで。師匠お得意の妙な渾名《あだな》を付けられたり、ただでさえ凹《へこ》む負け将棋の観戦記でムチャクチャ書かれたり……あれはこなたでも引くわぁ。溺《おぼ》れた犬を棒で叩《たた》くようなマネしはるなんて、同じ京都《きょうと》の人間とは思われへん」

供御飯さんと同じ京都の人間だからやるんじゃないんですかね？

「ペンは駒《こま》より強し、だぜ」

カカカと特徴的な笑い声を上げながら、その老人は嘯《うそぶ》く。

「どんないい将棋も、俺たち記者が文字にして残さなきゃ『名局』にはならないのさ」

加悦奥大成《かやおくたいせい》七段。

《老師》と呼ばれるその引退棋士は、棋士として華々しい実績があるわけじゃない。むしろ本人が言うようにプロ棋士としては実績を残せなかった。

しかし代わりに膨大な文章を残した。

「利用価値の無い凡局を面白《おもしろ》い観戦記にしてファンを喜ばそうとしてやってんだ。感謝して欲しいぜ」

「ザケんなジジイ！　オメーに《攻める大天使》なんて付けられたせーでこっちは親戚一同から『天使ちゃん』って呼ばれてるうえ毎局攻め将棋を期待されんだぞコラ⁉」

「せやで師匠。こなたもスパッと綺麗《きれい》に詰まして勝ったらネットで『嬲《なぶ》り度が足りない』『もっと残虐な万智《まち》ちゃんが見たい』て書かれるんどすよ？　詰ましてガッカリされる棋士なんて前代未聞や」

《攻める大天使》も《嬲り殺しの万智》も、加悦奥先生が将棋雑誌に書いた二つ名がそのまま定着した。

不思議なもんで、そんな名前が流布すると周囲もその名前に合った行動を期待する。

その期待が本人の行動も縛るようになる。

「名前はこの世で一番短い呪《のろ》いどす。お師匠はん、何人に呪いを掛けたん？」

「弟子のお前さんには負けるよ。《浪速《なにわ》の白雪姫》は一つで千人分の威力がある」

ケラケラ笑い合う師弟。目だけ笑ってない。怖すぎ。

恐ろしいことに……この老師が『才能がある』『注目に値する』と書いた棋士は、ほぼ例外なく活躍している。

そういう意味では将棋界に大きな影響を与えうる人物だ。あと月夜見坂さん親戚から天使ちゃんって呼ばれてるの？　かわいい……。

「釈迦堂先生の二つ名は《エターナルクイーン》ですよね？　それも加悦奥先生が？」

「それは当時あったクイーン位を全部獲得した時に俺が付けたのだな」

俺の質問に老師はさらりと答えてから、

「何から話したもんかと思ったが……その話からにするか。里奈ちゃんのことは表にできない話が多すぎてさ。俺自身、上手《うま》くまとめられる自信が無いんだ」

「表にできない話……？」

釈迦堂先生は女流棋界の第一人者としてずっと注目を浴び続けてきた人だ。悪い噂《うわさ》も聞いたことがない。

俺も姉弟子《あねでし》も優しくしてもらってきた。

そんな先生の過去に……何があったっていうんだ？

それが歩夢のプロポーズを断る理由なのか……？

「彼女の場合は俺が二つ名を付けるまでもなく、みんな自然とこう呼んでたのさ……軽蔑《けいべつ》と、それ以上に圧倒的な恐怖を込めてな」

その名前を、当時の感情をタイムカプセルのように閉じ込めたまま、老師は口にする。

釈迦堂里奈。またの名を――――

「《殺し屋》」

「ころ……し、や？」

「うん。釈迦堂さんは確かにそう呼ばれていたよ。かなり昔だけど……ね？」

山刀伐《なたぎり》先生はそう言うと、立ち上がって本棚の前に立った。

ここは先生のお部屋の書斎。

普段は隣の研究部屋（わたしと鹿路庭《ろくろば》先生が住まわせていただいているお部屋）で研究会をするんだけど、今日はこの書斎に初めて入れていただいた。

——一人前の棋士って認めてもらえた……のかな？

部屋の壁面全てに聳《そび》える、天井《てんじょう》まで届く大きな本棚には、将棋の本や棋譜《きふ》のファイルが詰まっている。

『雑誌』『棋譜』『戦法書』『将棋年鑑』……まるで図書館みたいに几帳面《きちょうめん》に分類された棚に圧倒されながら、わたしは先生の話に耳を傾《かたむ》けていた。

ちなみに鹿路庭先生は隣のお部屋で料理を作ってる。「お手伝いしなくて大丈夫ですか？」って言ってみたけど……ま、答えはわかってた。好きな人は手料理でもてなしたいですよね？　かわいいですねー？

「ああ、そうそう。本といえば——」

山刀伐先生の指が本棚のある場所で止まった。

『いい男』って分類されてる場所で……。

「八一くんが本を出しただろう？　名人はあれを読んでパワーアップしてしまったんだよ」

「師匠の本を⁉」

「名著だよ。凄《すさ》まじい本だと思う。ボクも貪《むさぼ》るように読んだ……けど正直なところ、名人戦が終わってから出版して欲しかったよね？」

『いい男』コーナーに面陳《めんちん》されてた『九頭竜ノート』の表紙にしっとりとした手つきで指を這《は》わせながら、山刀伐先生は溜息《ためいき》を吐《つ》く。

「ボクと名人の差は、あいくんを通じて八一くんの感覚を吸収した部分にあった。けれど八一くんの書いた本を読むことで名人もその感覚を手に入れてしまった……ボクより精度は低くても、何もないところにそれを挿入《いれ》たわけだからね。感度は向こうのほうが高かったというわけさ！」

盤王戦で名人を追い詰めた山刀伐先生だったけど、今回の名人戦では開幕から三連敗を喫《きっ》していた。

あと一つ負ければ番勝負が終わっちゃうのに……大丈夫なのかな？　わたしなんかと研究会しててて……。

「あの……そんなにすごい本なんですか？」

「読んでいないのかい？」

「…………はい。その……挑戦者になれると思ってなかったから、釈迦堂先生の対策が追いついてなくて。それで──」

「貸してあげるよ！　ボクは気に入った本は使用用・保存用・観賞用・使用用で四冊揃《そろ》えるようにしているからね？　最近は電子でも買うから実質五冊持ってるし、さらにこの本は布教用にもいっぱい買ったから！」

使用用と観賞用の違いがわからなかったし使用用が二冊あるのも何だか怖くて深く突っ込めなかった。

「いい表紙だよねぇ……和服姿で盤に向かう八一くんの写真が大きく写ってて。けど、こっちの著者近影はもっといいよ？　フフ♡　ほら、スマホの壁紙にしちゃった♡」

「じゃ、じゃあ……一冊お借りします」

ためしに手に取ってみる。確かにいい写真だった。波打ち際でキラキラした笑顔を浮かべる師匠のオフショット。お宝です。

問題は…………誰《だれ》が、いつ、どこでこの写真を撮ったか……だよね？　少なくともわたしの知らない状況で撮影されたものだから……。

カバー袖《そで》の著者近影の下にはプロフィールが記されていて、そこに『写真は執筆中に訪れた天橋立での一枚』と書かれていた。わたし、行ったことない……。

さらに奥付を確認すると――――『撮影・編集・構成協力　鵠《くぐい》』

ふふーん？

へー？　ほーお？　わたしが東京で必死に戦ってるときに、師匠は供御飯せんせーとご旅行ですか？　楽しそうですねぇ……？

「やっぱりいいです！　師匠のだらっ！」

「だら？」

山刀伐先生はわたしの方言に首を傾《かし》げてから、

「それにしても八一くんの理解力は凄いよ！　ソフトの将棋をここまで言語化できるとは……仮に百年後の将棋なんてものがあったら、それを読み解けるのは彼だけなんじゃないかな？」

……師匠が本を書いたのは知ってた。

それを読めなかったのは…………忙しいのもだけど……。

きっと動揺してしまうから。

その本にわたしのことが書いてなかったら……何日もガッカリするだろう。

けど、もし。

その本にわたしのことが書いてあったら…………。

――タイトル戦すら捨てて、師匠のところへ飛んで行ってしまうかも……。

髪を切った跡に触れながらわたしは話を変える。

「それより釈迦堂先生のお話の続きを聞かせていただけないでしょうか？　《殺し屋》と呼ばれてた頃の、先生のことを」

「ボクのプロデビュー戦が黒星なのは知ってるよね？」

「はい。あの…………女流棋士に負かされたって………………え？」

恐ろしい事実に気付いて、わたしは真っ青《まさお》になる。

「ま、まさか……‼」

「釈迦堂里奈女流四冠」

本棚の『棋譜』コーナーから分厚いファイルを取り出すと、先生はそこに綴じられていた最初の棋譜を示した。

「女流全冠制覇を続けていた頃のあの人が、ボクのプロデビュー戦の相手だった……女流棋士は成績抜群と認められるとプロ棋戦に出場できる。最下級のプロ棋士と同列に扱われるんだ」

「だから……デビュー戦の山刀伐四段と当たったんですね？」

「あの日のことは今でもハッキリと思い出せる。朝、目が醒めた瞬間から、全て」

わたしは棋譜に目を落とす。

日付は二十年以上前。

けれどそこで展開されている将棋は――

「こ、これ……本当に、先生のデビュー戦なんですか⁉　本当にッ⁉」

「ボクも驚いたよ」

その棋譜を見た瞬間に悟った。

なんで山刀伐先生が名人戦の最中に研究会を開いてくださったのかを。

「まさか自分のデビュー戦と同じ将棋が女流タイトル戦に登場するなんてね！」

「五九手目の局面が……完全に……一致してる……」

女流名跡《じょりゅうみょうせき》戦第三局で、わたしが負けた将棋と……。

もちろん細部は異なる。

山刀伐先生と釈迦堂先生の将棋は、角換《かくが》わりのオープニングから双方が秘術を尽くしてその局面に至っていた。

「ボクのデビュー戦では、そこからもお互いに決め手を欠いて手待ちが続いた。けどあいくんとの将棋では、釈迦堂さんは自分から攻める順を発見している。つまり――」

棋界随一の研究家は断言する。

「釈迦堂さんは経験だけで指しているわけじゃない。経験した局面を研究し続けているんだ。あの人の強さを支えているのは、過去の将棋を研究しつづけるその探究心に他ならない」

「経験と……研究……」

「ボクは人生のほとんど全てを将棋に捧《ささ》げてきた自負がある。けど釈迦堂さんは比喩《ひゆ》ではなく人生の全てを将棋に捧げ続けてきたんだろうね。将棋がそれを証明している」

「…………」

「この一回だけじゃない。ボクは釈迦堂さんと公式戦で三回当たって三回とも全部負けてるんだよ。当人以外は誰も気にしないような、不名誉な記録だけれど」

三回も⁉

っていうか、山刀伐先生を相手に全勝って……。

「……どうして釈迦堂先生は、こんなに強いのに――」

「女流名跡ただ一冠のみに後退しているのか？」

「…………はい…………」

「言葉を選ばなければ、釈迦堂さんが研究しているのはプロと戦うための将棋だからなんだろうね。あいくんが若手プロに匹敵《ひってき》するような強さを発揮したからこそ、釈迦堂さんの真の強さが発動してしまったんだろう」

嘘《うそ》みたいなその言葉を、わたしは否定できなかった。対局中に見た、若返った釈迦堂先生の幻影が、それを証明していたから。

「彼女の師匠である足柄貞利《あしがらさだとし》先生は裏稼業から編入試験を受けて飛び付き六段でプロになったという特殊な経歴を持つ人物だ。知ってるかな？」

「そういうルートでプロになった人がいるというのは調べたことがあります」

「半世紀以上も前のことだからね。連盟のルールも曖昧《あいまい》というか、なあなあな部分があったことも確かさ」

調べてびっくりしたけど、昔は制度がコロコロ変わってた。

その時代の権力者やスポンサーの都合で、プロになれたりなれなかったり。奨励会のシステムも簡単に変わっていて……。

「裏の世界で大事なのは、勝つことじゃない。相手を肥え太らせて、搾れるだけ搾る。そのためには指し手の他にも、もっと必要な技術があるんだ。わかるかい?」

「わざと負けること……ですか?」

「相手に気付かせないで、少しずつ賭《か》け金を上げていく。そのためにはどこで負けるかも技術の一つに入るんだろうね」

ぼんやりと……山刀伐先生が何を言いたいのかがわかってきた。

一局目も二局目も釈迦堂先生は実力を出し切っていなかった。そしてそれは、わたしを調子づかせるためだった。

今までの話を聞いて、てっきりそう思っていたんだけど――

「ボクが今日あいくんと研究会をしたいと言ったのは……似てると感じたからなんだ」

「似てる?」

「名人戦で盤を挟んだ名人と、釈迦堂さんが」

「ッ!?　名人と……同じ……」

「天辺に立たなくては見えないものがある」

寒気がするほど厳しい声で山刀伐先生は言った。

「そして天辺に立つことができるのは、その時代に一人だけ。自分以外の誰も見たことがない景色を見ているというのは、勝負事において絶対的に有利なのさ」

「何を……ご覧になったんでしょう？　釈迦堂先生と……名人は……」

「さあ？　ボクはまだ一度もそこに立ったことがないからね」

肩をすくめると、山刀伐先生は本棚の一角を見詰める。

『神』と名付けられたコーナーを。

そこには歴代の永世名人が書いた本だけが収められていた。

「それが何かを突き止めて、さらにそれを上回る何かを伸ばさなくちゃいけない。そうしないと……ボクらの挑戦は終わる」

わたしはようやく理解していた。

自分がどれほど追い詰められているのかを。

自分が……どれほど偉大な存在と戦っているのかを……。

「向こうは四十年以上かけて、じわりじわりと伸ばした強さ。それを十一歳の少女が二週間で何とかしなくちゃいけないとは……ふふっ！　つくづく将棋界って無茶を強いるよね？」

☖　殺し屋の恋

「あの名人が七冠制覇を達成し空前の将棋ブームが起こった後、何が起こったか知ってるか？」

千駄ヶ谷の地下では老師の独演会が続いていた。

「空前の不況だよ。今の『銀子《ぎんこ》ショック』なんて比じゃない。一強時代の弊害は世間から飽きられやすいという点にある。だから里奈ちゃんは自分の持つタイトルを分け与えた。彼女の目に適《かな》うほど強く、そして美しい少女たちに」

当の少女（？）たちを前にして老師の舌は冴《さ》えに冴える。俺は生きた心地がしない……が、同時に反論もできなかった。

「要するに里奈ちゃんはね、女流棋士を相手にしてないのさ。あの子は常に本格派の将棋を勉強してるから。居飛車《いびしゃ》も振り飛車《ふびしゃ》もな」

この言葉には説得力があった。女流名跡戦第三局を見た後だと、特に。

「そしてそれは、あの子の師匠が終生抱いていた劣等感《コンプレックス》に由来している。天才と呼ばれた亡者たちが己《おのれ》の欲望と劣等感を満たすために生み出された怪物……それが《殺し屋》であり、釈迦堂里奈という、女流棋士の最高傑作なのさ」

「…………おいクズ」

月夜見坂さんが俺に声を掛けた。目が据わってる。

「小腹が空いたし何か出前でも取ってから続きを聞こうぜ。長え話になりそうだしな……」

「……そうですね。ちょうど夕休の時間帯ですし」

俺も今日は書店営業のハシゴでまともに飯を食ってないから腹が減って死にそうだ。とはいえ何を食うかは話を聞かせてくれている加悦奥先生の意見を尊重すべきだろう。

スマホを取り出しながら老師に尋ねる。

「何か食べたい物とかありますか？」

「「ラーメン」」

師弟の声が綺麗にハモった。

そういえば京都は関西でも有数のラーメン激戦区で、しかも味の濃いドロッとしたやつが好まれる。なぜそうなのか供御飯さんに尋ねると「……和に飽きてるんどす……」という非常に深い発言があった。京都の闇《やみ》は濃い。

出前のラーメンを四人で啜《すす》りながら老師の話の続きを聞く。

「里奈ちゃんが棋士になった当時はねぇ……女流棋士に負けるなんて、そりゃあみっともないことだったのさ。奨励会でも女に負けたら丸坊主にする習慣があったんだ」

「失礼な話だぜ。クソ共が……」

一番早く食べ終わった月夜見坂さんが割り箸《ばし》を片手でへし折りながら吐き捨てた。

奨励会に在籍経験があるこの人も、そういった行為に直面したんだろう。

そういえば姉弟子も『空銀子《そらぎんこ》を潰す会』を作られてたな。あれは性別よりも本人の性格によるところが大きいんだろうけど……。

「じゃあ釈迦堂先生はプロ棋士との対局成績がすごくよかったんですか？ それで《殺し屋》って呼ばれてたとか？」

「いや。三割くらいさ」

「三割？」

それでも十分高い。

だが《殺し屋》とまで呼ばれるほどだろうか？

「面白いことを教えてやろうか？ 当時の会長に反発してた棋士の割合が、同じ三割だった」

「「……ッ!!」」

それって、つまり——

「わかったか？ あの子は会長専属の暗殺者だったのさ」

今の会長は月光聖市《つきみつせいいち》九段だが、もちろんここで言う会長は別の人物を指している。

前会長も、その前の会長も関東の棋士で、しかも長期政権だった。

その権力の源泉は……。

「棋士は個人事業主の集まりで、みんな子供みたいな連中だからな。将棋の強さで言うことを聞かせるしかまとめる方法は無い。だから理事とか会長には実績のある、しかも現役《げんえき》のプレーヤーが就任することが多いんだが……それでも言うことを聞かない奴《やつ》は現れる」

「そこで《殺し屋》の出番いうわけどすな？」

　プロがプロに負けても『恥』にはならない。

　けれど……女流棋士が相手だったら？

「耄碌《もうろく》した師匠の要望を叶《かな》えるために、そして女流棋士の地位を高めるために、あの子は権力を必要とした。当時の会長は、権力を維持するために《殺し屋》を必要とした。今はあり得ないことだが『女流に負けたら引退する』って公言してた高段者もいたんだよ」

「「「…………」」」

　垣間《かいま》見た闇のあまりの深さに息をするのも忘れて聞き入っていた。

「プロ棋戦に女流の出場枠を作ったのも、里奈ちゃんをプロと当てやすくするためさ」

　確かに理事会が手を回せば、手合いは……誰と誰が対局するかは、ある程度操作することもできるだろう。

「そして理事会に服従する奴は助け、反抗的な奴は容赦なく殺した。女流に負ければファンは離れ、企業の将棋部の顧問や個人レッスンといった収入も絶たれる。対局料が今ほど多くなかった当時、それはプロとしての死を意味したのさ」

「ま、待ってください！　釈迦堂先生が……わざと負けてたって言うんですか⁉」

「確かめたことは無いがね。棋譜を見ても、手を抜いたような跡は無い。ただ――」

「ただ？　何です？」

「昔はそれも将棋のテクニックの一つとされたんだよ。『真剣師』と呼ばれる連中がまだかろうじて存在していた平成の初期には」

「おいおい急にハナシが胡散臭《うさんくさ》くなってきたじゃねーかオォ？」

月夜見坂さんの目は確実に殺意を湛《たた》えていた。

当然だ。今の自分たちの地位がそんな薄汚れた取引の末に生まれたものだと言われて『はいそうですか』と納得できるもんじゃない。

「あのババアが片八百長してただと？　証拠はあんのか、証拠は」

「あるよ」

「どんな？」

「俺が勝たせてもらった」

「ッ…………」

さすがの月夜見坂さんも言葉に詰まる。

しかし弟子はあっさり納得した。

「そんなら確定どすなぁ」

「だろ？　まあ将棋界も相撲《すもう》界も昔から八百長の類いは存在したんだ。対局前に不審な電話が掛かってくるなんてこともあったな」

「電話って……そんな直接的に八百長を持ちかけてくるんですか?」

「いやいや。銀行口座だけ言って切るのさ」

「口座?」

「そこに金を振り込めば勝たせてくれる。振り込まなきゃガチンコでやる。負けが込んでる時にこれをやられると、つい金を振り込みそうになったよ」

幸いなことに口座に金が入ってなかったから払いたくても払えなかったがね……老師はそう言ってニヤリとしたが俺は全く笑えなかった。

「話が逸《そ》れたな。ええと、どこまで話したんだった?」

「釈迦堂センセが歴代会長のために色々してはったいうとこまでどす。お年を召すと五分前のことも忘れるから大変やねぇ?」

「そうそう。連盟の会長職は昔から関東が独占してて、そんな会長にとって最も大きな目の上のタンコブが――」

「関西……」

俺が短く答えると、加悦奥先生は満足そうに頷《うなず》いて、

「その関東と関西が、ある件を巡って本気でぶつかった時があった。何だかわかるか?」

「さあ? いつも喧嘩《けんか》してるイメージがありますけど……」

関西の人間は関東人を『スカしてる』と毛嫌いし、関東の人間は関西人を『うざい』と遠ざ

け、互いに嫌悪感を抱いている。俺なんて《西の魔王》とまで呼ばれる始末だ。普通に将棋指してるだけなのにな～？

しかし老師の口から出たのは、俺の予想を遥《はる》かに上回る規模のものだった。

「将棋会館の建て替え問題さ」

「っ⁉　そ、そこに繋《つな》がるんですか……？」

つい昨日、晶《あきら》さんの会社が東西の将棋会館を建て替えるという発表があったばかりだ。その委員長を釈迦堂先生がすることも併せて発表された。

因縁が、まるで駒の利《き》きのように複雑に絡《から》み合っている……。

「関東の将棋会館を建て替えるのはいい。当時から老朽化が酷《ひど》かったからな。けどその費用を捻《ひね》り出すために、理事会はまだ新しかった関西将棋会館を売り払おうとした。大阪駅から歩いて行ける、しかも大通り沿いの一等地だ。ビルごと売り払ってもっと安い土地を買うか、何ならどっかの雑居ビルを借りてそこで対局すりゃいいと」

「関西はキレますよね」

「当然だよ。《ナニワの帝王《ドン》》である蔵王達雄《ざおうたつお》九段を筆頭に、団結して徹底抗戦の構えを見せた。本気で連盟を二つに割って新団体を作ろうって話まで出てたんだ」

プロレス好きの蔵王先生ならやりそうだ。新日本将棋連盟とか作りそう。

「けど関西の規模は関東の四分の一とかですよ？　独立してもやってけないんじゃありません

か？」

「鍵《かぎ》になったのは、史上最年少名人である月光聖市の存在だ」

「あっ！」

そうか。その頃って――

「当時は現名人の七冠フィーバーの後で、一度は無冠に転落した月光が再び名人に返り咲いてた頃だ。永世名人資格者として十七世名人になり、竜王位も手に入れて第二の全盛期を迎えてた」

「なるほど……確かにその頃なら独立しようって話にもなるかもしれませんね」

関西の絶頂期と言っていい。

そして月光先生がタイトルを失ってからは《捌《さば》きの巨匠《マエストロ》》が頭角を現すまで関西は暗黒期に突入する。今は俺がいるけどな！

「《殺し屋》の標的は月光聖市だった。関西の至宝である竜王名人を女流棋士が倒せば『関西棋士なんてそんなものか』となる。新団体を作ろうにもスポンサーだって集まらない」

供御飯さんが呆《あき》れたように呟《つぶや》く。

「竜王名人を女流棋士が倒してもうたら将棋界そのものの看板が傷つくのと違う？」

「そこまで考えが回るような賢い連中ならそもそも対立なんてしないさ」

「けど月光会長と釈迦堂先生は公式戦での対局は無かったはずですよ？」

俺のその記憶は確かなはずだ。

なぜならつい最近、釈迦堂先生の指した公式戦の棋譜をデータベースで全部調べたから。理由はノーコメント。

「そう。関西に単身で乗り込んだ《殺し屋》も、結局は月光聖市に届かなかった。その前に当たった鋼鉄の壁がそれを阻《はば》んだのさ」

鋼鉄の……壁？

「里奈ちゃんはね、狙《ねら》った獲物は絶対に逃さなかった。上から依頼された相手は確実に殺した……一人を除いては」

「その相手が鋼鉄の壁ですか？」

「ああ。初対局で負けてから、全く勝てなくなっちまった。ぜんぜん将棋にならないんだ」

関西棋士で、釈迦堂先生と対局したことがあって、当時まだそこそこ若手？

うーん……パッとは思いつかないな。

「でも釈迦堂先生って若手の頃の山刀伐さんや生石《おいし》さんも吹っ飛ばしてるんですよ？　それがどうしてそんな――」

「恋に落ちてしまったからさ」

あまりにも意外な単語が飛び出して、俺は頭が真っ白になってしまう。

恋？　って――

「しゃ、釈迦堂先生が…………対局相手を好きになっちゃったんですか⁉」

「そうだよ。結婚寸前まで行ったんだ」

けっ――

「結婚んんんんんんんんんんんんんんんんんんん⁉」

いやいや待って？　ちょっ……え？　待って？

そもそも釈迦堂先生の話を聞いてたのは、歩夢のプロポーズを何とかしてやろうとしてだったわけだけども……。

――釈迦堂先生に好きな相手がいたらその時点でゲームオーバーじゃね？

と、とんでもない爆弾を掘り当ててしまったぞこれは……。

「関東の女流のあいだじゃ割と有名な話なんだがね。燎《りょう》ちゃんは知らねぇ感じだな？」

「……どーせオレぁ友達少ねーよ」

舌打ちしながら目の前のテーブルの上に乱暴に足を投げ出す月夜見坂さん。そりゃ友達いないよ。完全にヤンキーだもん。こわい。

一方――

「…………」

供御飯さんは何も言わない。こういう時は確実にこの人は最初から全部知ってて敢《あ》えて黙ってたパターンだ。女狐《めぎつね》もっとこわい。

「面白い見世物だったからさ。俺は朝からカメラ抱えて関西将棋会館の前で《殺し屋》が来るのを待ち構えてた。もしかしたら関西の連中が対局室に辿《たど》り着く前に里奈ちゃんを攫《さら》うかもしれないだろ？　当時それくらい関東と関西のあいだはピリピリしてたし、釈迦堂里奈って存在は忌み嫌われていたから」

「攫うって、いくら何でも……」

「ところがそれを警戒してたのは俺だけじゃなかったんだな」

「っ⁉　誰が――」

「俺よりも先に、その日の里奈ちゃんの対局相手が将棋会館の前で待ってたのさ」

二十年近くも昔の光景が、なぜか俺の頭の中にはっきりと浮かんだ。

なにわ筋をゆっくりと歩く、若く、美しく、そして殺気を纏《まと》った釈迦堂先生の姿。

そして赤レンガのビルの前に立つ……逞《たくま》しい男の姿が。

「その棋士はね、自分を殺すための銃弾《こま》を持った相手に……杖《つえ》を突いて歩いてくる里奈ちゃん《殺し屋》に、にっこり笑ってこう言ったのさ。『あなたと将棋を指すのを楽しみにしていました。さあ、手を貸してください』ってな」

女流棋士だというだけで蔑《さげす》まれていた時代に。

《殺し屋》と呼ばれ、汚れ仕事を引き受けていた自分に。

殺そうとした相手が誰よりも優しくしてくれたら……。

「……そりゃ確かに惚《ほ》れちまうかもな」

ヤン……月夜見坂さんですらちょっと瞳《ひとみ》をキラキラさせてそんなことを言うくらいだから、貴族趣味の釈迦堂先生ならコロッといっちゃうのかも。

加悦奥先生もしみじみと言う。

「いい男だと思ったねぇ。兄弟子《あにでし》である月光聖市の影に隠れて目立たなかったが、いずれ名人になるべき男だと思った……なんせあまりの男っぷりに、それまで全く男に興味なんて示さなかった《殺し屋》が一撃でノックアウトされちまったんだからな！」

ん？　兄弟子？　月光先生が？

だったら鋼鉄の壁はつまり……月光先生の弟弟子《おとうとでし》？

「…………え？」

さっきから加悦奥先生が誰のことを言っているのか俺には多分、わかっていた。

わかっていて……脳がその名前を示すのを拒否していたんだ。

だって……。

「あの、ちょっと待ってください？　それって…………それって、まさか――」

俺の親友の恋を阻んでるのが、俺の――だなんて。

「そのまさか、さ。ようやく気付いたかい竜王？」

ニヤリと口の端を持ち上げて老師はその名を告げた。鋼鉄の壁の名を。

「清滝鋼介《こうすけ》。お前さんの師匠だよ」

☗　不器用な人々

女流名跡戦第四局の前日。

俺は東京から対局地へと向かう関係者一同とばったり鉢合わせないよう注意しつつ、新幹線に乗って西へと向かった。

「……まさかこんなに東京と大阪を往復するハメになるとはなぁ……しかも対局ならまだしも、全然別の用件で……」

恋のキューピッドですらもう少し落ち着いて活動するだろうに。

野田《のだ》の清滝家に到着したのは昼を少し回ったくらいの時刻だった。

「ただいまー」

この家に来るときは必ずそう言えと桂香《けいか》さんに躾《しつ》けられたので、内弟子《うちでし》を卒業した後も俺と姉弟子《じょうせき》はそう言ってここの門を潜る。出迎えてくれる桂香さんも「おかえり！」と言ってくれるのが定跡だ。

けれど今日、俺を出迎えたのは……この家の主だった。

「来たか」

「師匠？　桂香さんは？」

「上や。少し怒らせてもうたみたいでな」

二階に繋がる階段に視線を一瞬向けてから、師匠は家の奥にある和室へ。俺も靴を脱いでその後に続いた。

「ところで八一」

前を歩きながら師匠が詰《なじ》るように言う。

「女流名跡戦の第三局で控室に来てたんやて？　どうして師匠のわしに挨拶《あいさつ》の一つもせんかったんや？」

「本を出したばっかりで忙しいんですよ。師匠は出したことないからわかんないでしょうけど」

「あんなケッタイな本、どうせ売れんやろ。出さんほうがマシやで」

「またそうやって負け惜しみを言う」

師匠が本を読んでくれていたことが嬉しくてつい弾んだ声を出してしまう。

俺に無断であいを東京に行かせたことや、銀子ちゃんがどこにいるか教えてくれないことに関して、わだかまりが消えたわけじゃない。

ただ……時間を置いて冷静に考えれば、師匠が正しいことをしてくれたということも理解できた。自分の力不足を認めるみたいで悔しいけど。

「これから現地に行くんか？」

「行くかもしれませんし、行かないかもしれません。俺が行ったって結果が変わるわけじゃないし」

「あいちゃんは元気づけられると思うで？　いい加減お前も意地を張るのをやめたらどうや？」

「別に意地を張ってるわけじゃ……」

「相手は強敵や。ああいう性格の子やが、お前のアドバイスなら聞く。助言行為は御法度としても、現地でそのくらいのことはしても誰も何も言わんと思うがなぁ」

「確かに釈迦堂先生はタイトル戦の経験も豊富ですからね。とはいえ経験の差を嘆いてたら一生勝てないわけで」

「ちゃうちゃう。あっちのあいちゃんや」

「天衣《あい》ですか？」

釈迦堂先生の件もあって女流名跡戦のことばかり考えてたが、そういえばほぼ同じスケジュールで進行してる女王戦と女流玉座戦《じょりゅうぎょくざ》も第四局を迎えていた。

とはいえそちらは大丈夫だ。

「天衣は二度目のタイトル戦ですし、心配なんてこれっぽっちもしてませんよ！　去年の段階でもう姉弟子から後手《ごて》で千日手《せんにちて》を捥《も》ぎ取ったくらい将棋も完成されて──」

「いや将棋ボロボロやであの子。どっちも角番に追い込まれとる」

「へ⁉」

「相手は女の子とはいえ年上の奨励会三段やからな。今回は胸を借りるつもりでぶつかっとるんやないか？　妙な序盤を指して自分から転んだような将棋も何局かあったで」

「天衣が…………そうですか……」

しかし俺に電話を掛けて来た時は余裕がありそうな様子だった。あれは助けを求めてたのか？　そんな感じは受けなかったけどな……。

「どっこいせ……と。まあ座り」

和室に通されると、師匠は上座に腰を落ち着ける。

座卓を挟んだ下座側に俺も座った。いつもはお茶を出してくれる桂香さんが二階から降りてこないので、飲み物もお茶菓子も無い。

「ところでホンマなんか？　神鍋《かんなべ》くんが里奈ちゃんに指輪渡してプロポーズしたいうんは？」

「マジもマジ。本人は大真面目《まじめ》です」

「あの少年がなぁ……」

歩夢は釈迦堂先生に連れられて何度かこの家に泊まったこともある。よく師匠に『矢倉《やぐら》を教えてください』と指導対局をお願いしてて、真っ直《す》ぐで筋のいい歩夢の将棋と性格を師匠も好んでいた。

そして二人は公式戦で……B級2組順位戦で盤を挟んだ間柄でもある。

あの死闘を見た時は、二人が棋士としてのプライドだけを賭して戦っていたのだと思っていた。

けれど今となっては別の感情も複雑に絡み合っていたのだとわかる。だからこそ歩夢は、あそこまで勇み足をしてしまったんじゃないのか？

──結婚したいと思ってる憧《あこが》れのお姉さんの元カレと喧嘩するようなもんだもんなぁ。

対する師匠は序盤こそポカをしたものの、一局を通して冷静さは失わなかった。

その差が気になる。

今の師匠の……釈迦堂先生に対する気持ちが。

「だから教えてください。師匠と釈迦堂先生のことを」

関東では噂話が流布してて、その中には事実も含まれてるんだろう。

ただ結局、真相は本人同士にしかわからない。本当のところお互いをどう思っていたのかは。

だから確かめる必要があった……二人から直接。

「二人は結婚寸前まで行ったと。それ、本当ですか？」

「………周囲が盛り上がったのは事実やな」

師匠は微妙な表現でその事実を認めた。

「里奈ちゃんの師匠である足柄先生と、わしの師匠代わりやった蔵王先生とのあいだで話が進んどった。本人同士の知らんとこでな……新会館建設で関東と関西が揉《も》めたことは？」

「《老師》から聞きました。月光先生を狙って送り込まれた釈迦堂先生を、師匠が止めたって」

「うん。わしと里奈ちゃんの縁談は、その手打ちの儀式みたいなもんやった」

「政略結婚ですか？」

「そんな上等なモンかいな」

師匠はヒゲを引っ張りながら言う。恥ずかしさを誤魔化《ごまか》すときの癖《くせ》だ。

「将棋会館の建て替え問題を棚上げする代わりに、関西は当時の政権を支える。そして《殺し屋》のような行為から里奈ちゃんを解放する……わしにとっては最後の条件が一番大事やった」

「じゃあ師匠も乗り気だったんですね？」

「…………」

ふぅぅー……と長い息を吐いてから、師匠はこう言った。

「わしにはもったいないくらい別嬪《べっぴん》さんやし……何より将棋が美しかった」

「将棋が……」

「真剣師の弟子で、しかも女流棋士。色眼鏡で見る棋士が多かったが、わしが里奈ちゃんと初めて公式戦で指した将棋は超本格派の相矢倉やった。それこそ名人戦で指してもおかしくないほど格調の高い将棋やった」

最近あまり聞かなくなった『格調』とか『本格』といった言葉。コンピューターには表現できないとされる、人間的な将棋の褒め言葉。

「あの子の将棋は本筋を行っとった。それやのに自分を曲げねばならんのやったら、そんな将棋界はおかしいと思った」

師匠らしい答えだ。

相手の容姿や性格よりも、将棋の美しさを褒める。まさに昭和の将棋バカで……俺と銀子ちゃんが憧れた、世界一泥臭くてかっこいい棋士。

釈迦堂先生が好きになったのもわかる。素直にそう思えた。

ただ、気になったことがある。

今までの話を聞いていると、師匠は釈迦堂先生のことを好きというよりも……同情心が勝っているように聞こえたから。

「でも結局……師匠は再婚しませんでしたよね？　どうしてなんですか？」

「亡くなった妻を忘れられんかった。それだけや」

短くそう答えてから、師匠は言葉を付け足した。

「日に日に妻に似てくる桂香《むすめ》が目の前におったからな」

「あ……」

「実は第三局の後に同じことを桂香からも聞かれてな。それを本人に言ったらヘソを曲げられた。『何でもかんでも私に押しつけるな』と……そんなつもりはなかったんやが」

「師匠」

正座した膝《ひざ》を握り締めて、俺は尋ねる。

「もしかして、俺たちが内弟子《いたこと》……」


「もしかして、俺たち内弟子《うちでし》がいたことも――」

「銀子とお前を弟子に取ったのは、里奈ちゃんとの縁談が流れた後や。お前らが原因なわけがない。妙な責任を感じんでええ」

「…………はい……」

「せやから昔のことを掘り返すのはもう止め」

「っ……！」

優しいが、しかし頑とした口調で師匠は言った。

まるで鋼鉄の壁のように固い決意を込めた声で。

「月光さんが全部、綺麗にまとめてくれた。将棋会館の建て替え問題もそうやし、女流棋士の地位向上も。お前らは何の心配もせんでええ」

それは優しさの皮を被った命令だった。

「古い将棋会館と一緒に、古い将棋界もみんな消える。お前らには綺麗なものだけを残してやりたいという親心や。月光さんも、わしも、里奈ちゃんも……お前や歩夢くんやあいちゃんがただ将棋に集中してくれることを望んどる。過去を捨てて明るい未来を作ることを」

師匠の言いたいことは理解できる。

それが愛情から出た言葉だということもわかる。コンピューターが人類の経験を使わず一から組み立てる新しい将棋が現代最強であるように、過去にこだわっていては未来を逃す。強くなるためには前だけを見て進むべきだ。

けど。

「…………じゃあ…………」

——じゃあ銀子ちゃんはどうなるんだよ？

「…………………………」

俺はその言葉を飲み込んだ。

あの子は師匠の言う『古い将棋界』の一部なんじゃないのか？　釈迦堂先生のように、強くなり過ぎたために『上』の連中にいいように利用されて、制度の狭間《はざま》で藻掻《もが》き苦しみ……擂《す》り潰されたあの子は。

——あの子は釈迦堂先生と同じじゃないんですか？

過去を知れば知るほどその思いは強くなっていく。あいと天衣の活躍が人々の記憶から《浪速の白雪姫》を消し去ってしまうのが怖かった。

それに、全部知らなかったことにしたら…………いつかまた同じ過ちを繰り返す。古い定跡を知らずに負けるように。

「昔の話はこれで仕舞いや！　今日はこのまま第四局の会場へ行くんか？」

「いや、こっちで一泊してこうかと……っていうか女流名跡戦に行くなんて俺一言も言ってませんよね⁉」

「そうか」

師匠は頷いてから、天井を見上げてこう言った。

「せやったら二階で不貞腐《ふてくさ》れてる反抗期の娘にも今の話をしてやってくれんか？」

☖ ただいま！

女流名跡戦第四局は岡山《おかやま》県倉敷《くらしき》市で行われた。新幹線を使えば大阪から一時間半くらいで行けちゃう場所だけど、わたしは初めて訪れる。

一方、釈迦堂先生はもう二十回以上来ていた。

「倉敷の皆、ただいま！」

前夜祭で釈迦堂先生がそう挨拶すると、集まった倉敷の将棋ファンは大喜び。

倉敷は女性の市長さんが二十年以上市長を続けてて、活躍する女性を応援したいと女流タイトル戦を誘致した。

当時からずっと女流名跡だった釈迦堂先生は市長さんの期待に応《こた》えるためにタイトル戦に付随してアマチュア大会や子供のための将棋教室を開催し続けている。対局後の疲れた状態でも、自ら指導対局をするほど力を入れて。

先生の行動には全てに理由があって、女流棋界発展のために人生の全てを捧げているのが、タイトル戦で同行する中で伝わってきて……。

この『○○の皆、ただいま』という挨拶も釈迦堂先生が前夜祭で必ず使うフレーズで、つまり以前もその場所に行ったことがあるという意味。

わたしは『はじめまして』だけど、先生は『ただいま』。

箱根《はこね》や鎌倉《かまくら》だけじゃない。この日本中が釈迦堂先生のホームで……そしてそれは対局場に関することだけじゃないということを、わたしは翌日、思い知らされることになる。

「時間になりましたので、釈迦堂女流名跡の先手番《せんてばん》で対局を始めてください」

立会人の合図で礼を交わす。

最初の頃は緊張していたこの瞬間も、四度目ともなれば慣れる。

しかも今度は後手番《ごてばん》。相手の出方を見て対応することになるから、わたしは肩の力を抜いていた。

——第三局みたいに力まない。自然体で指そう……。

『普通にやれば勝てるっしょ』という鹿路庭先生のアドバイスというか気休めというか、そんな言葉が今はとても頼もしかった。

「では」

釈迦堂先生の初手《しょて》は――――飛車先《ひしゃさき》の歩を突く、2六歩。

「「おおっ!!」」

初手を撮影するために集まっていた報道陣から思わず声が上がる。

「……女流名跡は相掛《あいが》かりを選ぶのか!?」

「第三局は勝ったけど、開幕から連敗した戦型《せんけい》だろ?」

「すごい度胸……というか、挑戦者の得意戦法をもう見切ったってこと……?」

たった一手。

初手を指しただけで様々な意図を読み取ることができる。しかしその中の何が正解で何が間違いかを読み切るのは不可能に近い。一発勝負のトーナメントでは感じることのない番勝負のプレッシャーに、わたしは早くも押し潰されそうになっていた。

この展開は当然予想していた。

指す戦法も用意してきた。

それでも…………いざ初手2六歩を目にしてしまうと、迷いが生じる。

「……おい。指さないぞ?」

「もう五分以上も固まってるな……」

報道陣が焦《じ》れ始める。もっと心を落ち着けてから指したかったけれど……『早く指せ』という部屋の空気に急き立《た》てられるかのように、わたしの手は自然と盤上に伸びていた。

わたしは――――角道を開ける、３四歩を突いていた。

「「相掛かり拒否⁉」」

バシャバシャとカメラのフラッシュが瞬く。

「ほう」

紅茶を飲んでいた釈迦堂先生が少し驚いたように息を吐いた。そしてカップとソーサーを置くと、そっと角道を開ける。

次の一手を指すのは勇気が必要だった。

「っ……‼」

わたしは指先に力を込めて、中央の歩を突く。

さっきとは比較にならないほどのざわめきが起こった。

「「「えええええ⁉」」」

驚かれるのも無理はない。わたしが選んだ作戦はきっと、誰も予想していないものだから。

わたしが……振り飛車を選んだのだから。

「ゴキゲン中飛車《なかびしゃ》か。これは予想外の将棋を用意してくれたね？」

『予想外』と言いつつも釈迦堂先生の表情に驚きは無い。むしろ楽しむような余裕すら感じられて、わたしは早くも後悔しつつあった。

《エターナルクイーン》は居飛車も振り飛車も指す。まるで名人のような完全なオールラウンドプレーヤーだ。

ううん。女流棋士は振り飛車党がプロ棋士よりも多いから、対振り飛車の経験値なんて名人よりも上かもしれなかった。

文字通り、真のオールラウンドプレーヤー。

——どんな戦法を使っても受け止められる……だったらやっぱり相掛かりのほうが……？

そんな後悔を振り払うように、

「こうっ!!」

わたしは飛車の上に指を置き、横一線に滑らせる。

中央に位置する飛車を見て心を熱くさせた。あの『ゴキゲンの湯』で師匠と過ごした振り飛車修行の日々を思い出して。

——天《てん》ちゃんみたいに独創的な振り飛車は無理でも……終盤の捌き合いなら!!

生石充《みつる》九段のような捌きをイメージして駒組を進める。

そんな駒の動きを見て、釈迦堂先生は懐かしそうにこう言った。

「ふむ……居飛車党とは思えぬほど、実に軽《かろ》やかな駒捌きだ。まるで若き日の《捌きの巨匠》

と盤を挟んでいるかのようなプレッシャーを感じるな」

「ッ!!」

「もっとも――あの坊やはもう少し強かったけれどね？」

イメージしていた名前を言い当てられて動揺するわたしに、釈迦堂先生は超スピードで右の銀を単騎で繰り出してくる！

「超速……!!」

ゴキゲン中飛車対策として最も有効とされる、超速３七銀戦法。

もちろん対策は立ててある。

しかし――

「ええ!?」

釈迦堂先生の銀が……３七の地点を遙かにオーバーランして突っ込んで来た!?

超速をさらに上回るスピード感で突き進む銀！　わたしが事前に立てていたあらゆる対策を無視するかのように！　信じられないほど強気に！

「は……速すぎる!?」

「老人は気が短いのでね」

その銀はまるでジャンヌ・ダルクのように、わたしの囲いに突撃してきて――!!

☗ 立ち戻る場所

「あそこの跡。憶えてる？」

「へ？　……跡？」

桂香さんが指さして言う、カーペットの一隅。

そこにはいくつもの丸いハゲができていた。

将棋盤の脚の跡である小さな四つの丸。そこから離れた場所にある、子供の膝の大きさくらいの丸い跡。

「あれって八一くんと銀子ちゃんが膝を突いてた位置よ」

「ああ……師匠に言われて盤から離れるようにしたんだよね。近すぎると色々あるから」

「よく頭と頭がぶつかってたもんね」

「銀子ちゃんは確実にわざとやってたよ。自分の手番の時は絶対にやらなかったもん。あと、将棋に負けて俺の髪の毛をむしったり……」

俺と桂香さんはずっとこうして他愛《たあい》ない思い出話で盛り上がっていた。

けれどもうすぐ日が暮れる。

そろそろ必要な話をしなくちゃいけないだろう。将棋と……それに師匠の話を。

第四局。

あいが選んだ戦法は――中飛車。

「後手番で振り飛車を指すのはいい。それ自体は悪いことじゃない」

あいのゴキゲン中飛車は生石さん直伝で、読みの力に裏打ちされた捌きの感覚は稀有《けう》な才能といえる。

「だが……エース戦法を封じられて、それで苦《くる》し紛《まぎ》れの奇襲に走るようでは、勝ち目は薄いよ」

奇襲は相手の予想を外してこそ初めて奇襲たり得る。

しかも釈迦堂里奈という棋士はありとあらゆる戦型に精通し、さらに第三局で見せたような『自分だけの小部屋』を無数に持っている。長年にわたる独自の研究によって、部分的な結論を得ているのだ。

今日の将棋でも先生は序盤からそれを見せていた。

「ほらここ。この二九手目から始まる角の動き」

棋譜中継の指し手を示して俺は説明する。

「超速の中でも、角を転換させるこの指し方は釈迦堂先生独特のものだね。前例は三局しかなくて、その全てが『釈迦堂里奈』と表示される。善悪はともかく、これで釈迦堂先生しか知らない世界へ足を踏み入れたわけだ」

「その世界、私にも経験があるわ」

桂香さんが棋譜から目を離して言った。

その視線は現在ではなく、過去に向いている。

「まるで、いばらの森のように……どんな攻撃を繰り出しても逆に自分が傷ついてしまうの。攻めているはずなのにどんどん形勢が悪化していって……」

「でも桂香さんは勝てたでしょ？」

「運が良かったわ」

清滝家の二階にある子供部屋。

そこで俺と一緒にあいの将棋を検討《けんとう》していた桂香さんは、部屋の隅にある一角を見ながら、こう言った。

「必死にもがいていたら、ラッキーパンチが当たってくれた」

そこには俺や姉弟子が子供の頃に獲得した無数の賞状やトロフィーが飾られている。

その中に一枚だけ、桂香さんのものがあった。

アマチュア時代の……小学三年生くらいの頃に出場した将棋大会で三位になった時のもの。

その賞状には当時の写真も添えられている。

緊張の面持ちで賞状を掲げる桂香さんと、その隣に立つ若い頃の釈迦堂先生の写真が。

「それに今は……本当に実力で勝てたのか、ちょっと自信がグラついてるの。お情けで女流棋士にしていただいたのかもしれないって。私が………」

「……」

「私が……清滝鋼介の娘だから…………」

「桂香さん……」

「将棋を冒瀆《ぼうとく》するようなことをなさる方じゃないって、頭では理解してる。けど……感情の整理がね。ごめんなさい変なこと言って」

俺は何も言えなかった。釈迦堂先生が《殺し屋》と呼ばれて裏でどんなことをしていたかまで桂香さんが知らないのが唯一の救いだ。

女流棋士になってからほとんど勝てていないことも影響してるんだろう。師匠と釈迦堂先生の関係を知ってからの桂香さんは、あまりにも痛々しくて……。

だから俺は大阪に残って、久しぶりに桂香さんと一緒に過ごすことを選んだ。

この第四局。

俺は……倉敷に行かなかった。

大阪から二時間もあれば到着するのに、二人の対局を見届ける勇気が持てなかったのだ。

あいのことを応援してる。顔を合わせる気持ちにはまだなれないけど、そこは揺らぐはずがない。

けれど同時に、釈迦堂里奈という女性のあまりにも壮絶な過去を知ることで、単純にあいの勝利だけを願うというのも難しくて……。

はっきり言おう。

俺はずっと歩夢のプロポーズが失敗することを願っていた。

それが成功するのを見てしまうのが怖かった。年齢差のある師弟が結ばれる光景を目《ま》の当《あ》たりにしてしまったら……俺の中の何かが壊れてしまいそうで。

無視するには、歩夢と釈迦堂先生は俺に近すぎる存在だから……。

でも、今は。

俺は歩夢を育てた釈迦堂先生に共感していた。師匠を愛した釈迦堂先生に、誰よりも幸せになってほしいと思い始めていた。

そして……釈迦堂先生にとって何が一番幸せなのかを真剣に考え始めていた。

「これが釈迦堂先生の狙いだったんじゃ？」

「狙い？　どういう？」

「対局相手に迷いを抱かせることが」

思いつくままに口を動かす。

「たとえば……あいが全局相掛かりを指してきたら釈迦堂先生だって困ると思うんだよ。俺ですらあいの相掛かりには何度もヒヤッとさせられたんだからね」

「…………」

桂香さんは無言で聞いてくれている。

「けど本譜であいは自らそのチャンスを潰した。釈迦堂先生の初手２六歩に、８四歩と飛車先の歩を突き返せなかったんだ」

喋《しゃべ》りながら俺は、拭《ぬぐ》いきれない違和感を覚えていた。

本当にそうなんだろうか？

釈迦堂先生の狙いはそんなところにあるんだろうか？　相掛かりをまた指せば、本当に……あいにチャンスは来るんだろうか？

――そんな簡単な話じゃない。

勝負師としての本能が俺にそう囁いていた。

釈迦堂里奈が……《殺し屋》が本当に恐れているものは、そんな小賢《こざか》しいものなんかじゃないと。

現時点でただ一つ、わかることがあるとしたら――

「釈迦堂先生は番勝負をしている。けど、あいがしてるのはゲ、、ー、、ム、、攻、、略、、の、、発、、表、、会、、だ」

厳しいが、そう言わざるを得ない。

あいは相手を見ているようで見ていない。自分が多少マシに指せる戦型を順番に並べているだけだ。

釈迦堂先生にそこを見抜かれ、対応され……奇襲を仕掛けたつもりが、逆にその戦法で相手の奇襲にハマってしまった。

「勝負は最終局」

まだ第四局は続いてたけど、結末は誰の目にも明らかだ。

釈迦堂先生の変則的な超速は、あいのゴキ中を完封していた。

駒を捌くどころかまともな攻めすら組み立てられず、振り飛車は無惨《むざん》な姿を晒《さら》している。巨匠が見たら激怒するような酷い将棋だった。

「振り駒《ごま》がどうなろうと……自分が戻るべき場所がどこかを見定めなければ、結局のところ同じことの繰り返しさ」

あいが立ち戻る場所。

そこがどこにあるのか――

「……試されてるのは、俺なのかもしれない」

自分が内弟子《うちでし》生活を送った師匠の家の子供部屋で桂香さんと並んで座りながら、俺はそう呟いていた。

カーペットに残された小さな膝の跡を見詰めたまま。


女流名跡戦第四局は、一〇九手で女流名跡の勝利。

挑戦者が早々に二勝して奪取に王手をかけたはずの五番勝負は、最終局までもつれる大混戦になっていた。

星は五分。しかし流れは完全に…………釈迦堂里奈。

第四譜

○　記憶の中で

「着いたわよ。起きなさい八一《やいち》」

「……ふが？」

鼻をつままれて目を覚ますと、銀色の髪をした七歳の女の子が不機嫌そうにこっちを見下ろしていた。

そっか思い出した。俺《おれ》はこの女の子……銀子《ぎんこ》ちゃんと一緒に東京《とうきょう》へ来たんだ。新幹線で。

「いつのまに寝ちゃってたんだろ？　今度は絶対に富士山を見てやろうって思ってたのに……静岡《しずおか》ってどうしてあんな長いのかなぁ？」

「知らないわよ。バカ」

窓側の席に座っていた銀子ちゃんは俺を押しのけて通路に出ようとする。やめて転ぶから転ぶから……。


「おーい！　あゆむー!!」

品川《しながわ》駅で新幹線を降りると、新宿《しんじゅく》で歩夢《あゆむ》と合流した。約二ヶ月ぶりの再会だ。

こっちを見ると、歩夢はちょっと驚いたように尋ねてくる。

「ずっと手を繋《つな》いでいるのか？」

「「師匠の言いつけだから」」

俺と銀子ちゃんの声がハモった。師匠からは東京行きの条件として『将棋《しょうぎ》を指すとき以外に一度でも手を離したら破門』と厳しく命じられてる。

歩夢に先導してもらって到着したのは、駅からすぐの場所にある大きなホテル。

「よく来たね。余《よ》の弟子がいつもお世話になっている」

つい先日、女流玉将《じょりゅうぎょくしょう》を防衛したばかりの釈迦堂里奈《しゃかんどりな》女流四冠は『女流玉将戦で宮崎《みやざき》へ赴く際、弟子を預かっていただいたお礼に』と、俺たちを東京に招待してくれたのだ。

交通費も滞在費も負担してくれるうえに、ホテルのラウンジで見たこともないくらい豪華なアフタヌーンティーセットをごちそうしてくれた。

パクパクと夢中でケーキを食べる俺と銀子ちゃんとは対照的に、歩夢は釈迦堂先生のために紅茶を淹《い》れたりケーキをよそったりしている。さすが小学五年生は大人びてるな。

「そなたたちはずっと手を繋いでいるのかい？」

「はい。師匠の言いつけなんです」

今度は声はハモらなかった。銀子ちゃんが無言を貫いているからだ。

人見知りを発動させた年下の姉のために俺が紹介する。

「僕……俺の姉弟子《あねでし》の空《そら》銀子です。研修会にも奨励会にも入ってませんけど」

「鋼介《こうすけ》さんからよく話は聞いているよ。はじめまして……で、よかったかな？」

「…………」

銀子ちゃんは結局、ちゃんと挨拶《あいさつ》しなかった。ケーキはしっかり全部食べた。

「なーなー歩夢。関東って将棋会館で研究会しちゃダメってマジ？」

「本当だ。棋士や奨励会員の数が多すぎるからな」

多忙な釈迦堂先生に稽古《けいこ》を付けてもらうことはできなかったけど、俺たちはさっそく歩夢に案内されて東京に来た目的のために活動を始めた。

道場破り……もとい、道場巡りだ。

「だから道場を拠点に研究会を行う。東京の道場はいわばプロの巣だ。そこに飛び込むことがどのような意味を持つか……その身をもって味わうがいい」

「のぞむところ」

銀子ちゃんは大胆不敵な発言をするが、緊張してるのは手汗でわかった。

新宿から始まって、八王子《はちおうじ》、吉祥寺《きちじょうじ》、蒲田《かまた》、両国《りょうごく》、荻窪《おぎくぼ》、御徒町《おかちまち》……東京の主立った将棋道場に飛び込んで武者修行だ。

冬休みの一週間、俺たち三人はひたすら将棋を指しまくった。

八王子に住んでる月夜見坂燎《つきよみざかりょう》ちゃんも誘おうとしたけど「それは絶対やめたほうがいいわね」っていう桂香《けいか》さんのアドバイスに従って今回は見送った。銀子ちゃんと混ぜると危険らしい。

「くっそー！　あのオッサンにどうしても勝てない……」

道場には『主』みたいな存在がいて、俺たちは何度も壁にブチ当たった。

「決めた！　大阪《おおさか》に帰るまでに必ずあのオッサンに三連勝する！」

「わたしはあっちのハゲをぶち殺す」

「あの人はプロだよ銀子ちゃん⁉」

不穏な発言をする姉弟子を諌《いさ》めてから、俺は負けても淡々としてる親友に尋ねる。

「歩夢は？　目標とか立ててるのか？」

「A級に入る」

道場の壁に貼《は》られたリーグ表を見詰めながら歩夢はそう言った。

強い道場はだいたいどこもリーグ戦をやってて、頂点のA級にはアマチュアのタイトル保持者や奨励会有段者、若手プロ棋士の名前だらけ。今の俺たちじゃ対局すらできない高みだ。

「すげーなお前！　あそこに入るの？　たった七日間で？」

「いや。あのA級ではない」

歩夢は将棋盤に目を落としてそう言った。そしてこの七年後、その言葉を実現させる。

「なんか俺、すげー強くなった気がする！」

将棋漬けの一週間はあっというまに終わってしまった。

「大阪に戻ったら試したい戦法が超溜《た》まったし！　鏡洲《かがみず》さんにも一発入れられるかも⁉」

「飛馬《ひうま》お兄ちゃんがあんな変な戦法に引っかかるわけないでしょ」

そう言いつつも銀子ちゃんは指をむずむずさせている。指したくてたまらないのがバレバレだ。手を繋いでるからね。

新幹線ホームまで見送りに来てくれた歩夢に指を突きつけながら、俺は宣言した。

「すぐ俺も5級になって追いつくからな！　三段リーグで戦おうぜ！」

「ああ。待っている」

上から目線ムカつく！　まあ俺が6級でBなんて取ってるから仕方ないけど。

「ねえ」

そんな歩夢に、銀子ちゃんは最後にこんなことを尋ねていた。

「どうして釈迦堂の弟子になったの？」

「…………」

歩夢の表情が固くなるのがわかった。師匠の名前を呼び捨てにされたから……じゃない。

俺と銀子ちゃんはこの一週間、歩夢の隣で将棋を指して、何度も何度も大人たちがこう言っているのを聞いてきた。

『師匠が女流なのに本格派の将棋を指すね』

歩夢の才能と実績があればトッププロの弟子にもなれただろう。大きな一門の庇護《ひご》を受けて何不自由なくプロ棋士を目指すこともできたはずだ。

なのに……なぜ？　そんな疑問に歩夢はこう答えた。

「……似ていると思った」

「棋風が？」

「いや」

新幹線のドアが閉まる直前に聞いた歩夢の答えを、俺は一生忘れないだろう。

「魂の形が」

変なことを言うやつだけど……その言葉だけは不思議と胸にストンと収まった。銀子ちゃんが俺の手をぎゅっと握った。触れ合った肌と肌が熱くなるほど、強く。


そして俺は新幹線の中で再び目を覚ます。

「…………っと。危ない危ない。いつも富士山の前で寝ちゃうんだよな……」

品川を通り過ぎそうになっていた。今は俺の鼻をつまんで起こしてくれる意地悪で優しい姉弟子はいないから、自分一人で起きなくちゃいけない。

空席になっている窓際の席を見て、俺は言う。

「楽しかったもんな…………また行きたくて夢に出てきたんですか？　姉弟子」

無言電話

原宿《はらじゅく》駅前には人集《ひとだか》りができていた。二人の美女を取り囲んで。

「遅ぇーぞクズ！」

「八一くん？　こなたを待たせるなんて焦《じ》らしプレーが上手にならはったなぁ？」

月夜見坂さんと供御《くぐ》飯《い》さんが駅前に立っていた。

しかしいつもの私服ではなく――――メチャかわいいゴスロリファッションで!!

「お、お二人とも……その衣装は……!?」

「釈迦堂先生の趣味に合わせたのどすー」

黒を基調にしたゴシックな衣装に身を包んだ京美人がひらひらと手を振ると、周囲でスマホを構えていた人々が一斉にシャッターボタンを押す。

さ、撮影会が始まっている……！

「お話を聞くにしても、相手に歩み寄る姿勢を見せへんとなぁ？」

「オレもこういう格好は別に嫌いじゃねーからよ。郷に入れば郷に従えだ。似合うだろ？」

月夜見坂さんはアレだな。オタクから金をせびろうとするキャバ嬢みたいだな。

白とピンクのレースでフリフリになった《攻める大天使》は背中にホントに小さな羽まで付いてる。

「さっさと行くぞクズ。腕貸せ腕」

「ええ⁉　う、腕を組むんですか⁉」

「こなたあんましこういう場所来んし。エスコートして八一くん？」

右腕を月夜見坂さん、左腕を供御飯さんにガッチリホールドされた俺は、周囲からゲリラ豪雨のようなヘイトを集めながら竹下通りへ向かって引きずられていく。

「どうしてあんなSSR級の美女を、あんなパッとしない男が……？」

「ものすごい富豪とか？」

「きっと弱みとか握ってるんだよ。卑劣な顔してやがる！」

……卑劣なのは俺の腕を拘束してるこの二人の美女のほうなんだけどなー。

しかし原宿に来るのも久しぶりだ。

「明治通りは歩くけど、こなたみたいな高齢者に竹下通りはキツぅおざりますな」

「こーゆーとこは修学旅行生とか田舎者《いなか》が行くとこだろ。オレみてーな東京生まれの東京育ちはもっと別ンとこで遊ぶんだよ」

なるほどそういうものかもしれない。大阪で育った俺も観光客が行く心斎橋《しんさいばし》なんかにはあんまり近寄らないから。

「ちなみに月夜見坂さんはどこで遊ぶんですか？　渋谷《しぶや》のセンター街？」

「京都《きょうと》とか大阪とか」

マジで関東に友達いないんだな……。

「八一くんが前にここに来たのは、銀子ちゃんと釈迦堂先生の研究会に同行して？　ＳＮＳで銀子ちゃんのゴス衣装が話題になってた時に？」

「ええ。その時は姉弟子と釈迦堂先生の研究会を観戦しました。釈迦堂先生がノーマル四間で姉弟子の穴熊《あなぐま》を虐殺してましたよ」

「……《殺し屋》の話は、フィクションやおざらぬようどすなぁ……」

「……もう妖怪《ようかい》か何かだろあのババア。人間じゃねえよ……」

ドン引きする供御飯さんと月夜見坂さん。研究会とはいえ姉弟子が負けるシーンは、女流棋士には衝撃に違いない。

店の入れ替えの早い竹下通りを一本裏に入ると、『ブラームスの小径』と呼ばれる落ち着いた細い道に出る。

そこをさらに奥へ行った場所に建つ、小さなお城のような建物が目的地だ。

月夜見坂さんは着慣れない衣装に窮屈そうに身をよじると、

「サクッと終わらせようぜ？　どーせ明日も徹夜すんだろうからよ」

「ですね」『せやね」

俺と供御飯さんも頷《うなず》いて、小さなお城のようなその店に足を踏み入れた。

「いらっしゃいまにゃぁぁぁぁぁぁぁぁぁぁぁぁぁぁぁぁぁぁぁぁぁぁぁ!?」

お店を入ってすぐに出くわした店員さんが奇声を上げた。

特徴的な獣耳お団子ヘアーとロリロリゴスゴスしたメイドさんコスチュームを着ていたのは、歩夢の妹の神鍋《かんなべ》馬莉愛《まりあ》ちゃんだ。

「な、なんじゃ貴様ら!?　襲撃か!?　雛鶴《ひなつる》あいが負けそうなのでマスターを襲撃に来たのか!?」

「落ち着くがよい馬莉愛」

店の奥にいた城の主がおっとりと言う。

ここは釈迦堂先生の経営するセレクトショップであり、将棋の研究室でもある。実は千駄ケ谷《せんだがや》の将棋会館まで徒歩圏内という好立地なのだ。同じ渋谷区だからね。

そして以前は歩夢が常駐してたんだが――

「今は馬莉愛ちゃんが店番なんですね?」

「ゴッドコルドレンは自分の将棋に集中するよう申しつけてある。A級棋士に下働きをさせるわけにはゆかぬだろう?」

俺に対してそう答えた釈迦堂先生は、左右の美女を見て目を見開く。

「ほう!」

そして美術品を愛《め》でるような視線で、うっとりとこう言った。

「二人とも余の好みではあったが……やはり斯様《かよう》な装いをすると美しさがさらに際立《きわだ》つな。ふふふ。何十時間でも鑑賞していられる……」

そういえば姉弟子もこの人のオモチャにされてたなぁ……。

あの頃《ころ》は『この人ずっと独身だし……もしかして女の子が好きとか⁉』なんて見当違いのことを考えてたっけ。

「で？　余の話を聞きたいとのことだが、何の話をすればよいのかな？」

「先生。その前に、馬莉愛ちゃんを……」

「……そうだな。下がっていなさい」

「し、しかしマスター！　お一人では危険なのですじゃ！　もし此奴《こやつ》らが狼藉《ろうぜき》を――」

「其方のような美幼女が同席するほうが危険だよ。若き竜王を刺激してしまうからな」

「それもそうなのじゃ」

馬莉愛ちゃんはあっさり納得して引き下がった。理不尽……。

「あの子も修羅の世界に足を踏み入れたのだ。聞かせるべきなのかもしれぬが……やはりもう過去の連鎖は断ち切るべきであろう」

師匠と同じことを言いながら、かつて《殺し屋》と呼ばれた女性は視線で俺を促す。

「教えてください。俺の師匠……清滝《きよたき》鋼介と、先生のあいだにあったことを」

「これまで誰《だれ》から話を？」

「《老師》から。それと師匠にも話を聞きました」

「そうか。鋼介さんも……ふふ。さすがに少し面映《おもは》ゆいな？」

シャラランと音を立てて西洋風のレースの扇子《せんす》を広げると、先生は顔を隠しつつ、

「とはいえ余と鋼介さんの縁談は隠すような話ではない。余の世代の棋士なら誰でも知っているし、おそらく関東の女流棋士にとっても周知であろうよ」

「オレは知らなかったけどな」

「其方のそういうところが愛《いと》おしいのだ。《攻める大天使》よ」

やさぐれる月夜見坂さんに微笑《ほほえ》みかけると、先生は紅茶で唇を湿らせてから話し始めた。

長い長い話を。


「余は、師に……足柄貞利《あしがらさだとし》九段に、内弟子として育てられた。実の娘たちと同じように。師が亡くなられた今でも娘たちとは姉妹《しまい》同然の付き合いがあるのだよ……まあ、それは余談だな」

そのことは清滝師匠からも聞いていた。

足柄先生は足の不自由な釈迦堂先生を『通いの弟子では苦労するから』と手元に引き取って、とても親切に将棋を教えたと。

「つまり師は父親も同然で、余にとっては将棋以外のことでもその言葉は絶対だった。恋愛についても……な」

「どんなことを言われたんですか？」

「『タイトルを獲るまで恋をするな』」

「ッ……！」

俺は思わず腰を浮かしかける。

なぜなら俺と姉弟子も師匠から似たようなことを言われたから。

「そしてタイトルを一つ獲った後は、二つ獲るまで恋愛禁止は延長された。二つ獲ったら、次は三つ……しかし余は、当時存在した全《すべ》てのタイトルを制覇してしまった。そうしたら師が何と言ったと思う？」

楽しそうに指を折りながら先生は言う。

「一転して今度は『結婚して子供を産め』だ」

「身勝手ですね……」

「せやけど女子《じょし》はよぉ言われることでおざります。高校卒業までは恋愛禁止しておいて二十歳《はたち》過ぎたくらいから『誰かいい人はおらんのか』と結婚を急《せ》かされるいうんは」

「そうなんですか？」

「せやで？　八一くん結婚しよ？」

「……師は焦《あせ》っておられた」

俺と供御飯さんのやり取りを見て笑顔を浮かべていた釈迦堂先生だったけど、一転して暗い顔で続きを語る。

「高齢になり、有望な子を手当たり次第に弟子に取ったが、焦るあまり育てる余裕を失い……次々と潰《つぶ》してしまっていたのだ」

足柄先生は五十人以上も奨励会に男子を送り込んでいたが、プロになったのはゼロ。ある時期から入門者がパタリといなくなったのは悪評が広がったからだろう。

「それも全て『一門から名人を出す』という師の願いから来ていた。我が師の出自は？」

「真剣師だと」

「そうだ。《箱根《はこね》の鬼》と呼ばれた最強の真剣師だよ。有力な後援者を何人も持ち、その実力は当時の名人よりも上だと噂《うわさ》されていた。収入もね」

「その後援者のご推薦で特例として編入試験を受けはって、飛び付き六段でプロ入り。A級でも抜群の実力を示して名人に挑戦したと。当時の新聞はその話題で持ちきりどした」

「そして惨敗した」

その名人戦の棋譜《きふ》も調べてきた。

当時の名人……十五世名人の前に、足柄先生は文字通り手も足も出なかった。最終局なんてほぼ全駒《こま》だ。

足柄先生は自分が負けるなんて思ってもいなかったんだろう。

どの将棋も投げ場を失った、無惨《むざん》な終局図だった……。

「四連敗して茫然自失《ぼうぜんじしつ》する師に対して、当時の名人は感想戦で笑いながらこう言ったという。

『足柄さん。あんた結局アマチュアだから』と。師は控室で号泣したそうだよ……そして当時の連盟がなぜ自分をプロにしたのかを悟った」

「公開処刑……」

「そう。そしてプロ棋界という檻《おり》に師を投獄したのだ」

最強の真剣師といえどもプロの世界で戦えば名人に全く歯が立たない。それを衆目に晒《さら》すことで、闇《やみ》に覆《おお》われた裏の世界を浄化した。

足柄先生を筆頭とする真剣師たちの後援者を名人は総取りしたのだ。

そうやって将棋連盟は、将棋というゲームを事実上独占していった。

それが悪いことだとは思わないし……俺たちの世代にとっては幸運だったんだろう。汚れ仕事などすることなく、ただ好きな将棋を指すだけで大金を稼げる夢みたいな職業を与えてもらったんだから。

「とはいえ師は名人位への執着を除けば本当に素晴らしい人だった。そして女流棋士は名人位とは最初から縁が無い。だから余は大切に育てていただいたというわけさ」

「……皮肉なもんですね」

「しかし男の弟子の育成に失敗し、さらに余が強くなるうちに、そうも言っていられなくなってきたのだ」

この話がいつ、師匠との縁談に繋がるのかと思っていた。

それは最悪の形で繋がったのだ。

「死期を悟った師は、女性で最も将棋の強い余に子供を産ませ、その子を引き取って赤子の頃から将棋漬けにし最強の棋士に育てようとしたのだよ」

馬鹿《ばか》げてる。聞いていた誰もがそう思った。

だって俺たちは誰一人としてプロ棋士の子供じゃない。

「当然、見合いの相手も将棋が強い男性が望ましかった。プロ棋士の子供が将棋の強い子に育つ確証など何一つ無かったが……その頃にはもう正常な判断力を失っていたのさ。師はただ夢を見続けていたかっただけなのだ。ならば弟子として、娘として……子守歌を歌ってあげるくらいのことはしてあげたかった……」

しかし縁談は思ったように上手《うま》くはいかなかったという。

「女流タイトルを全て制覇していた余が、それなりに忙しかったことと……やはり将棋の強い女というのは可愛《かわい》げが無いと思われていたのやもしれぬ」

釈迦堂先生は言葉をボカしたが、《殺し屋》を妻にしようってプロが関東にはいなかったということなんだろう。

「ならば関西の棋士でどうかと師は考えた。まず白羽の矢が立ったのは当時の竜王名人である月光聖市《つきみつせいいち》さんだ」

男鹿《おが》さんが聞いたら激怒しそうなエピソードである。

「月光先生は、何かの公開対局で釈迦堂先生に負かされそうになったって言ってましたけど」

「うん。それは学生の頃だね」

縁談が持ち上がったのはもっと後のことだけど、今から思えば足柄先生が布石を打っていたのかもしれない……と、釈迦堂先生は言った。

「しかし月光さんの眼病がどうやら遺伝性のものだと判明すると、師は方針を変えた。目も脚も不自由な子が生まれては、さすがに将棋に支障が出ると思ったらしい……ああ、怒らないであげておくれ。あの人なりの愛情なのだから……」

男鹿さんじゃなくても激怒する話だ。

怒りを押さえつけてから俺は言った。

「それで将棋の才能は月光先生に全く及《およ》ばないながらも身体《からだ》が頑丈でとにかく根性だけはあるうちの師匠に白羽の矢が立ったんですね？」

「くくっ！　あははははは‼」

堪《こら》えきれずに釈迦堂先生は声を上げて笑った。

そして目に涙を溜めたまま、

「ふふふ。あの人は……鋼介さんは、初めてのデートで余をどこに連れて行ったと思う？」

「レストランとかですか？　まさか飲み屋じゃないですよね？」

「大阪やったら『海遊館』とか？　水族館デートなら無難どすし」

「将棋センターだ」

「「……はぁ？」」

「『わしは口下手ですから将棋を指しましょう！』と。当時まだ営業していた通天閣の地下にある将棋センターに余を連れて行ってくれた」

「嘘《うそ》だろあのヒゲ……」

　俺が天衣《あい》を連れてった頃の新世界とはわけが違う。観光地化する前の、それこそ犯罪者や真剣師がたむろしてたような場所だ。そんな場所に脚の不自由な女性を連れて行くなんてマジで何考えてんだ⁉

「余をラーメン屋に初めて連れて行ってくれたのも鋼介さんだ。バリアフリーなどという言葉すらなかった時代、余が一人で行ける店など限られていた。『なら二人でしか行けん店に行きましょう』と……それで連れて行ってくれたのが、ガード下のラーメン屋なのだからな！」

　実に楽しそうに先生は笑った。

　その表情は……恋する乙女そのものだった。

　釈迦堂先生が千駄ヶ谷の『ホーム軒』というラーメン屋に俺と歩夢を連れて行ってくれたことを思い出す。ラーメンを啜《すす》る時の幸せそうな横顔も。

　この人は…………どこまで…………！

「電話をすれば『この詰将棋《つめしょうぎ》を一緒に解きましょう！　符号を言います。まず……』と、やはり将棋のことばかりだった」

「電話で詰将棋を……」

詰将棋大好きキッズのあいですらそんな電話はしてこない。

「解くあいだは電話を切ればよいのに繋ぎっぱなしでな。何時間も無言のまま……電話料金はひどく高く付いたよ。いつも余が電話を掛けていたから」

師匠よりもむしろ自分のほうが積極的だったということを、釈迦堂先生はそんな言葉で伝えてきた。

「鋼介さんは年頃《としごろ》の娘に遠慮したのであろうな。夕方以降に余の電話があると問題だけを早口で伝えてから、家の外の公衆電話に走って掛け直してくれた。無言電話を」

「桂香さんはつい最近まで縁談のことを知りませんでした」

「……あの子にも申し訳ないことをしたな。誤解がなければいいのだが……」

桂香さんが釈迦堂先生に勝って女流棋士の資格を得た一戦のことを言ってるんだろう。あの将棋が片八百長じゃないことは誰よりも俺がよく知っている。

あの将棋が無かったら俺は竜王と弟子の両方を失っていただろうから。

「けれど、あの無言の電話ほど……心が躍る時間はなかった……」

「そんなに――」

俺は思わず椅子から立ち上がって叫んでいた。

「そんなに好きだったのにどうして釈迦堂先生は結婚しなかったんです⁉　師匠も先生のことを憎からず思ってたはずですし、ああいう性格の人です。言葉は悪いですけど……先生を一人にできなかったはずです」

もし釈迦堂先生が本気で望めば。

そうすれば師匠は断ることができなかったはずだ。

誰も引き取らないほど身体の弱い女の子を内弟子にした、あの人であれば。

「余は……勇気がなかった。男性から言葉を掛けてくれるのを待つばかりで……自分からは何も言うことができなかった……」

俯《うつむ》いて長い溜息《ためいき》を吐《つ》いてから、先生は後悔の言葉を口にする。

「あれだけ長く無言電話をしていたのだ。そのうちの一分でも……いや、十秒でよい。十秒だけあの時に戻ることができたのなら……きっと違う未来が待っていたと。そう夢想する瞬間が無いと言えば、嘘になるであろうな」

棋士に『待った』は許されない。

けれど待ったをしたくなる瞬間は無数に存在する。夜、一人でいる時間にそんな瞬間を思い出して叫び出したくなることが、無数にある。

――この人はどれだけそんな夜を過ごしてきたんだろう？

「………釈迦堂先生」

俺は意を決して口にする。

最も重要な問いを。

「先生は今も、師匠からの言葉を待っているんですか？　だから歩夢の言葉に応《こた》えられないんですか？」

「………………」

無言の時間が流れた。

誰もが静かに、釈迦堂先生の言葉を待つ。

やがて――

「……余が………………」

ぽつり……と。

心の縁から溜まりに溜まった水《おもい》が溢《あふ》れるかのように、唇が言葉を紡《つむ》ぐ。

「……………余が、もっと若く美しければ………全盛期の頃のような輝きを保っていれば…………………」

絞り出すように唇から零《こぼ》れた言葉は、否定であり肯定でもあった。

全盛期であれば……自分から師匠に気持ちを伝えられるという意味だろうか？

それとも……。

☖ 殺し屋と少年

「話しすぎて喉《のど》が渇いたな……紅茶のお代わりは？」

重苦しい沈黙を破るように、余は集まった三人に問いかける。

懐かしい面々だ。

小学生名人戦で一つの舞台に集った子供たち。

一年に一度のあの舞台は毎年、粒揃《つぶぞろ》いの俊才が集まる。そこで聞き手を務めよというのは、亡き師の言いつけであった。

才能ある子供に真っ先に声を掛け、弟子にするために。

師が亡くなった後も聞き手を続けていたのは単に惰性《だせい》であった。一度身を縛ったしがらみというものは簡単には解けぬものだ。

「……そういえば」

新しい紅茶を一気に飲みながら若き竜王が尋ねてくる。

「釈迦堂先生が歩夢を弟子にしたのは、どうしてだったんです？」

不器用なカップの持ち方も鋼介さんにそっくりで、余もついつい若い頃を思い出して口が軽くなってしまう。

「なぜそのようなことを問うのかな？」

「だって決勝は俺と月夜見坂さんだったじゃないですか。俺はもう入門してたけど月夜見坂さんはまだ師匠いなかったし。それに女流棋士が男の弟子を取るなんて前例がないわけでしょ？　だったら普通に考えて月夜見坂さんを弟子にする手が第一候補に上がるでしょ？」

「性格で選んだんと違う？」

「準決でオレに負けてずっとピーピー泣いてた万智《まち》よか歩夢のほうがマシってのはあったんじゃねーの？」

《嬲《なぶ》り殺しの万智》と《攻める大天使》は軽口を叩《たた》き合う。

この二人はずっと変わらぬな……正反対ゆえ人間関係が澱《よど》まず、緊張感を保ったまま付き合える。棋士同士が親友になれる稀有《けう》な例だ。

「せやけど確かに不思議やねぇ？　たとえば前年に女性で初めて優勝しはった岳滅鬼翼《がくめきつばさ》さんをお弟子に取って奨励会に入れるいうほうが自然なように思えますするが」

「ゴッドコルドレンを弟子に取った理由……か」

馬莉愛の淹れてくれた、まだ不器用な作業の跡が残る紅茶の香りが、余に過去を思い起こさせてくれた。

「あの子と……歩夢と初めて話した瞬間、余は気付いたのだよ。我らの魂が似ていることに」

最初にそれを感じたのは、あの小学生名人戦。

大天使との対局を終えた歩夢が大盤の前で感想戦をしたときだ。

「ん？　キミは、もしや……」

少年が一言も喋《しゃべ》らずにいることを他の者たちは『女の子に負けて悔しいから』と考えた。泣くのを我慢しているのだと。

しかし余は歩夢の様子を見て他の理由に思い当たった。だから耳元でこう囁いたのだ。

「……安心せよ。余の言葉を漏《も》らさず聞いていれば大丈夫だ。いいね？」

歩夢はホッとした表情で微かに頷くと、それからずっと余の側にいた。言葉もスムーズに出るようになったから周囲は誰も違和感を抱かなかったはずだ。

そして表彰式を終え、収録も全て終わってから。

「釈迦堂先生！　あの………」

歩夢は余の控室を訪れ、おずおずとこう申し出た。

ありったけの勇気を振り絞って。

「僕を………その……僕を………釈迦堂先生の弟子にしていただけませんか？」

「すまぬがそれはできぬのだ」

傷ついた顔をする少年に、余はこう説明するしかなかった。

「女流棋士は制度上、男の子を弟子にすることができないのだよ。決してキミに原因があるわけではない……許しておくれ」

ディスレキシア《読字障害》。

小学校に通っていた頃の歩夢は文字を読むことに不自由を抱えていた。ボードゲームに……将棋にのめり込んだ理由はそれだったのだ。

意外だったかい？

あの子が幼い頃に寡黙《かもく》だったのは、ディスレキシアが視覚よりも聴覚に原因があるとされるからだ。喋ることもあまり得意ではなかったのだよ。

治療が必要なほどではない。

他人の倍ほど時間が掛かるというだけで文字が読めないわけではないし、その症状も成長と共に自然と消えたが……戦法書など文字情報からも多くを得る将棋界では弱みになり得るのでね。敢《あ》えて言うことでもなかった。その様子だと万智だけは気付いていたようだね？

どの学校のどのクラスにも存在する、ごく軽い発達障害。

しかし横並びを是とする公立の小学校の教室において、その苦悩は果てしなく大きなものだったのだろう。

余はその少年のことが強く印象に残った。

師が存命であれば弟子に取らなかったに違いない。あの人は名人を意識するあまり完璧《かんぺき》な才能を求めていたから。

しかし……余は思うのだ。

そうした万能の天才は果たして将棋界で大成しうるのであろうか？

むしろどこかに不自由さを抱えた者のほうが強くなるのではないか？

脚の不自由な余と同じように……将棋から逃れられないという才能を持つ者のほうが。


だから余は、女流棋士でも男の弟子を取れるよう掛け合うことにした。

かつて《殺し屋》として余を使役した人物に。

「無茶を言わないでよぉ」

利用価値の無くなった猟犬を持て余すかのような口調であった。

「今さらキミがプロを公式戦で倒しても誰も驚きませんよぉ。キミは強くなりすぎたし、キミが育ててきた女流棋士も強くなりすぎた。女流棋士に負けても今のプロはケロッとしてます。残念だったねぇ」

「ならば女流棋士がプロ棋士と同じように遇されてもよいのでは？」

「それとこれとは別問題だねぇ」

当時の会長……今は前会長となったその人物は、女流棋士などもはや何の価値も無いとばかりに言い放った。

「棋士総会に働きかけても無駄ですよぉ？　キミは殺しすぎた。引退してもプロは連盟の正会員として総会での議決権を保持してます。《殺し屋》に恨みを持つ世代が生きてる限り、キミの要求は何一つ通らないねぇ」

「……確かにプロ棋士は余を恨んでいるでしょう」

そこで余は、切り札を出すことにしたのだ。

「しかし外の世界は意外と余を評価してくれているのですよ？　女流棋士という存在を」

「ッ!!　こ、これは……!!」

「女流棋士を将棋連盟から独立させたいと願う人々のリストです。新たな団体を設立した場合にスポンサーになると申し出てくれている企業や自治体の」

「……連盟を割るつもりかい？　関西の独立を止めたキミなら、それがどんな馬鹿げた妄想かわかりそうなものだけどなぁ？」

「余もそれを望んでいるわけではありませぬが、時代は女性に自立を求めているのですよ。ちなみに新団体設立の絶対条件は——」

「キミがトップに立つこと……だよねぇ」

「利用価値の無くなった《殺し屋》にもまだ使い道があったということです」

「…………」

「理事会で諮《はか》っていただけますね？　会長」

こうして女流棋士の自立という未来を売り渡すことで、四段以上の女流棋士は将棋連盟の正会員の地位を手に入れた。

つまり男の弟子を取り、奨励会に入れる権利を得たということ。

とはいえ制度上できるということと実際にできるということのあいだには大きな隔たりがある。それが現実というものだ。

僅差《きんさ》で可決されたものの、棋士総会で賛成意見を述べてくれたプロは一人だけ。

「それでもよければ余の弟子になるかい？　神鍋歩夢くん」

「はい」

即答であった。

賢いこの子が自分の置かれるであろう状況を理解できていること。そしてそれを受け容れる覚悟を固めていることを、余はその表情から悟った。

「よかろう。契約成立だ」

そう言って余の差し出した右手を、少年は取る。

そして濁りの無い透き通った瞳《ひとみ》をこちらに向けて、おずおずと尋ねてきた。

「僕は……何を先生にお返しすれば？」

「一人前の棋士になってくれればそれ以上は望まぬが……そうだな。まずは余のために美味《おい》しい紅茶を淹れられるようになってもらおうか？」

思えばその瞬間が、余が師の軛《くびき》から外れた時だったのやもしれぬ。

　しかし歩夢に寄せられた悪意は余の予想を遥《はる》かに超えていた。女性が奨励会員になるよりも激しい抵抗があったのだ。

『女流棋士の弟子になんぞ負けたら破門だ』

『絶対に潰せ。《殺し屋》の弟子とは言葉も交わすな』

『魔女め！　いつまで将棋の歴史に泥を塗れば気が済む⁉』

　そんな声が余の耳にも届いた。

　それでも歩夢は泣き言一つ漏らさず奨励会試験を突破し、順調に出世していった。派手さは無いが堅実な将棋で、一度もBを取ること無く。

　一歩一歩着実に前に進み、決して後退せぬ『歩』という駒の如《ごと》く、あの子はしっかりとした足取りで階段を上っていったのだ。

　初めて昇級した際は喜びのあまり「あの……プロ棋士になったら、師匠と結婚できますか？」などと可愛いことを言ってくれたこともあったな。ふふ……。

　そんな歩夢が一度だけ問題を起こしたことがあった。

　ちょうど初段に上がった頃だったかな。

　例会日に、二十代の同じ初段と感想戦をしている最中、突如として相手に殴りかかったというのだ。

　耳を疑ったよ。

そのようなことをする子ではないのは、其方たちが一番よく知っているであろう？

しかもその対局で歩夢は勝利したというのだ。

ますます相手を殴る理由が無いではないか。

幹事がその場を収めて、歩夢は厳重注意となった。対局終了後の出来事であったため勝敗がそのままだったのは不幸中の幸いであったが……。

なぜそのような行動に走ったのか？

幹事は言葉を濁し、歩夢は決して口を割らなかったが……騒動を目撃した別の奨励会員が教えてくれたよ。感想戦で腹立ち紛《まぎ》れに相手がこう吐き捨てたのだと。

『あんなケバいおばさんのどこがいいんだよ？』

そう言われて、歩夢は初めて人に拳《こぶし》をぶつけた。

そもそも余がこのような服装を始めたのは、脚の不自由な弟子が正座をせずに済むよう師が連盟に掛け合ってくれたからだ。脚が全て隠れるスカートが必須で、それに合わせてコーディネートしたら次第とこうなっていったのだよ。

優しい子であろう？

しかし話はそこで終わらなかったのだ。

歩夢は次の例会から純白のスーツを纏《まと》って戦うようになった。

話し方も余の影響を強く受けたものに変えた。

幹事からは指導を受けたし、他の奨励会員からはさらに色々なことを言われもしたが、その全てを白星で掻《か》き消していった。

そう……あの姿は余を守るために始めたものだったのだよ。

誰からも批判されうる姿を晒しつつ、誰からも批判されえないほど強く、そして一片の傷すらない正統派の将棋を指す。

女流棋士に育てられてもプロになれると示すことで、《殺し屋》として道を踏み外した余の人生をも肯定しようとしたのだ。それがあの子なりの恩返しだったのだ。

注意などできるわけがない。

だから余は、飛躍的に強くなった歩夢に対して、新たな名を授《さず》けることにした。

「《白銀《しろがね》の聖騎士《シュヴァリエ》》ゴッドコルドレン……これからはそう名乗るがよい。我が弟子《ナイト》よ」

「御意《ぎょい》！　マスター！」

頼りなかった少年の顔に精悍《せいかん》さが混ざり始めていた。


それから余は、できうるかぎり歩夢を対局に帯同させることとした。研究会だけではなく、公式戦にまで。

表向きは余の介助のために。しかし——

「一人前の棋士になるためには様々な技術が必要となる。全て見て盗むがよい」

「はっ！　マスターから片時も目を離さぬようにいたします！」

「ふふ……相手からも盗むのだぞ？」

その頃にはディスレキシアはほぼ消えていたとはいえ、やはり文字よりも真剣勝負を見ることから得られるもののほうが多い。

「戦型《せんけい》とはファッションだ。流行は移り変わるが、美しさは普遍。わかるね？」

「心得ました」

いつのまにか師の背を超えた弟子に片腕を預け、日本中を旅した。

「人は裏切るが駒得《こまどく》は決して裏切らぬ。憶えておきなさい」

「マスターのお言葉、我が胸にしかと刻みます」

余が全盛期の力を発揮できる時期も過ぎ去ろうとしていた。《殺し屋》と呼ばれた頃の力を出せるうちに伝えておきたい技があった。

……伝えたければ直接、盤を挟めばよかったではないかと？

そうだね。それができれば話は早いのだが……困ったことに、あの子は余と盤を挟むと本来の力を出せなくなってしまうのだよ。これには本当に困ったが……。

批判はもちろんあった。

歩夢のことを余の隠し子などと書き立てるメディアもあったが、しかし世間の風が強く吹けば吹くほど一門《かぞく》の絆《きずな》は強くなるものだ。若き竜王も知っているとおり。

そして遂に――――あの瞬間が訪れた。

三段リーグに参戦した我が弟子が、他を圧倒する成績でプロになった瞬間が。

一期抜けは実に十四年半ぶり。

しかも高校一年でのプロ入りは、現行制度に移行してからだと若き竜王に抜かれるまで最年少であった。

十七勝一敗という圧倒的な成績も素晴らしかったが……何より正統派の矢倉《やぐら》を指し続けてプロになってくれたことが、余には嬉《うれ》しかった。

この成績と棋風であれば、すぐに順位戦で頭角を現わし得る。

師の軛から逃れられたとはいえ、やはり名人へと続く唯一の階段である順位戦で活躍する棋士を育てたいという願いは、余の中にもあったのだ。

「おめでとう。足柄一門から初めてのプロだ。亡き師もきっと喜んでおられるよ……」

「これで一人前と認めていただけますか？」

「ふふふ。四段ともなれば、女流棋士の余がむしろ其方を『先生』と呼ばねばならぬ。それをお望みかな？　神鍋四段」

「いいえ。棋士として認めていただくには、まだ力不足。それは理解しております」

「ん？　では、何の一人前として其方を見ればよいのだ？」

いつのまにか師の背丈を追い越した少年は、その長身を折って跪《ひざまず》く。

そして余の手を優しく取ってこう言ったのだ。

「お慕いいたしております。師としても……………そして一人の女性としても」

「………………」

そう言われた瞬間…………余は驚かなかった。

なぜならその予兆は既にあったからだ。

そうさ。余はとっくに気がついていたのだよ。

歩夢が余のために淹れてくれる紅茶の香りが変わった時に。

歩夢が余の腕を支える手つきに、優しさ以外の力が加わった時に。

そして余はそういった感情を利用しながらあの子を強くした。余に憧れて女流棋士になった少女たちにしたようなことを少年に対して行えばどのような結果になるかは予想が付いた。

だからその感情は錯覚なのだよ。

わかるであろう？

他ならぬ、幼き少女を弟子に持つ竜王なら。

そして……敢えてその弟子を遠ざけた竜王ならば。

歩夢の元カノ

「…………また紅茶が冷めてしまったな。馬莉愛に新しいものを持って来させよう」

釈迦堂先生が手元の鈴を鳴らすと、メイド姿の獣耳美幼女が陶器のポットを持ってすぐに入室してきた。

「…………」

馬莉愛ちゃんの目元は少し赤い。外で話を聞いてたのは明らかだが、釈迦堂先生は咎《とが》めなかった。あるいは聞かせるつもりだったのか。

「ありがとう馬莉愛。今日はもう帰りなさい」

「……失礼いたしますのじゃ」

俺たちにもぺこりとかわいいお辞儀をして、馬莉愛ちゃんは素直に部屋を出て行った。のじゃかわいい。

「かわいいだろう？　余は今、あの子の成長に夢中なのだよ」

眼を細めながら釈迦堂先生は言う。

「新会館の建設と、女流タイトルの拡大。そして弟子の成長……この身に過ぎた幸せを享受《きょうじゅ》していると思っている。己《おのれ》の犯した罪の大きさを考えれば」

「先生は犠牲者だと思います。そんなふうにご自分を追い詰める必要が本当にあるんですか？」

「《浪速《なにわ》の白雪姫》を追い込んだのも余の罪だ。それを思えば――」

「それこそ考えすぎですよ！　姉弟子は自分の意思でプロになった。その決断は本人だけのものです……休場したことも含めて」

そこは譲れなかった。

銀子ちゃんの決断に最も大きく関《かか》わってるのは自分だという事実だけしか、今の俺に縋《すが》るものはなかったから。

「……名人位を望んだ師も既に鬼籍に入っている。ゴッドコルドレンが名人を目指すのは、その棋才《つばさ》が導くからだ。神に愛されたあの子の伴侶に相応《ふさわ》しいのは、余のような過去に囚《とら》われた者ではない」

「本当に……脈は無いんですか？　歩夢は――」

「くどいな。竜王」

不機嫌さを隠そうともしない、刃のような声だった。

「…………」

重苦しい沈黙が場を支配する。釈迦堂先生は話は終わったとばかりに紅茶のカップを口元に運んでいる。

「あの。ちょっといいスか？」

その時だった。

それまでずっと黙ってた月夜見坂燎女流玉将が挙手をして…………爆弾を投下したのは。

「その棋才のように自由に発言するがよい。《攻める大天使》よ」

「オレさぁ、歩夢と付き合ってたんだよね」

ガチャン!!

俺たちが驚きの声を上げるよりも早く、陶器のカップが床に転がっていた。

釈迦堂先生が落としたのだ。

「…………すまぬ。指が滑った」

先生は微笑みを浮かべたまま、床に転がったカップを拾う。

幸いなことにカップは割れなかったし、中は空だったから紅茶が零れるようなこともなかった。

「どうぞ話を続けておくれ？」

新しい紅茶を淹れようとする先生をよそに、俺と供御飯さんは月夜見坂さんの爆弾発言に大盛り上がりだ。

「ちょっとちょっと！　聞いてへんよお燎!?　いつのまにそないなことになってたん？」

「十四歳の夏から一年くらいかなー」

ん？　十四歳……ってことは中二から中三にかけてか。

その時期は確か……？

「月夜見坂さん。それって奨──」

ギュッ。

俺が言い掛けた瞬間、隣に座っていた供御飯さんが机の下で内股《うちまた》を指で抓《つね》ってきた。痛い痛い痛い！　あと場所が微妙にヤバいから!!

「そんでそんで？　歩夢くん、彼氏にしたらどないな感じやったのどす？　こなたらも興味あるわぁ。なあ八一くん？」

「そ、そうですよ！　っていうか今まで黙ってるなんて水臭いじゃないですか！」

「悪ぃ悪ぃ。歩夢が秘密にしたがってよ」

チラッと釈迦堂先生を見ながら、月夜見坂さんは自慢げに語る。

「あ、ちなみに当時は『あゆたん』って呼んでたわー。オレのことは『りょう』って名前呼びだったけど。あいつ恥ずかしがりでさー」

「何か証拠でもあるん？　写真とか」

「残ってたかなー？　お、あったわ」

スマホを操作した月夜見坂さんは割とあっさりその写真を見つける。

中学三年生の頃のツーショットを。

若ッ！　そして月夜見坂さんのギャルっぷりヤバッ!!

「うわっ！　ラブラブじゃないですか!?」

「初々しいわぁ。歩夢くん、もしかしてお燎が初めてのカノジョやったん？」

「だったと思うぜ？　オレがいろいろ卒業させてやったからよー」

ヘラヘラ笑いながら自慢する月夜見坂さんのスマホを、みんなで回覧。

もちろん釈迦堂先生も。

「…………」

ぐもももももも……。

そんな擬音《ぎおん》が聞こえてきそうなほど釈迦堂先生の周囲は空気が重い。俺このオーラよく姉弟子と内弟子から感じ取ってたから敏感なんだよね……。

そんな空気を知ってか知らずか月夜見坂さんはペラペラ喋り続ける。

「デートはまぁ、週に一回くらいだったかな。二人とも学校通ってたし住んでるトコも東京の東と西で遠かったし。そのぶん休日にガッツリ会って」

「こなたと八一くんみたいな関係どすな」

「そうそう俺と供御飯さんもそれくらい……って！　俺たちは付き合ってませんでしたよ⁉歴史を改変しないでください‼」

そもそも供御飯さんが中二なら俺は小六だ。いくらなんでも早すぎる。

しっかり釘《くぎ》を刺してから、改めて月夜見坂さんに問う。

「……で？　付き合ってたって、具体的にはどの辺りまで進んでたんですか？」

「そりゃお互い好奇心旺盛《おうせい》なお年頃だからな。ヤリまくってたよ。ありとあらゆる戦型を試したよなぁ」

ズズズズ！

「……失礼」

釈迦堂先生は珍しく大きな音を立てて紅茶を啜った。まるで周囲の雑音を掻き消そうとするかのように。

淹れたばかりの紅茶が熱かった……ってだけじゃなさそうだ。

「歩夢って普段はノーマルな感じだけど、オレと二人の時は結構ヤバいプレーなんかも試したがってさ。いつもは使わない穴にアレを入れようとしたり」

「わかるわかる。こなたと八一くんも同じじどしたから」

「そうそう俺と供御飯さんもその頃は四六時中……してないよ⁉　その頃はマジで何にもしてませんでしたよ⁉」

「お？　その言い方だと最近はナンかあったみてーじゃねーか？　つーかちょいちょいオメーらも匂《にお》わせてるよな？　この際みんなで暴露大会しよーぜ？」

調子に乗った月夜見坂さんがそんな提案をすると、

「盛り上がっているところ悪いのだが——」

聞き覚えのないほどぎこちない口調で《エターナルクイーン》は俺たちに言った。

「……そろそろ研究の時間なのでな。お引き取り願おうか」

釈迦堂先生の店を出ると、周囲はすっかり暗くなっていた。

「ハラ減ったな！　ババアの昔話は長くていけねぇ……何か美味《うま》いモン食ってから帰ろうぜ？」

「このあたりやと明治通り沿いに話題のお店があるなぁ。ラーメンの」

さっさと前を歩き始めた二人の背中に向かって俺は声を掛けた。

「月夜見坂さん。飯を食う前に確認したいことがあるんですけど」

「ああ？」

ゴシックヤンキーは後ろを振り返ると、

「この服か？　確かにこれ着たままラーメン屋に行きゃあ目立つかもしんねーけど、別にいいだろ？　ババアが美味そうにラーメンの話してた時から腹が減って減って」

いやそうじゃなくて。それもあるけどそうじゃなくて。

「さっきの話ですよ。歩夢と付き合ってたって……あれ、時期的にそ、い、い、う、こ、と、ですよね？」

「オメーと万智が想像してる通りだよ」

月夜見坂さんはあっさり認めると、犬歯を剝《む》き出しにして危険な笑みを浮かべる。

「んなことにも気付かねーくらい動揺してんだぜ？　脈アリどころの話じゃねえだろ。素直になりゃいいのにウジウジとハラ立つことばっか言いやがるからさぁ。ババアのくせに乙女みたいな反応して」

「そないなことして釈迦堂先生の寿命が縮んでもうたらどないするのや？　ただでさえ残り少ないんどすよ？『良薬は口に苦し』といえども劇薬すぎへん？」

こいつら二人ともマジで年長者を敬うっていう発想が無いな。

「確かに劇薬です………けど、おかげで話が前に進むかもしれませんね」

釈迦堂先生のあの様子を見れば本心は丸わかりだ。

「とはいえもう少し歩夢とのことを詳しく教えてください。後でちゃんと訂正しておかないと。あの様子じゃまともに将棋なんて指せないでしょ」

「オメーの弟子がタイトル獲れていいじゃねーか」

「ダメですよ！　そんな勝ち方したって、あいは喜びません‼　それに――」

「「それに？」」

声を揃えて聞いてくる二人の女流タイトル保持者に、俺は言った。

「きっとそこに、あいが勝つ鍵《かぎ》があると思うんです。釈迦堂先生に全盛期の頃みたいな……プロ棋士たちから《殺し屋》と恐れられた頃の力を出してもらうことに」

「矛盾してんだろ。強くなられたら負けんじゃねーの？」

「そうなんですけど、何て言うか………難しいな？　どう表現したらいいんだ？」

俺が自分の考えを上手く伝えられず首を捻《ひね》っていると——

むにゅん♡

「ふォッ⁉」

いきなり柔らかな感触が腕に押しつけられてそっちを見ると……供御飯さんが俺の右腕に全身を絡《から》めるようにしていた。

「ところで八一くん♡」

「な、何です……供御飯さん？」

上目遣《うわめづか》いにこっちを見てくる年上のお姉さんにドキドキしてしまう。そういえばサラッと「結婚しよ？」とか言われちゃったし……。

「さっきお燎が歩夢くんとのことを喋ってた時、こなたと八一くんは釈迦堂先生の反応を見てたやん？」

「……ですね。めちゃ動揺してましたね」

「お燎はたぶん、他の人の反応も見てたんやと思うけど？」

「へ？」

「お、おい万智！　テメェそういうことを——」

真っ赤《まっか》になって慌てる月夜見坂さん。

はっ⁉　ま、まさか‼

「もしかして……歩夢が俺より先に彼女持ちになってたことに、俺が嫉妬《しっと》するとか？」

「「………………」」

な、なんで黙る？

供御飯さんは押しつけていた胸を離すと、

「こなたみたいにハッキリ言うてもまだ伝わらんのやもの。あないな匂わせ程度でこの朴念仁《ぼくねんじん》がどうにかなるとでも？」

「そう考えると歩夢は偉ェよな……ハッキリ正面から言い続けて、断られ続けても諦《あきら》めねんだもん」

何だか二人だけで納得してから、月夜見坂さんは綺麗《きれい》な月を見上げながらしみじみと呟《つぶや》いた。

「……報われて欲しいと思うぜ。マジでな」

☖ A級

原宿で釈迦堂先生から話を聞いた翌日、俺は朝から千駄ヶ谷の将棋会館に来ていた。

「チース」

「あ、月夜見坂さんおはようございます」

四階の桂の間に入ると先客が継ぎ盤の駒を並べているところだった。

「一番乗りじゃないですか！　気合い入ってますね？」

「ま、一応な？　元カレのA級初陣だし（笑）」

「俺たちくらいは応援してやらなきゃ……ですね」

今日は誰も桂の間に来ないだろう。若手の棋士は歩夢に対するストレートな嫉妬で。そして高齢の棋士は、女流棋士に育てられた棋士が名人への階段を上っていく姿を見たくないから。

一方、ファンの注目は非常に高い。

「万智は上か？」

「そうですね。今日は観戦記じゃなくて中継担当みたいで、基本的に五階だと」

宿泊室の一つを中継作業室に改造してて、パソコンなどはそっちに置いてるらしい。桂の間は和室なので機材をずっと置いとくには不向きだ。

「関東は対局室と同じフロアに検討《けんとう》室を置くんですよね……これって今でも慣れないなぁ」

「そんなもんか？」

「大阪の将棋会館は棋士室で検討しますけど、対局室とは階が違うからリラックスしてワイワイやれるんですよ。こっちは声が聞こえそうなくらい――」

そう言って俺がひょいと部屋の外を見た、その瞬間。

「ッ……!!　…………歩夢…………」

まさにその対局者がフロアに姿を現す。

A級棋士になったというのに、堂々といつもの白いマント姿で。

既に極限まで集中しきっている様子の歩夢は、俺の存在にも気付かず、一番奥にある特別対局室へと消えていった。

あのプロポーズの日以来、初めて見る親友の姿。

放つオーラに圧倒された。生石《おいし》さんや月光会長にも劣らない、そのオーラに……。

「……本当に入ったんだな。A級に……」

この四階の最も奥……といっても直線距離で数メートルしか離れていない特別対局室で行われる今日の将棋は一つだけ。

A級順位戦。その第一回戦だ。

桂の間の壁に貼られたリーグ表を見て、かつて歩夢や姉弟子と一緒に行った東京の道場を思い出す。そこに貼られていたA級のリーグ表を。

町道場のA級ですら遙か遠くにあると思っていた。

あれから七年。

将棋界で九人しか入ることのできない本物のA級に、神鍋歩夢という名前が刻まれている。

だが……歩夢の一回戦の相手の名前だけが空欄になっていた。

なぜならリーグ表を作成した時点ではまだ、そこに誰が入るのか確定していないから。

「……にしてもよ。異例中の異例だろ、こんな日程……」

「ですね。本来ならこの将棋は名人戦第七局の後に日程が組まれるはずなのに――」

今日のこの対局は、名人戦が第四局で決着した、その直後に組まれている。

そして異例なのは日程だけにとどまらなかった。

「ええ!?」

「せ、先生!?　そのお姿は……!?」

四階のフロアが騒然とする。俺たちも思わず桂の間を出て特対へ向かった。

もう一人の対局者が姿を現わしたからだが……その人物を見て、俺も月夜見坂さんも我が目を疑った。

「和装……だよな？」

「え、ええ………でも、あの人が……こんな姿で来るなんて……！」

A級順位戦ともなれば和装で対局する棋士がいないわけではない。

だがこれは前代未聞だ。というか……普通じゃない。

皺《しわ》くちゃなのだ。

羽織《はおり》も無い。もとは光沢があったであろう絹の生地は皺と砂埃《すなぼこり》でくすんでいる。

それは男の端正な顔も同じだった。

伸びた無精ヒゲ。ボサボサ髪。

まるで戦場《いくさば》で殺し合いを演じた後の侍のような姿で、その男は現れた。

前期名人挑戦者にしてA級一位――山刀伐尽八段《なたぎりじん》。

名人に跳ね返されたばかりのその男は、最高峰で共に戦った和服をそのまま纏い続けて、特別対局室に現れたのだった。

「久しぶりだね。歩夢くん」

「……はい。ご無沙汰《ぶさた》いたしております」

動揺する人々の中で、盤の前に座った歩夢だけが冷静だった。

「キミがボクと名人の研究会を断って以来、かな？　意外と対局で当たることもなかったしね。今日の相手がボクでガッカリした？　それとも……ホッとしてる？」

「…………」

その沈黙こそが雄弁な答えでもあった。

今日の相手が山刀伐さんであって欲しいと歩夢は願っていたはずだ。

なぜなら歩夢が『神』と崇《あが》めるあの人物と番勝負を戦い、そして奪い取ってこそ、初めてその地位に価値が出るのだから。

あの名人に勝ってこそ――真の名人となるのだから。

「まずはお礼を言おう。対局を早めて欲しいというボクの提案を受けてくれて」

荒々しい手つきで駒箱を開け、中から王将を取り出しビシリと強く盤に打ち付けてから……山刀伐さんはうっとりと回想する。

「名人戦は別世界だった。名人戦でのあの人は、他のタイトル戦とは全く別人だった。別次元の強さを感じた……」

「…………」

「感想戦を終えてからもボクは対局場の宿に一人残って、名人戦で指した四局の将棋を振り返り続けていたよ。あまりにも甘美なあの時間が忘れられなくて……」

取り憑《つ》かれたかのように男は叫ぶ。名人への執着を。

「だから一秒でも早くあの場所に戻りたい！　戻ってあの人ともっともっと将棋を指したい！　待ちきれないんだよ……次の名人戦がね!!」

「その言葉──」

歩夢はキッと山刀伐さんを睨《にら》み付け、玉将を挟んだ二本の指を高らかに掲げる。

「この我を倒してから言うがいいッ!!」

そして対局が始まった。

順位戦は先後が決まっている。つまり事前に作戦を立てることができる……が、今回は対局者が決まっていないという特殊な事情があった。

そんな状況で先手《せんて》の歩夢がどんな戦法を選ぶのか？

相手の準備を外す奇襲か？

それとも最新流行の角換《かくが》わりや相掛《あいが》かりか？

「ハァァァァァァァァ…………!!」

神鍋歩夢は気を高めてマントを脱ぎ捨てると、盤上に堅固な城塞を構築した。

俺と月夜見坂さんは同時に口にしていた。その戦法の名を。

「「矢倉ッ!!」」

しかも金銀三枚がガッチリと組み合う、超正統派の矢倉囲い！

釈迦堂先生の話を聞いた俺たちは、A級の初舞台で歩夢が矢倉を指したというだけでもう胸が熱くなってしまう……。

「……やりやがったな。アイツ」

「ええ。相手が誰であろうと矢倉を指すって決めてたんです。それでこそ……いや！　そうじゃなきゃ歩夢じゃない！」

『王道を歩いて名人になります』

歩夢の矢倉は盤上でそう叫んでいた。美しく戦って勝つと。ダイヤモンドよりも固い決意をその囲いで示していた……熱い!!

しかし。

「ふぅ…………また矢倉かい？」

山刀伐さんは落胆していた。

「しかも急戦《きゅうせん》矢倉ならまだしも……いつもキミが指してる固さだけが取り柄の矢倉が今のA級

でも通用すると？　それはもう時代遅れだよ……」

「古きを温め新しきを知る。矢倉とはそのような戦法であると認識しております。幾たびの流行を経ようと、この美しさは不滅であると」

「いいやダメさ」

山刀伐尽は歩夢の言葉を即座に否定すると、その理由を述べる。驚愕《きょうがく》の理由を。

「『九頭竜《くずりゅう》ノート』にそう書いてあったから……ね？」

「っ……!!」

「キミは八一くんの親友だから発売前にサイン本とか貰《もら》ってるの？　いいなぁ！　もし今日の将棋でボクが勝ったらそれ、くれない？」

囁《ささや》きながら山刀伐さんは怪しく手を動かす。

「だってキミはあの本を読んでいないか……読んでもまるで理解できていないんだからね！」

放たれたその手は――異筋!!

「むっ⁉」

歩夢は全身を盤に近づけてその手を吟味《ぎんみ》する。無謀すぎるその一手を。

明らかに定跡《じょうせき》に反した手だった。

山刀伐さんはスカスカの陣形のまま、堅固な歩夢の城に攻撃を開始したのだから！

なぜ、そんな無茶な手を？

「九頭竜ノート第二章六節より――『現代将棋において、自陣内部での駒の可動性を高めることは、敵陣における成り駒の生成と同等の価値を持つことがソフトにより証明されている。よって玉を固めることで駒の可動性を削《そ》ぐ旧来の矢倉等は否定されることとなる。自陣は城ではなく砲台なのである』」

朗々《ろうろう》と本の一節を唱え上げる山刀伐さん。声がデカすぎて四階全体に響き渡ってる。

月夜見坂さんはドン引きだ。

「聖書の引用みたいになってんぞ……」

「宣教師かな？」

新宿の大型書店で俺の本を買い占めた人、みーつけた！

「しっかし……こんなスカスカな陣形なのに評価値は互角なのか？　マジで？」

桂の間に戻って検討する月夜見坂さんに俺は説明する。

「斜めに動ける角や銀が絶妙なバランスで玉を守ってるんです。斜め移動は縦横と比べて視覚的に駒の利《き》きを捉《とら》えづらい。だから人間は見落としがちなんですが、そこをソフトに補ってもらうことで隠れた好手を発見できるんです」

事実、山刀伐さんのこの手を見て、先手の指し手はピタリと止まったまま。

盤上にじっと目を落としたまま歩夢が呟いた。

「……ドラゲキンの木を読み込んでおられる様子」

「そりゃあ読むよ。現代最強の棋士であり、コンピューターの将棋を最も有効に取り入れることができた《西の魔王》の書いた本なんだからね！」

その評価は著者として嬉しい。名人挑戦者にこんなに参考にしてもらえたなら売れなくても本望だ。強がりじゃないぞ！

「八一くんにはボクも名人も刺激を受け続けている……今回の名人戦なんて、どっちがより八一くんを深く理解しているかを争ったようなものさ」

め……名人が⁉　そこまで俺の本を⁉

「キミと八一くんが切磋琢磨《せっさたくま》して成長してきたのは知っているよ。三段リーグを抜けたのも、順位戦の昇級スピードも、キミのほうが早いことも。正統派の矢倉で数々の新定跡を編み出して高い勝率を誇ってきたことも」

次の一手を必死に考え続ける歩夢に対して、山刀伐さんは言葉で追撃を加える。

「でもキミは、名人やボクにまだ何の影響も与えていない」

「ッ……‼」

「その一点だけを抜き出してもキミに名人になる資格は無い。時代のトップに立つ資格は」

他人に影響を与えるのは簡単なことじゃない。

だが他人に影響を受けて自分を変えることは、遙かに難しい。

特に俺みたいな若造の将棋観を学ぶということは、今までの人生を全否定してやり直すほどの勇気が必要だ。失敗すれば全てを失いかねない。

「けど……いざやられると恐怖ですね」

「そうなのか？」

「はい。俺は今までずっと、名人が長期政権を築くことができたのは自分の将棋観を書籍という形で他の棋士に植え付けてるからだと思っていました」

しかしその考えは、ある一点であまりにも浅すぎた。

「この方法は常に自分が最も成長できるという自信が無ければ成立しないんです。だってそうじゃなきゃ、自分の書いた本で効率よく勉強されて、追い抜かれちゃいます。その恐怖を……………ん？　……恐怖？」

「どうしたクズ？」

「…………いえ。今、何か摑《つか》めたような気が……？」

たった今、俺が感じた恐怖。

タイトルを獲る前には……追われる立場になる前には想像すらしていなかったその恐怖が、何かを教えてくれていた。

しかしその何かをはっきりと悟る前に――

「八一くん八一くん八一くん八一くん八一くんやいちくぅぅぅぅぅぅぅぅぅぅんッッッ！」

「うおっ⁉」

記者姿の供御飯さんがキャラ作りも忘れて桂の間に飛び込んで来た！

「ど、どうしたんです？　うちの弟子の終盤みたいな声を出して……？」

ちょっとヤンデレ入ってそうなのもあいを彷彿《ほうふつ》とさせる。

「ハァ……ハァ…………ちゅ…………ちゅうもんが…………」

「「注文？」」

俺と月夜見坂さんは首を傾《かし》げた。

「昼食の注文はさっき終わりましたよね？」『夕飯の注文を取るには早ぇしな？』

「ごはんとちゃうわ！　本の注文どす!!」

「本？　本って…………えっ⁉　まさか⁉」

「九頭竜ノートの注文がさっきからジャンジャン入ってるのどす！　在庫を捌《さば》くどころの騒ぎやない！　重版や!!　大重版やッ!!」

「うおおおおおおおおおおおおおおおおおおおおおおっっっ!!」

当然といえば当然のことだ。

ネットでは何十万人もの人々がこの対局を視聴しており、しかも昼間から中継見てる層なんてガチの指す将棋ファン。

そこで対局者が本の中の印象的なフレーズを暗唱しながら『名人も愛読してる』とか褒め倒してくれておまけに形勢も良くなってるなら、そりゃ欲しくなるに決まってる。通販番組かな？

「ありがとう歩夢……！　ありがとう山刀伐さん……！　そして……ありがとうございます、名人……!!」

感動に打ち震える俺の襟首《えりくび》を供御飯さんが引っ摑む。

「ボサッと将棋なんか見てる場合やおざらぬ！　編集部でサイン本の量産や！」

「ええ!?　けど俺このあと事務局で免状に署名を――」

「せやったら揮毫《きごう》の道具もお持ちでちょうどよぅおざりましたわ♡　免状なんてみーんな名人の署名目当てなんやから他は誰が書いたって同じやん？」

普及免状課の職員さんが聞いたら激怒しそうなセリフを吐くと、敏腕美人編集者は俺をズルズルと地下へ引きずっていったのだった……。

「う、腕が…………俺の右腕が…………しばらく将棋も指せそうにないほど、ボロボロに……」

千駄ヶ谷に夕方五時のチャイムが鳴り響く頃。

ようやく俺は地下監獄から解放された。死ぬ……。

「おうクズお疲れー」

桂の間に戻ると、畳にゴロンと横になってスマホいじってる月夜見坂さんがこっちも見ずに労《ねぎら》ってくれる。

そしてもう一人、離れた場所にちょこんと座っている女性がいた。大きな荷物と一緒に。

「あ……お邪魔してます、九頭竜先生……」

「鹿路庭《ろくろば》さん……お、お久しぶりです……」

鹿路庭珠代《たまよ》女流二段。

山刀伐さんに将棋を教わり、研究部屋に住み着いたという、人気女流棋士だ。

そして今、その部屋にはもう一人……別の少女がいるはずだった。

「えっ……と。あ、あ……」

——あいは元気ですか？

その一言がどうしても切り出せず、俺は鹿路庭さんから視線を逸《そ》らしてしまう。

「……あれから進みましたか？」

「結構な。後手《ごて》の指し手はサッパリ理解できねーけど」

寝転がっていた月夜見坂さんは「よっ！」と身を起こして、

「教えてくれよ教祖様。山刀伐のオッサンはどうしちまったんだ？　名人戦で四連敗してブッ壊れちまったのか？」

「壊れた……というよりも、壊してるんだと思います」

「壊す？」

「ええ。《捌きの巨匠《マエストロ》》に聞いたんですけど、奨励会時代の山刀伐さんは矢倉しか指さない居飛車党でした。そこから努力に努力を重ねて《両刀使い》と呼ばれるオールラウンダーになった」

けど、同じオールラウンダーの名人に、どうしても届かない。

「だから今度は名人よりも強いものを真似ようとした。つまり将棋ソフトを」

「あのパソコン博士みてーにか？」

「山刀伐さんの世代でソフトの将棋を一番上手く取り入れてるのは於鬼頭先生ですけど、あの人ですら終盤は見落としがありました。やっぱどこかに無理が出るから」

俺はそこを突いて二つ目のタイトルを奪った。

そして於鬼頭《おきと》先生とダブルタイトル戦を行う中で学んだことを『九頭竜ノート』で理論化したのだ。

「俺はもともとの棋風がソフトに似たバランス型だったんです。姉弟子が本で勉強した定跡を俺で人体実験してた影響だと思うんですけど。本に書いてない受け方を考えてるうちに自然と棋風が妙な方向に捻じ曲がったというか」

「銀子エグいな……」

九頭竜八一は『ソフトに棋風が似ているという前提で、人間がコンピューターに寄せていく』という方向を選んだ。

神鍋歩夢は『あくまで人間の棋風を極《きわ》めつつ、ソフトからもよいところを取り入れる』。名人もこの方向だろう。

そして山刀伐尽は『棋風は人間だが無理にでもコンピューターに寄せる選択をした』。

「俺と歩夢のどっちが正しいかは、正直わからないです」

未来の将棋がどうなってるかは神のみぞ知る、だ。

「ただ……山刀伐さんが選んだのは結局、於鬼頭さんと同じ道だ。バランス型の将棋は自玉の安全度を常に読み続ける必要がある。長丁場の順位戦でそんな将棋を指すのは、ずっと全力疾走でマラソンを完走するようなものです。自分で本に書いておいて無責任かもしれませんが、よほど計算力に自信が無ければ終盤で頓死《とんし》しかねません。そこをどうクリアするのか……」

それまで黙って聞いていた鹿路庭さんが口を開く。

「……ジンジンが不利、ってことですか？」

「そうとも言い切れないんですよ」

不安そうな鹿路庭さんに告げる。親友の数少ない弱点を。

「現局面は山刀伐さんが優勢だし、それに歩夢は夜戦に弱い。俺の師匠とB級2組で当たった将棋も大優勢から終盤でミスをして負けてますし、二年前に俺と当たった帝位リーグでも――」

言いながら、あの長い長い夜のことを思い出す。

俺を勝たせてくれた少女の熱い眼差しを。

「……あの将棋で俺は、深夜の泥仕合《どろじあい》に持ち込んで必敗の将棋をひっくり返した。だから……今回もきっと、最後まで心が折れないほうが勝ちます」

☗　全裸対局

特別対局室に夜の帳《とばり》が下り、互いの残り時間も乏《とぼ》しくなりつつある頃。

山刀伐八段が離席した盤の前で、我は結論を下していた。

「くっ……！　遠い…………後手玉《ごてぎょく》が…………」

我が攻めは後手陣を完全に突破した……はずだった。

人類が鍛えに鍛え続けた宝剣の如き戦型『矢倉4六銀・3七桂型』の破壊力は、後手の薄い防壁など一撃で粉微塵に砕いた。我が成りポーンは敵玉のまさに正面まで迫ったのだ。

「なのに何故《なぜ》だ⁉　何故、これで勝てぬのだ⁉」

どの手を読み進めても……後手玉を捕まえること能《あた》わぬ。

それどころか、崩壊した後手陣に取り残されし我が戦力が、完全に遊兵と化し……。

形勢に差が付いたことを認めざるを得なかった。

同時に、夕餉《ゆうげ》として食した『火刑に処されし大海獣《リヴァイアサン》の黒き棺　～臓物のスープを添えて～』

(※うな重肝《きも》吸い付き)によって上昇した血糖値が眠気となって襲いかかってくる。

「……落ち着け。まだ時間も手段もある」

目薬を差し、濃い紅茶を飲んでカフェインを摂取しつつ、崩れかけた心を整える。

夜になるといつも弱気になってしまう。

我……いや、心の中で虚勢を張るのはよそう。僕の頭の中ではあの言葉が鳴り響いていた。

『矢倉はもう終わりだな』

ドラゲキンからそう告げられてから、はや一年。

その予言通り、将棋界から矢倉が激減した。

代わりにソフト調の相掛かりや角換わりが大流行している。薄い玉型のまま盤面全体を制圧するバランス型の将棋。

「……玉を固めれば固めるほど、ソフトの評価値は下がる……」

だから最初はコンピューターの評価に背を向けていた矢倉党も、画面に表示される数字が勝ち星に比例するようになると、一人また一人と流行に乗ろうと矢倉を捨てた。

「否！　断じて否!!」

声に出して己を叱咤《しった》すると、僕は駒台《こまだい》の角を摑み、それを飛車と銀の両取りができる位置に打ち込んだ。

「矢倉は終わらぬ！　この我が甦《よみがえ》らせてみせる……名人になることで!!」

既に百手を超えている。目は翳《かす》み、全身は泥のように重い。

この極限状態で『攻め』と『受け』の両方に読みのリソースを割くことの愚。それを思い知らせてやるまでだ。攻めに専念できる矢倉の優秀さを証明することで。

――僕は信じる！　人類が千四百年かけて導き出した矢倉《こたえ》を!!

「指されました」

「ありがと♡」

特対に戻って来た山刀伐八段は記録係に礼を言って軽やかに盤の前に座る。

伸びていた髭《ひげ》を剃り、髪も整えている。おそらく五階の宿泊室で睡眠も取ったのだろう……

夜戦に慣れたその姿を見て、再び弱気が顔を覗かせそうになる。

「ふふん？　派手な技を仕掛けてきたね」

前期名人挑戦者は上目遣いにこちらの表情を覗き込むと、

「大駒《おおごま》を放り込んで精神的に揺さぶろうしてるの？　かわいい♡」

「…………」

「『終盤とは、駒を速度へと変換する作業である』」

「ぬッ⁉」

「『駒得や駒の効率を高めることが主眼となる序中盤とは全く別のゲームと化す終盤では、駒の価値も序中盤とは変質する。その価値観の転換を理解する者が終盤を制し、終盤を制する者が将棋を制するのである』――九頭竜ノート第七章二節より！」

預言者のごとく本の一節を暗唱すると、山刀伐八段はその言葉を体現した一手を放つ！

「見捨てる……だと⁉　飛車を⁉」

整えたはずの心に動揺が走る。僕が飛車取りに打った角を放置した⁉　まさか……。

「……だが！　その程度の手で――」

「あげるのは飛車だけじゃないよ？」

「かっ――――」

今度こそ我が目を疑う。

「角も、だとぉ⁉　大駒を全て捨ててでも玉を前進させようというのかッ⁉　こ、このような手が……………存在し得るのか……⁉」

「驚いたかい？　これが未来の将棋さ」

ニヤリと笑いつつ、山刀伐八段は四段目にいた玉をさらに一つ押し上げる。

「ついてこれる？　この圧倒的な進化《スピード》に」

「……笑止！」

僕は強がりを言った。そして飛車と角の両方を取り込む。それが相手の挑発だとしても。

『駒得は裏切らない』

愛するマスターの教え。

それは僕の血肉となっている。切り離すことなどできはしないほどに。

「借り物の剣を振りかざしたところで恐ろしくはない！《両刀使い》とまで称される貴方《あなた》が、斯様なことも忘れてしまうとは！　それが名人位の魔力か‼」

「確かに八一くんから知恵は借りたよ？」

スッ……と。

山刀伐八段は右手を和服の袖《そで》の中へと潜り込ませる。何だ？　この……不穏な動作は⁉

「けどね？　借りたのは知恵だけじゃない」

「ッ⁉　なん……だと……？」

「ボクもそろそろいい年齢《トシ》だろう？　新しい将棋を指しこなすには……それ相応のトレーニングが必要なのさ！」

そう言うと、山刀伐八段は和服を脱いで上半身を露わにした！

「諸肌《もろはだ》脱ぎ⁉」

「肉体《カラダ》で覚えた将棋を教えてあげるよ」

そして《両刀使い》は両手を拳に握り込み、

「こう――――」

その二つの拳を畳に突き立てて、

「こう…………こう…………こう……こう……こう、こう、こう、こう‼」

「こっ……これは！　まさか、ドラゲキンの弟子――――⁉」

将棋ソフトを使っても終盤の強化は難しい。

なぜなら同じ終盤は二度と現れないから。

同様に、詰将棋を解くことも終盤力の向上には繋がらないとされる。それは実戦と乖離《かいり》した練習問題に過ぎないから。

しかし――――雛鶴あいを使えば。

「A級棋士を超える終盤力を有し、さらに九頭竜ノートの共同執筆者であるこの彼女ならば、無数の練習問題を生み出してくれる！　金の卵を産むガチョウのように!!　こうこうこうこうこうこうこうこうこうこうこうこうこうこうこうこう――――こうッ!!」

パシィイイン!!

鞭のように指が撓《しな》り、高い駒音《こまおと》が特対を震わせる。二枚の大駒を捨てた代わりに得た手番を使い、山刀伐八段は一転して激しく僕の玉を攻め立ててくる！

「こうこうこうこうこうこう――――こうッ！」

「くっ……!?」

「こうこうこうこうッ!!　こおおおおおおおおおおおおうッ!!」

「ぐぁぁぁぁッッ!!」

山刀伐八段が一手指すごとに、美しく組まれていた僕の囲いの形が乱れる。

固い鎧《よろい》が削られていく……！

「フハハハハハハハハハッ！　相手よりも固く囲うなんて発想はもう古いんだよ！　時代は最初から囲わないバランス型!!　全裸最ッ高ォォォォオッッッ!!」

山刀伐八段の狙いは、入玉《にゅうぎょく》。

僕の囲いを壊すことで自玉の逃げ道を切り開いている。その程度の狙いは読める……が、止めることは不可能だった。

「それでもキミは固くて重いその矢倉を指し続けるのかい⁉　《次世代の名人《つぎ》》くん！」

「好きなものを好きだと言う――」

絶体絶命の中で、逆に僕は問うた。

挑発ではない。純粋に知りたかった。

「それがいけませんか？」

「盤上でそれを叫ぶ者は、二種類」

指を二本立てて山刀伐八段は叫ぶ。

「『好き』という言葉に逃げ込んで上を目指すことを諦めた者と！　生まれながらにして盤上で自由に振る舞うことを許された天才だけさ！　ボクのように才能の無い者は不自由を抱えながら強くなるしかない！　たとえ猿真似《さるまね》と揶揄《やゆ》されようとも‼」

欠落した才能を努力で埋め立てて神へと挑戦したイカロスは二本の指で駒を挟むと、捻《ね》じ込むようにそれを僕の玉頭《ぎょくとう》に叩き付ける。

先手陣は完全に突破され……遂に王手が掛かったのだ。

「自分が天才だと言うのであれば、止めてごらん？　この玉の歩みを」

天才？　僕が？

そうじゃないことは誰よりも自分がよく知っている。

他人よりも劣る場所からスタートした。マスターに拾っていただかなければ、プロを目指すことすらできなかった。

僕は器用な人間じゃない。《攻める大天使》のように華麗な空中戦はできない。《嬲り殺しの万智》のように棋士と記者の両方で才能を示すことや《西の魔王》のように革命を起こすこともできない。あの神《めいじん》のようにオールラウンダーになることも……。

矢倉しか指さないんじゃない。矢倉しか指せないんだ。

Ａ級入りが決まってからは不安で不安で堪らなかった。全敗して一期で落ちる夢を何度も見て……次第に眠ることすらできなくなって。

だから僕は夜になると棋譜を並べていた。

歴代の永世名人たちの棋譜を。神々が指した矢倉の将棋をひたすら並べ続けた。

時代に取り残された戦法で、時代と逆行するそんな修業を積む意味。

強くなっているかと問われれば、わからないと答えるだろう。

「僕は矢倉が好きです」

それでも僕は立ち向かわなければいけない。名人になるために。

「だから――――貴様を倒す!!　山刀伐尽!!」

「いいよ来いよ‼」

特別対局室は燃えていた。

先に持ち時間を使い果たした山刀伐八段は一分将棋の中で正解手を積み重ね続けている。一手でもミスれば即死を免れぬ玉型で、夜戦に入っても集中を続けられるというその強靱な体力と精神力に対し、敵意を超越して敬意を抱く。

バキバキに割れた筋肉を見れば容易に想像できるから。山刀伐八段が己に課し続けた厳しい修練の日々を。一片の贅肉すら無い矢倉のようなその筋肉から。

しかし——負けるわけにはいかない！

「「熱い……ッ!!」」

我らは同時に熱い吐息を漏らす！

襲いかかる疲労と睡魔を跳ね返すため一枚また一枚と服を脱ぎ捨てて気合いを入れ直すうち、いつしか自分も半裸になっていた。

山刀伐八段が唸《うな》る。

「しなやかな肉体《カラダ》をしているね!?　そして肌着《インナー》もセクシーだ……認めよう！　A級で戦う最低限の準備はしてきたと！」

「騎士たる者、見えざる場所こそ美しく飾る！　それが我が師の教え！」

白いスーツもマントも、敬愛する師の衣装を真似たもの。

マスターにとって将棋を指すために必須であるその衣装は、僕にとってはただ己を奮い立たせるためのもの。己の弱さを隠すためのもの。道化と呼ばれるのも当然だ。

「神鍋先生これより一分将棋です……」

一人だけきちんと服を着て正座する記録係が海水浴場にリクルートスーツで来てしまったような気まずそうな表情で控え目にそう教えてくれた。

「承知ッ!!」

囲いも、服も、持ち時間すらも。

己を守る物が全て消え失せた状態で、しかも相手の入玉を止める手段も見つからない。

それでも勝つ方法があるとしたら、それは……!!

「青ざめた『馬』を見よ――」

時間ギリギリで盤上に手を伸ばすと、

「その馬の背に乗る者の名は…………死!!」

い、いや、その駒を斜めに走らせ、僕は後手玉に詰めろを掛ける！

「馬を捨てた？　はは！　焦ってミスをしたね!?」

山刀伐八段は僕の馬を金で取る。怯むことなく僕は王手を掛け続けた。

ノータイムで連続六回もの王手を。

「言っただろう！　ここからはスピードが重要になると！　玉を下から追い立てるキミの攻めはボクを加速させているだけさ！『玉は下段に落とすべし』って格言は師匠から教わらなかったのかい⁉」

もちろん教わった。懐かしい格言だ。

一分将棋の中で、走馬灯のように記憶が溢れる。大切なことを思い出す。

どうして自分が矢倉を指し始めたのかも……。

矢倉を指すと、僕の好きな人が喜んでくれたから。

『いい将棋を指したね』

そう言って、笑顔を浮かべてくれるから。奨励会や公式戦で勝つよりも素敵な笑顔を。

矢倉が強い人を好きになってくれると思った。

清滝先生がそうであったように。

けれど公式戦で清滝先生と盤を挟んで、無惨に敗れたその将棋で、僕は自分が矢倉を指すうえで決定的に足りないものがあると悟った。

それは――――心の強さ。

捻り合いの長期戦を制するためには、常に冷静に、そして熱く自分を信じる強い心が絶対不可欠だと知った。

だから僕は心を鍛えようと思った。

それはとてもとても難しい。評価値が人類を支配するこのディストピアですら、心の評価値をソフトは教えてくれないから。

確かめる方法を僕は一つしか思いつくことができなかった。

僕が知る中で最も心が強い棋士。

その人に矢倉で勝つことができたのならば———!!

「完全に入玉《はい》った♡」

僕の陣地の奥深くまでズッポリと収まった、山刀伐八段の玉。

そして六度目にして僕の王手は途切れた。

「………強い!」

そう、奥歯を噛《か》む。

銃弾が飛び交う地雷だらけの戦場を、裸で端から端まで駆け抜けるような奇跡を、この人はやってのけたのだから。

しかも名人戦で四連敗した直後という、他の誰もが心を折られて当然な状況で!

「さあ! これであとはキミを詰ますだけだね?」

こちらの王手ラッシュが途切れたタイミングで、山刀伐八段はお返しとばかりに王手を掛けてくる。

入玉という最も安全な場所から。

囲いを崩され無防備になった僕の玉にトドメを刺そうと。

「来い……!!」

桂馬から始まったその連続王手を、ギリギリで掻《か》い潜る。

襲いかかる桂馬を、歩を、金や銀の刃を討《う》ち取りながら、僕は玉を前進させていく。たった一つだけ残された勝利を目指して。

「おっと！　上には逃がさないよ？」

山刀伐八段は王手を中断し、注意深く自陣へと手を戻した。

「フフ。焦る必要は無いよね？　ボクはもう攻めに専念できるから。ここから先はキミが追われる立場になる……」

毒蛇は焦らない。

無理に詰まそうとするのではなく、盤上に残っていた僕の戦力を根絶やしにする手を選んだのだ。

それは無論、相入玉による持将棋を警戒してのこと。

「しかし仮に相入玉になったとしてもキミに勝ち目は無い！」

山刀伐八段はこちらの駒台を見ると、

「なぜならボクに王手を掛け続けるために大駒を使い果たしてしまったんだからね！　キミの駒台をご覧よ！　金や銀や桂馬ばかりで、それじゃあ点数が足りない――」

滑らかに動いていた唇が、そこで止まる。

「…………金や銀？　持ち駒が……………………………まッ！　さ……か⁉」

「九頭竜ノートは読みませんでした」

読む必要は無いと思った。

「何故なら僕も肉体で覚えたから。その将棋を」

初めて出会ったあの日から、その将棋に僕は魅せられた。

小学生名人戦。僕の人生を変える出会い。

二歳年下の男の子が指す将棋は、不思議な強さで誰よりも輝いていた。

今ならわかる。その輝きが何なのかが。

そして僕も盤上に描き出す――――勇気という名のその輝きを！

「ハァァァァァァァァァァァァァァァァァァァァァァァァッッ‼」

王手！

王手！　王手！　王手！　王手！　王手！

王手‼　王手‼　王手‼　王手‼　王手‼　王手‼　王手ッ‼

「にゅ、入玉した玉を詰まそうっていうのか⁉　そのために大駒を捨てて……持ち駒を組み替えていたっていうのか⁉」

動揺した手つきで王手を受けながら、山刀伐八段はこちらの狙いをようやく悟る。

「こ、これが……《次世代の名人》の将棋だっていうのか⁉」

「それは我が名ではない」

合計十三回の王手を経た末に。

僕は引き抜く！　その剣を‼

「師より授かりし我が真名は――――《白銀の聖騎士》‼」

駒台に残った最後の『銀』を高らかに掲げ、ファンファーレの如き駒音と共に打ち下ろす。

二七手詰め。

先手陣の奥まで入り込んだはずの後手玉は、もといた場所まで押し戻され、二七本の剣によって刺し貫かれていた。

「…………………」

もうどこへも動くことができない丸裸の王将を見詰め続けた山刀伐八段は、残り五秒の声を聞くと、

「詰み………だね」

ぽつりと漏らしたその声が、投了の合図だった。

最後の最後。一手詰めまで指したのは、それだけこの人が今日の将棋に全てを注ぎ込んでい

たから。

悔しさに声を震わせながら、前期名人挑戦者は尋ねてくる。

「…………いつ、気付いたんだい？　この勝ち筋に……」

「馬を引いて詰めろを掛けた、あの時に」

「あっ……!!」

山刀伐八段はその一言で全てを了解する。

「そうか。キミは大駒を捨てて加速させたんだね？　ボクが入玉するのを……！」

入玉を止めることは不可能。

しかし後手玉を後ろから追い立てることで、その速度と軌道を修正することは不可能ではなかった。

僕が自力で考えた勝ち方……では、ない。

かつて名人と相見えた竜王戦挑戦者決定戦。

千日手《せんにちて》指し直しとなったその将棋でコンピューターが生み出した新しい雁木《がんぎ》を採用した僕は、全く同じ方法で敗れた。矢倉で立ち向かってきた名人に。

「……読み切れていたわけではありませんでした」

「けど、第一感でそこに指が伸びた。才能の差……と、いうことかな？」

「…………」

「もう一つだけ教えてくれないかな？」

山刀伐八段は盤から顔を上げて、僕の顔を見た。

「もし、矢倉では絶対に名人になれないとわかったら……それでもキミは………」

「迷っていました。この対局の最中ですら、ずっと……」

率直に僕は認める。自分の弱さを。

「しかしたった今、その迷いは消えた」

一分将棋に追い込まれ、馬を切った時。

浮かんだのは、あの方の喜ぶ顔だった。

その瞬間に悟った。僕が矢倉を指す理由は、名人になるためではなく――

「………ありがとうございました」

「ん？」

不思議そうな表情を浮かべる山刀伐八段に、僕は頭を下げて伝える。

「我が師より聞き及んでおります。女流棋士に正会員の地位を与えるか否かが議題となった棋士総会で、貴方がこう発言なさったと――」

まだ山刀伐八段が低段の若手だった頃。

集まった棋士の大多数がマスターに敵意を向ける中で、この人だけが爽やかな表情でこう言ってくれたのだと。

『釈迦堂さんはここにいるプロ棋士の大半より強い。ボクを含めてね。だったら弟子を取って何か不都合がありますか？』

　だから僕はこの人と戦いたかった。

　盤上で強い心を示す棋士は、たくさんいる。

　しかし盤外でも強い心を示せる棋士は、あまりにも少ない。

「この関東で、貴方だけがずっと我が師を認めてくださっていた」

「……それを否定してしまったら自分を否定することになるからね。だってボクは釈迦堂さんに三連敗しているんだから」

　負けるのは慣れている。

　けど、その負けを認められないほど弱くはない。

「とはいえ今はちょっと後悔してるかな？　あのときゴネてたら、今期もすんなりボクが名人挑戦者になれていたのに！」

　山刀伐尽八段はそう言って笑った。

　疲れ果て、途切れそうになる意識の中で……声が聞こえる気がした。

『いい将棋を指したね』

　そう言って僕の髪を優しく撫でてくれる人の声が。

☖ 予行演習

感想戦終了後。終電もタクシーもとっくに詰んでしまったので代々木《よよぎ》まで歩いて朝まで居られるファミレスにでも入ろうという話になった。

「ボクが案内しよう」

和服（というかほぼ全裸）から鹿路庭さんが「絶対必要になると思って」と持って来てくれていたスーツに着替えた山刀伐さんが言った。

「『一番長い日』の後でよく行った店を教えてあげるよ！　みんなでＹＯＡＳＯＢＩしよう！」

「お供いたします」

どさくさに紛れて歩夢の手を引いて歩き始めた山刀伐さんはウッキウキで先頭に立つ。歩夢は歩夢で十六時間くらい山刀伐さんと同じ部屋にいたため距離の近さに違和感を抱いていない様子だ。これが順位戦マジック……。

ちなみに『一番長い日』とはＡ級順位戦最終局のことで、対局や大盤解説会が終わるのが午前二時とか三時とかになるため代々木辺りの居酒屋に将棋関係者が溜まるのは毎年の風物詩である。

「いやいやいやいや！　私はいいから！　連盟に泊まるから！」

月夜見坂さんと供御飯さんといえば、渋る鹿路庭さんを強引に誘っていた。渋るというか全力拒否な感じではあるが。

「いーじゃねーか！　山刀伐のオッサンと名人戦でずっと一緒だったんだろ？　どこまで行ったか教えろよオラ」

「せやで？　ガールズトークしよ？」

「あんたらとのトークは尋問にしかならないんだよぉぉぉ！」

両脇を女流タイトル保持者に拘束された鹿路庭さんは諦めたようにボソリと言う。

「……それにどーせ明日からまた将棋漬けの毎日が始まるに決まってるし。名人戦に出る前よりずっと将棋漬けの毎日がさ……」

山刀伐さんと鹿路庭さんには俺も聞きたいことがいっぱいあるから、こうして二人と相席できるのは嬉しい。何を聞きたいかはノーコメント。

「八一くーん？　なにしてるんー？」

遅れがちに最後尾を歩く俺を供御飯さんが急かす。

「あ、ちょっと電話するんで先に行っててください」

「早く来いよ。オメーも財布なんだから」

「はいはい……」

将棋界では勝者と上位者が奢《おご》る不文律があって、今回のメンツだと歩夢と俺だ。つまり俺は友人の心配を十六時間くらいしたうえに金まで払うということになる。あんだけいい将棋見せて貰ったから別にいいけどな！

　みんなの背中が声の届かないくらいの距離になったのを確かめてから、俺はスマホを操作して、ある人物を呼び出した。

「こんばんは。見てらっしゃいましたよね？」

『……よい将棋だった。それは認めようか』

　釈迦堂里奈女流名跡《じょりゅうみょうせき》はいつもより固い声でそう答える。その声は、大喜びしたいのを無理矢理押し殺しているようにも聞こえた。

『しかしまだA級で一勝しただけとも言える。名人への道はまだまだ遠い……これでいいか？　例の件について答えを求めに電話をしてきたのであろう？』

「いえ。このタイミングでちゃんと言っておこうと思って」

『何だ？　若き竜王よ』

「月夜見坂さんと歩夢の例のアレです。付き合ってたとかいう」

『その件は――』

「奨励会です」

『……？』

「月夜見坂さんは中学二年の夏に、女流棋士を休場して5級で奨励会に入ってます。たぶん、俺と歩夢を追いかけて」

その頃の心境を、かつて月夜見坂さんは自戦記に書いたことがあった。供御飯さんと争った山城桜花《やましろおうか》戦の自戦記に。

あの人は意外といい文章を書くんだ。熱いやつを。

「けど、勝てなかった。男社会の奨励会では『女に負けたら恥』って思って誰もが必死になるし、そのうえあの性格ですからね。他の奨励会員と研究会をするなんてできなかったんでしょう……一人を除いては」

『まさか──』

「そのまさか、です。月夜見坂さんは歩夢に頭を下げてVSをお願いした。そして歩夢もそれを受けたんです。条件付きで」

その時点で歩夢にVSをするメリットは無い。将棋に関しては極めてシビアな歩夢は、自分の時間と技術を提供する代償を求めた。

『わ、我が弟子が………将棋をダシに、交際を迫ったというのか……？』

「違いますよ。もうちょっと歩夢を信用してやってください……あいつは昔から、釈迦堂先生のことしか見てません」

『では、大天使に何を求めたのだ？』

「予行演習です」

『は？』

今度こそ理解できないというふうな釈迦堂先生に、俺は説明をする。

あまりにも純粋な親友がやらかしたあまりにも馬鹿馬鹿《ばかばか》しい行為を。

「あのバカは月夜見坂さんを釈迦堂先生に見立ててデートの練習をしてたんですよ！　練習だから実際は手も繋がなかったそうです」

よく漫画やラノベなんかじゃあるシチュエーションだが、フィクションだとそんなことやってるうちに多少は色っぽい展開になったりするもんだ。

しかし歩夢はどこまでも歩夢だった。

「歩夢が言うには『大切な女性を傷つけないよう』に、女の扱いに慣れておきたかったそうで……歩夢に対して全く恋愛感情を抱いてなかったとはいえ、月夜見坂さんもさすがにこの言い草は腹が立ったそうですよ」

なお月夜見坂さんが「ヤリまくってた」とか「ヤバいプレー」とか言ってたのも、もちろん将棋のことだ。俺とVSやる時は矢倉一辺倒だった歩夢だが月夜見坂さんとは棋力差があって勝負にならないから他の戦法も試してたっぽい。普段は使わない穴……つまり穴熊とかね！

『……なんと……なんということを……』

先生は他に言葉が出てこないようだ。

確かに歩夢のやったことは酷すぎる。それだけ真っ直《す》ぐな奴だってことだし、今はさすがに反省してるらしいが。

「二人のVSは、月夜見坂さんが6級に落ちて奨励会を退会した時に終わりました。ちょうど一年間で」

『……大天使には、余からも詫《わ》びを入れねばならぬな。弟子の不始末は師匠の責任ゆえ』

「それについては月夜見坂さんご本人から伝言を承っておりまして」

『伝言？』

俺は大きく息を吸い込むと、できるだけ月夜見坂さんと同じ口調で言い放つ。

「『ナンでもかんでもテメェが仕組んでこの世の全てがテメェの掌で踊ってるなんて思うんじゃねーよババア！　オレの人生は挫折も含めて全部オレのもんだ！　いい加減世代交代しろってんだボケッッ!!』だそうです」

『な…………!!』

「俺も同感です」

愕然《がくぜん》とする女流棋界のレジェンドに、追加でこう言っておく。

「俺の姉弟子も、釈迦堂先生に感謝こそすれ恨みなんて抱くはずがない。自分の指し手の責任は自分だけが背負う。それが将棋指しですから」

剝き出しの、純粋な魂を見せてくれた、今日の歩夢のように。

釈迦堂先生にも見せて欲しかった。本当の気持《たましい》ちを。

「だから先生もご自分のことだけを考えてください。タイトル戦で熱い将棋を指すことと、歩夢のプロポーズに本気で向き合ってやることを」

『…………』

「女流名跡戦の最終局が終わったら改めて返事を聞きに行きます。歩夢の気持ちは今日の将棋で伝わったはずですから」

返事は無い。だがそれでよかった。俺は「夜分に失礼しました」と通話を切る。

釈迦堂先生が防衛するのか、あいが奪取するのか。

そしてプロポーズの結果がどうなるのか。それはわからない。未来は無数の可能性があって
……俺たちはただ、自分の信じる道を突っ走って、ぶつかるしかない。

だってそれが将棋だから。

「さ！　行くか」

この熱い熱いA級順位戦すらも予行演習に見えるような将棋を二人が指してくれることだけを願い、俺は先を行くみんなを追って夜の道路を駆け出した。

最後の助走

「翼さん、それに馬莉愛ちゃん。今日は研究会に付き合ってくれてありがとう！　何でも好き

なものを食べてね？」

「「………」」（ごくり……）

東京の『ひな鶴』にある和食処《どころ》。

そのカウンター席にあいを挟んで座る岳滅鬼翼女流1級と神鍋馬莉愛奨励会4級は同時に喉を鳴らした。

和室で将棋を指し続けた後でお腹《なか》が減っていたし、あいの父親がカウンターの向こう側で作っている料理があまりにも美味《おい》しそうだったから……。

「娘がいつもお世話になっております。妻もご挨拶したがっていたのですが、ここのところ体調が優れないようでして」

「……」

あいは複雑な表情で父の言葉を聞いていた。

自分が苦しんでいる姿が母親も苦しめているのだとしたら……責任を感じる。

——けど、もう少し優しくしてくれても……。

母の亜希奈《あきな》は第一局では対局場まで来て着付けを手伝ってくれたけど、それが終わると終局を待たずに帰ってしまった。

そして二局目以降は「甘えが出るといけませんから」と、着付けを手伝うどころかほとんど顔すら合わせていない。

――やっぱりわたしに女将《おかみ》を継いで欲しいのかな……？

そう疑ってしまうほど、母の態度は素っ気ない。

「岳滅鬼さんは成人していらっしゃいますよね？　アルコールは召し上がりますか？」

「あ………あ、は……はいぃ………」

「では食前酒にこちらをどうぞ。石川県の純米酒『鶴乃里』です。三年熟成ものをご用意しました」

「いた……い、いただきます………！」

申し訳なさそうに何度も頭を下げてから、翼は両手でグラスを受け取る。

そして一気に透明な液体を喉へと流し込んだ。研究会ではあいと急戦調の激しい将棋を指したため、とても喉が渇いていた。

「ふぅ………おいしいぃ………」

「翼さん。第五局の記録係、よろしくお願いします」

「う、うん……！　あいちゃんの大事な将棋……だ、もんね……！」

後輩の対局で、しかもタイトル戦で記録を取るというのは、様々な辛《つら》さがある。

それもあって記録係のなり手は年々減少しており、最近は遂にＡＩを使った自動記録システムも女流棋戦に限って実験が行われていた。

そんな中で研究仲間の翼が記録係を買って出てくれたことを、あいは深く感謝していた。

「そ、それに……釈迦堂先生には……い、言っておきたいことが……ある…………ん、がぁ………」

「あれ⁉ つ、翼さん⁉ 寝ちゃったの⁉ 翼さーん！」

たった一杯で酔《よ》い潰れてしまった翼をあいは揺するが、起きる気配は全く無い。

「釈迦堂先生に言いたいことって何だったんだろ？ 気になる……」

「どーせ恨み言じゃろ。マスターに唆《そそのか》されて奨励会に入って苦労したとか」

「翼さんがそんなこと言うかなぁ？」

寝落ちしてしまった年上の友達に毛布を掛けてあげながら、あいは首を傾げる。

「そんな落ちこぼれ放っておくのじゃ。それよりも大事な話がある」

「ふぇ？ どんなー？」

気楽に尋ねたあいが驚愕の叫び声を上げるまで、そう時間はかからなかった。


「ええ⁉ お、おじいちゃん先生と釈迦堂先生が⁉」

「うむ。つまり貴様の大師匠とわらわの愚兄は恋敵ということになるのじゃ。歩夢もマスターにプロポーズしたゆえな」

「結婚を申し込んだの⁉」

「そうじゃ。貴様の師匠がおる席で『名人になったら結婚してください』とな。そのためにも愚兄は本気で名人になるつもりなのじゃ」

「け、けど……釈迦堂先生とゴッド先生って…………年齢の差が……」

「魂は歳《とし》を取らぬ」

「っ……!!」

毅然《きぜん》とした口調で馬莉愛が放った言葉に、あいは息が止まるほどの衝撃を受ける。

「結婚とは互いの魂が惹《ひ》かれ合ってするものじゃ。ならば年齢など何の意味も持たぬ」

「……馬莉愛ちゃんは驚かないの？」

「驚くも何も、あの愚か者はわらわが物心ついた時から名人になってマスターと結婚すると言い続けておるのじゃ」

「ふぇっ⁉」

それこそ歩夢は入門した頃からもう釈迦堂を恋愛対象と見ていたことになる。

今のあいと同じ……十一歳の頃から……。

「マスターほどお美しくて気高くて将棋が強い女性であれば男はみなイチコロなのじゃ。貴様の大師匠は大馬鹿者なのじゃ。愚兄は将棋のセンスはいまいちじゃが美的センスは妹のわらわも一目置いておる」

「マントかっこいいよね」

あいは力強く頷いた。

師弟のロマンスは、あいにとっても他人事ではない。

もし自分が『女流名跡になったら付き合ってください』と言ったら、八一はどんな顔をするだろう？

「そっかぁ……それでゴッド先生、A級順位戦であんなにも凄《すご》い将棋を……」

その対局は将棋界の話題を独占していた。

お世話になっている山刀伐と鹿路庭が対局翌日の昼過ぎに帰って来て、それから三十時間くらいぶっ続けで爆睡していたのを思い出す。

将棋を指してあそこまで精も根も尽き果てるという事実に、あいは驚くと同時に、自分の取り組みの甘さも痛感した……。

しかし馬莉愛の評価は辛《から》い。

「相手はA級一位とはいえ名人にボロ負けした直後。あれにすら勝てぬようでは、仮に挑戦者となっても名人位には届かぬ」

「けど……名人はもうすぐ五十歳でしょ？　ゴッド先生はまだ二十歳。あと何年かすれば自然と勝てるように――」

「あと二年したらドラゲキンがA級に上がる」

「ッ……!!」

「忌々《いまいま》しいが……あのクズ竜王は強い。反則級じゃ。そして年齢でいえば、愚兄より二歳も若い。まだまだ強くなるのじゃ……」

「師匠が………」

戦慄《せんりつ》の面持ちでそう語る馬莉愛の顔を、あいは驚きと共に見詰めていた。

馬莉愛は八一と盤を挟んだことはない。

にもかかわらずここまでの恐怖を刻み込むことができる自分の師匠に対して、あいは敬愛だけではない複雑な感情を抱き始めていた。

「あの魔王を迎え撃つためにも名人戦七番勝負を己の有利な戦場へと変えておく必要がある。愚兄にとって、今期は名人奪取のための残り少ないチャンス。ましてや永世名人として歴史に名を刻もうとすれば……ラストチャンスと言ってよい」

「それを、ゴッド先生は——」

「もちろん意識しておる。それにマスターも、本当は………」

「?」

それきり黙り込んでしまった同学年の奨励会員を、あいは不思議そうに覗《のぞ》き込む。

「雛鶴あい」

馬莉愛は身体の正面をあいに向けると、

「頼む！　マスターを自由にして差し上げてくれ!!」

「え……?」

「タイトルを奪えと言うておるわけではないのじゃ。そうではなく………」

獣耳の載った頭を深々と下げ続けたまま、馬莉愛は言葉を探る。あいに何をして欲しいのかを伝える言葉を。

しかし適当な言葉は見つからなくて。

「マスターは自らのお気持ちを偽り続けておられるように見えるのじゃ。盤上でも盤外でも。あの御方は……あまりにも過去に縛られすぎておる………」

亡き師の残した名人への妄執。

《殺し屋》と呼ばれた過去。

清滝鋼介を愛した過去。

女流棋士の独立を弟子のために売り渡した過去。

岳滅鬼翼をはじめとする、有望な少女を奨励会に放り込んだ過去。

ありとあらゆる過去が釈迦堂里奈を縛り続けていた。不自由な片脚以上に。

「しかし盤外でいくら我らが言うても聞いてはくださらぬ。だとしたら盤上で説得するしかないではないか。そうじゃろ？　なあそうじゃろ⁉」

「そ………」

あいは思わず「そんなの無理だよ」と言いかけていた。

まだ……どう戦えばいいのかすらわからない自分に……そんなこと……。

第五譜

☖　にぶんのいち

「振《ふ》り駒《ごま》です」

記録係の翼《つばさ》さんが釈迦堂《しゃかんど》先生の陣地から歩を五枚取った。指先が少し震えている。

第一局と同じ和服を着て、わたしは盤の前に座っていた。

自分で着付けをするのにもすっかり慣れた。

初めて訪れる宿。窓の外には大きな川が流れていて、キラキラと水面《みなも》が輝いている。眩《まぶ》しすぎるその景色から少し視線を上げて、わたしは対岸をぼんやりと眺めていた。

……振り駒を行う翼さんの姿は、怖くて見ることができなかった。

「にぶんのいち……」

口の中でその言葉を転がす。

結局、釈迦堂先生をどう倒せばいいかはわからなかった。

作戦は一つしか立てていない。

だから二分の一の確率で、わたしの作戦は不発に終わる。

そのくらい振り切らないと勝てないことだけは、わかったから。

「と金《きん》が五枚です」

おお……！　場が、ざわめく。

「っ………」

わたしは頭の後ろに手をやって、髪を切った跡に触れる。

二分の一の確率で、有利な先手《せんて》を引くことができた。考えてきた作戦を試すことができる。

——賭《か》けに勝った。二分の一の賭けに……。

一気に体温が上がっていた。まだ一手も指していないのに、汗が噴き出る。

扇子《せんす》を開いて自分を煽《あお》ぐ。バサバサと音がするほど激しく。

『雲外蒼天《うんがいそうてん》』

この番勝負が始まる前に自分で書いた四文字が目に入る。上手に書くことはできたけど……

それ以上の想《おも》いは湧《わ》いてこない。ただ綺麗《きれい》なだけの自分の字。

少しだけ後悔する。一番大切な扇子を部屋に置いてきたことを。

けど、やっぱりそれは開けない。

あの人の字を見た瞬間、きっと……わたしは弱くなってしまうから。

その想いは、この髪と同じように断ち切ったはずだから。

——それでようやく……わたしはタイトル戦の舞台に立てるくらい強くなれたんだから……。

床の間に視線を向けると、そこには別の人の書いた字が。

「ふふっ……」

思わず笑っちゃう。第一局からその掛け軸はわたしを励ましてくれていた。

緊張感の無い挑戦者を咎《とが》めるように咳払《せきばら》いをして、立会人が告げる。

「時間になりました。雛鶴《ひなつる》女流二段の先手で対局を始めてください」

わたしは無言で頭を下げてから、大きく息を吸い込んで。

「すううう――――――――――――……………………んッ!!」

飛車先《ひしゃさき》の歩を突いて、スイッチを入れる。

釈迦堂先生も紅茶を飲むと、同じように飛車先の歩を突いた。

パタパタと儀式のように手が進む。一つの局面へと向かって。

「相掛《あいが》かりの最新型だ。お望み通り……な」

わたしのすべてを見通すような声で、その人は言った。

「駆け引きはもう終わりさ。最後は互いに正面からぶつかろう。全力で来るがいい」

肌が粟立《あわだ》つほどの気迫を放ちながら、女流名跡《じょりゅうみょうせき》は両手を広げてわたしを待ち受ける。

その姿は、早くも少女のように煌《きら》めいていて――――

「さあ――――将棋《しょうぎ》を始めよう」

「……よろしくおねがいしますっ!!」

女流名跡戦第五局は、こうして始まった。

わたしの最初のタイトル戦の、最後の戦いが。

女流名跡戦第五局は、東西の中間地点で行われることとなった。

日本の真ん中。つまり岐阜《ぎふ》！

「クソ不便な場所だな」

岐阜の駅に降り立った瞬間から月夜見坂《つきよみざか》さんは不穏なことを言い放つ。

「ちょっ……気をつけてくださいよ。誰《だれ》かに聞かれたら……」

「別にいいだろ。こんな田舎《いなか》に知り合いなんて一人もいねーんだし」

「田舎だとクッッッソ目立つんだあんたらは‼」

誰もが振り向く黒髪京美人、ヤンキー（美人）、そして白マント（美男）。地味なのは俺《おれ》一人でこんな一団は駅前に聳《そび》え建つ黄金の織田信長《おだのぶなが》像よりも目立つ。あれ何なの？　金ピカ過ぎて引くんですけど……。

俺たち四人は対局者ご一行に遅れること一日で岐阜入りをしていた。スケジュールの都合もあったが、一番の理由は隠密行動のためだ。

タクシーを捕まえて乗り込みながら俺はスマホの中継画面を立ち上げた。

「もう対局が始まってますね……」

「これまでの傾向からすると短期決戦の可能性が高ぅおざります。こなたらも急がぬと」

対局場となるのは『十六楼』という老舗《しにせ》旅館だ。

「中継ブログによると……長良川のほとりにある名宿で、旅館の中から鵜飼船《うかいぶね》に乗ることもできると。昨日は前夜祭の前に両対局者が船に乗ったみたいです」

月夜見坂さんが膝《ひざ》を打って提案する。

「よっし！　じゃあ対局が終わったら鵜飼船に乗って旅館に侵入して、そのままババアを船に乗せて海まで下るってのはどうだ？」

どうだ？　じゃねーよ。

旅行気分で浮かれる月夜見坂さんとは対照的に、歩夢《あゆむ》は東京《とうきょう》から一言も発していない。今も後部座席の真ん中で俺と月夜見坂さんに挟まれてソワソワしている。

「歩夢」

落ち着かない親友に声を掛ける。

「『どうしても現地に行きたい』って言ったお前を止めなかったから、ある程度は察してると思うんだけど——」

「…………」

「結論から言えば、脈はあると思う」

「ッ……!!」

歩夢は俺の両肩を摑《つか》んで先を促してくる。

「ただ脈はあっても上手《うま》く行くわけじゃないのが恋愛だからね。うちの師匠と釈迦堂先生のケースがまさにそれだったわけで」

「…………」

シュンとする歩夢きゅん。子犬みたいでかわいいな……。

「脈があるからこそ、対局が終わるまで姿は見せないで欲しい。釈迦堂先生が動揺する可能性があるし……俺の弟子にとっても大切な将棋だから」

「無論だ」

そこだけは別人のように力強く、神鍋《かんなべ》歩夢は断言するのだった。

「神聖な対局を邪魔するような無粋な輩《やから》を、マスターが認めるわけがないのだから」

十六楼は川原町《かわらまち》という岐阜城の麓《ふもと》に広がる観光エリアに建っていて、その向かいにある和菓子屋の二階に俺たちは腰を落ち着けた。地元の名士が経営する店で供御飯《くぐい》さんの知人らしい。

「偉い人はだいたい供御飯さんの知人ですよね」

「悪い奴《やつ》はだいたいラッパーみてーなもんだな」

棋士なら対局場はフリーパス。とはいえタイトル保持者が三人にA級棋士が一人というメンツが一度に乗り込めば大騒ぎは必定。ヘタすりゃ対局者にも気付かれて将棋の内容に影響が出ないとも限らない。

「幸いなことに大盤解説会は旅館から歩いて十分くらいの別の施設でやってるらしいです。だから俺たちがいることがバレても『解説会に出ろ』みたいなことは言われないかと」

「騒ぎがそこまで大きぅならんいうわけどすな」

人数分の抹茶を点《た》ててくれながら供御飯さんがはんなりと頷《うなず》く。

「そういうわけです。ところで――」

地元銘菓の鮎《あゆ》菓子をいただきながら、俺は話を変える。

「俺は弟子のタイトル戦を見届けることと、歩夢のプロポーズの答えを貰《もら》うためにここに来ました」

「こなたは妹弟子《いもうとでし》が観戦記を書くいうんで、そのお手伝いどす」

「我は…………マスターのことが心配で参った」

俯《うつむ》いたまま、歩夢は声を絞り出す。

「この宿はマスターも初めて訪《おとな》う場所。古き建物は増築を繰り返しているゆえ階段も多く、脚の不自由なマスターお一人では……対局に同席できずとも、せめて何かあった時に駆けつけられる距離にはいたいと……」

心の底から釈迦堂先生の安全だけを案じながら、歩夢は言った。プロポーズの返事よりも、そっちのほうがよっぽど大事だということが伝わってくる。

健気《けなげ》な歩夢の答えに感激してから、俺は残りの一人を見て、

「で？　月夜見坂さんは何で来たの？」

「殺すぞ？」

とりあえず俺を殴ってから、月夜見坂さんは胡座《あぐら》にした長い両足を窮屈そうにもぞもぞ動かしつつ答える。

「………まあ、確かにオレだけ一緒に来る理由が無ぇってのは認めるよ。冷静になれば岐阜まで来たけど別にナンかすることがあるわけじゃねーし……」

「せやけどお燎《りょう》っていつも特に何の理由もなく関西に来てはるよね？」

「シッ！」

黙ってて！　何かいいこと言いそうな雰囲気なんだから！

「オレがここに来る理由は無ぇ。けどさ？　理由が無いのに一緒に行動できるって……それが友達ってことじゃねえか？」

「「っ……！」」

友達。

そんな言葉が月夜見坂さんの口から出てくるなんて……。

「小学生名人戦でベスト四に残って以来、オレたち四人は将棋界じゃあ仲良しグループって思われてるだろうし、実際に絆《きずな》みてーなもんはあると思う。特にオレなんて将棋会館以外でわざわざ会って話をするのなんてオメーらくらいなもんだしな。嫌われ者だからよ」

「それは我も同じだ。大天使よ」

歩夢は月夜見坂さんを慰めるように言った。お前はほら、格好がアレだからさ……。

けど……と、月夜見坂さんは天井《てんじょう》を見上げて、

「万智《まち》とタイトル戦をやった時、思ったよ。やっぱオレは将棋指しで……将棋のためには友情だって犠牲にするんだってな」

「お燎……」

タイトル戦が供御飯さんの防衛で終わると、二人の関係は元に戻った。

でもそれは保有するタイトルが現状維持だったからで、もし月夜見坂さんが山城桜花《やましろおうか》を奪取していたら？

壊れてしまっていたかもしれない。この関係が。

「で、今度は女流順位戦なんつーのも始まるっていうじゃねーか。そうなりゃ嫌でも格付けが行われる。女流棋士全員に番号が振られる。仮にオレが一位じゃなかったら、オレは……！」

ドンッ!!

手にしていた茶碗を畳に置いて、月夜見坂さんは声を絞り出す。

「……万智はどうだか知らねぇが、オレは今までみてーに一緒にいられる自信は無ェ。頭の上に数字《じゅんい》が付いた状態で仲良く並んで立ってるなんてできねぇ……！」

その気持ちは痛いほどわかった。

一番ならいい。

だけどそれ以外だったら……悔しさや嫉妬《しっと》で苦しくなる。

そしてそれは次の順位戦まで続く。そこで一番になれなければさらに一年間。そこでもダメならもう一年……。

永遠に続くのだ。身を焦《こ》がすような苦しみが。

勝負師であり続ける限り。

「オレと万智だけじゃねぇ。クズと歩夢もすぐA級とかタイトル戦で当たるようになる。こんなふうに相手の人生に手を差し伸べるなんてこと、できなくなる。だろ？」

反論する言葉は誰からも出てこなかった。

けれど心の中ではずっと……月夜見坂さんの理屈に納得できないものを感じてもいた。

確かに将棋は大切だ。

釈迦堂先生の過去の話を聞く中で、大人になっても将棋が邪魔をすることを知った。将棋を立身出世や他人を蹴《け》落とすための手段にする人たちの存在も知った。

――でもそれと友情は別じゃないのか？

この世の中には将棋と同じくらい大切なものが存在して、それは将棋を指しながらでも得られるものなんじゃないのか？

俺と姉弟子《あねでし》が互いの気持ちを確かめ合えたように……。

だからもっと器用に生きてもいいんじゃないのか？

俺たちはもう……将棋が好きなだけの小学生じゃないんだから。

「オレたちはそれくらい将棋が大事でさ。負けたら何日も泣き続けるくらい悔しくて……相手に勝つことだけを考えちまう。病気だよ。挫折もいろいろ経験してきたけど、この病気だけは治らねぇってわかったんだ」

月夜見坂さんの言葉は、俺の思いとは全く逆で。

むしろ小学生の頃に戻りたいと言っているかのようで。

「だから……まあ、最後にこの四人でバカ騒ぎがしてみたいと思ったんだよ。歩夢にゃ奨励会時代に世話になったし。オレなりの恩返しのつもりさ。将棋が終わるまで時間潰《つぶ》しに付き合うくらいのことはするぜ？」

歩夢の首に腕を回しながら、月夜見坂さんはニヤリと笑って、

「あと、プロポーズの返事がダメだったときの残念会とかな！」

「……せやね」

空になった茶碗に視線を落としたまま、供御飯さんが寂《さび》しそうにポツリと呟《つぶや》く。

「卒業旅行……みたいなものやもしれぬな」

初めて四人で訪れた街の美しい景色がなぜか、懐かしいもののように感じた。

☖　無言のアドバイス

「ここなら将棋関係者に見つかることはないはず……なのです」

「ありがとう綾乃《あやの》ちゃん！　助かったよ」

俺がこっそり十六楼に入る手引きをしてくれたのは、観戦記のために前日から岐阜入りしていた貞任《さだとう》綾乃ちゃんだった。

なおシャルちゃんは最終局という状況に興奮するあまりお熱を出してしまい、今回はお留守番だ。かわいい。必ずお土産を買ってお見舞いに行かねば。

「けど、ごめんね？　観戦記で忙しいのに……」

「大丈夫なのです！　もともとお昼前は対局室や検討《けんとう》室じゃなくて、この厨房《ちゅうぼう》で取材をさせていただく予定だったのです」

「勝手口に通された時は驚いたよ。上手に取材できてるみたいだね？」

小学生の観戦記者を宿の人たちもかわいがってくれてるみたいで、対局者用のおやつや食事を作る様子を積極的に撮影させてくれていた。綾乃ちゃん人見知りなのに頑張ってるな！

「…………違うのです……」

けれど綾乃ちゃんは唇を噛《か》んで俯くと、

「うちは…………対局室に入れないだけなのです。入っても、将棋の内容がわからなくて……それで、何も書けなくて……」

第二局以降ほとんど対局室に入れていないと、綾乃ちゃんは告白した。

あれだけ対局室に入ることを楽しみにしていたこの子が……。

「九頭竜《くずりゅう》先生に将棋の内容を教えていただいた第一局ですら、借り物の言葉をただ並べるだけで……だったらうちが観戦記を書く必要なんて無いって、思ってしまったのです……」

「綾乃ちゃん……」

「今はもう……盤の前であいちゃんが何を考えているのかすら、うちにはわからなくて……あまりにも遠い存在になってしまったから………」

JS研で一緒に将棋を指していた頃《ころ》とは、確かに変わってしまった。

住む場所も。戦う舞台も。

そうやって綾乃ちゃんも、あいから離れていってしまうんだろうか？　友達ではいられなくなるんだろうか？

衝動的に俺は叫んでいた。

「綾乃ちゃん！　それでも――」

「でもうち、気付いたんです」

俺と綾乃ちゃんの声が重なった。

「わからないからこそ、あいちゃんをもっと見ないといけないんだって。もっと本気で将棋を勉強しないといけないんだって。そうしないと……もっとあいちゃんが遠くなってしまうから。それに——」

綾乃ちゃんの心は、あいから離れてはいなかった。

新しかったメモ帳の表紙はボロボロになっていた。

「タイトル戦を開催するために、どれだけ多くの方々が関《かか》わってくださっているのか。それを伝えることも記者《うち》の役割なんじゃないかと思ったのです。今はまだ、将棋の内容を掘り下げられるほど棋力は無くても、別の表現で現地の熱を伝えることはできるって」

「綾乃ちゃん………本当に、立派になったね……」

思わず涙ぐんでしまった。

この子たちと出会えて……JS研を開いて、本当によかった。

「改めてお願いするよ。ずっとずっと、あいの友達でいてあげて欲しい」

「はい！　もちろんなのです！」

供御飯さんと老師も、この子の書く観戦記を読んで驚くだろう。

その供御飯さんは囮《おとり》として正面から宿に入り、検討室で綾乃ちゃんを待っている。あの人は目立つからずっと隠れてるなんて不可能だ。俺は地味だからね……。

「対局者の昼食、もうすぐ完成します！」

休憩が近くなり、厨房は慌ただしくなっている。

「将棋の様子はどうだ⁉」

「検討室の話だと、もしかしたら早く終わるかもって――」

「打ち上げの時間が読めないぞ！　料理の準備を始めたほうがいいんじゃないのか⁉」

「その前に勝者の記者会見が入るんでしょ⁉　場所の準備は⁉」

「ちょっと！　昼食はもう対局者の部屋に運んでいいの⁉」

「撮影用に同じものを検討室に持って行くんですよね⁉」

「休憩中の対局室を清掃する準備をしておけよ！　……あっ！　将棋盤には絶対に触れるんじゃないぞ‼」

俺もタイトル戦は出る側ばかりだったから、宿の方々がこんな戦場みたいな忙しさの中で働いているなんて知らなかった。

たった一局の将棋のために払われている莫大《ばくだい》な努力を目《ま》の当《あ》たりにして、こみ上げてくるものがある。

弟子《あい》のためにやってくれていることと思えばなおさらだ。

「……熱いね。ここは」

「はいです！　この熱さを表現するのが、うちのお仕事だと思うのです！」

そしてそれ以上に熱くなっている存在が、この宿の別の部屋にいた。

厨房に設置されたモニターに映し出される対局室。

そこでは小さな女の子が、まだ午前中だというのに最終盤のような前傾姿勢で、必死に何かを読み切ろうとしている。

『こう、こう、こうこうこうこうこうこうこうこうこうこうこうこう――』

モニター越しにも聞こえる、特徴的なあいの声。

前後に激しく揺れる姿はこの五番勝負を象徴する光景だ。

『釈迦堂女流名跡が六六手目に指した5四歩という手に対して、雛鶴挑戦者はもう二十分近く考え続けています』

『玉頭《ぎょくとう》の弱点を敢《あ》えて晒《さら》して「やってこい」と言ったわけですからね。釈迦堂さんは』

解説の棋士が後手玉《ごてぎょく》の上に空いた空間を拳《こぶし》で叩《たた》く。

『相掛かりの最新型に進み、後手の釈迦堂さんは闘牛士のように飛車を左右に振って先手を牽制《けんせい》し続けています。挑戦者としてはどこかで決断する必要がある。ここは色々な手が考えられますが――』

『こうこうこうこうこうこうこうこうこう――……………こうッッ!!』

盤に額が触れるほど前のめりになって、あいは決断の一手を放つ！

『さ、指しました！　先生、この手は……!?』

『若い』

解説のプロ棋士は眩しそうに目を細め、短い言葉でその手を絶賛した。

挑戦者は前のめりであるべきという価値観はどんな勝負事でも共通している。あいの姿勢は称賛こそされ貶《けな》されることはないだろう。たとえそれで負けたとしても。

『ふむ……』

時計を確認した釈迦堂先生は、記録係の岳滅鬼翼《がくめき》女流1級に告げる。

『休憩に入ろうか。余《よ》の時間に入れておいておくれ？《不滅の翼》よ……』

自分の持ち時間を消費することで、早めに対局室を出て行った。

女流名跡戦の休憩は一時間。まあ普通だ。

しかし今回の宿は対局室から自室まで距離があるうえ、古い建物なので階段が多い。脚の不自由な釈迦堂先生にとって移動が負担になるため余裕を持って休みたいということなんだろう。

「普通はそう考える。普通は……」

「九頭竜先生？　何かお気づきに？」

「撒《ま》き餌《え》だ」

「餌《えさ》……です？」

「釈迦堂先生は、あいに餌を撒いたんだ。休憩という餌を……いや。勝利という餌を」

第一局。あいは無心で将棋を指していた。

休憩前に千載一遇のチャンスを見つけ、それを逃さなかった。

「それはいい。釈迦堂先生もさすがにあの踏み込みには驚いたはずだし、寄せに出たあの一手は読めなかったはずだ。１二銀なんて手は……」

「です！　あれはあいちゃんの会心譜だったのです！」

「けど第二局では欲が出た。同じ方法で勝とうとしてしまったんだ」

　序中盤をすっ飛ばしての短期決戦。

　一方的に攻め続け、驚異の終盤力で相手をねじ伏せる。そんな将棋をあいは勝ちパターンとして学習してしまった。

「そして第三局。一局目と同じ先手番《せんてばん》、しかも勝てば初タイトルという餌を目の前にぶら下げられて、あいは当然また同じ方法で勝とうとした」

「そこを釈迦堂先生に突かれた……です？」

　俺は「うん」と頷いてから、

「でもそんなことよりもっと重要なことがある。釈迦堂先生が一番恐れている展開は……終盤力なんて関係ないんだ」

「へ？」

　その点を俺はスッポリ見落としていた。あいももちろん気付いていない。

　何故《なぜ》なら俺たちはあまりにも若すぎるから。

　だから相手の視点に立って考えることが難しいのだ。自分よりも遙《はる》かに年上の対局相手が、自分の何を一番恐れているのかを。

そこに気づけなければこの将棋もまた……ゲーム攻略の発表会に終わる。

――せめてヒントだけでも伝えたい。ここまで来たんだから……！

しかし助言行為は禁止だ。

伝えるったって……どうやって？

『挑戦者の雛鶴さんは休憩中も盤の前で考え続けてますね……』

『一秒たりとも無駄にしたくないんでしょう。勝てば初タイトルですから』

あいはまだ考えている。敵陣だけを見据えて。

岳滅鬼さんもあいのことを気にしつつ退室した。自由に離席できない記録係にとって、休憩時間にしっかり休むことも仕事のうちだ。

『こうこうこうこうこうこうこうこうこうこうこう……………ふぅぅ――――……』

あいはようやく大きく息を吐くと、それを合図に立ち上がって小走りに対局室を出て行った。

「挑戦者が席を立ちました！」

「よし！　今のうちに清掃に入るぞ！」

待機していた宿の人たちが慌ただしく動き始める。

その時だった。

「あ……」

対局室を映し出すモニターを見ていた綾乃ちゃんが呟く。

「どうしたんだい？　綾乃ちゃん」

「座布団の位置が全然違うと思って……です」

「座布団が？」

　綾乃ちゃんは画面をペンの先で示しながら、

「釈迦堂先生の座布団は盤からすごく離れているのに、あいちゃんのは盤に触れそうなほど近いのです。それだけあいちゃんが必死に考えてるということだと思うのですけど……」

　確かに象徴的な光景だった。

　前のめりに攻めようとする挑戦者と、悠然と受ける女流名跡。

　立場の違いが座布団の位置からも見て取ることができる。

　むしろ対局者がいないからこそ、その距離の差が際立《きわだ》っていた。

「…………座布団？　…………あっ⁉」

　その瞬間、起死回生の一手が浮かぶ。

「そうか、これなら……！　ありがとう綾乃ちゃん！　きみは最高の観戦記者だよ！」

「ひゃわ⁉　く、九頭竜先生⁉」

　抱っこして眼鏡《めがね》がズレるほど頰《ほお》ずりする。宿の人の視線も気にならないね！

　あいに声を掛けるのはもちろん、対局室に足を踏み入れて何かをするのも避けるべき。

　だとしたら、俺にできるギリギリのことは――――

「すみません！　ちょっといいですか？」

宿の人に声を掛ける。

休憩中にゴミ箱の中を綺麗にしたり、温くなった飲み物を交換したりするんだが……。

一縷《いちる》の望みを掛けて、別のこともお願いした。

「少し……位置を整えてもらいたいものがあるんです。将棋盤以外で」

☗雲外

自室に戻って少しだけご飯を口に入れたけど、わたしはそれを全部吐いてしまった。

「……行こう！」

洗面所で口を漱《すす》ぐと、すぐ部屋を出た。

滞在時間は三分くらい。それでも気が急《せ》いて仕方がなかった。

盤の前に座ってないと落ち着いて何かを考えることすらできない……第三局が終わってから
ずっと、そんな状態が続いている。

対局室に戻ると、わたしは滑り込むように座布団に腰を下ろす。

「こうこうこうこうこうこうこうこうこうこうこうこうこうこうこうこうこうこう――――」

一秒でも惜しかった。

誰もいない対局室で、棋譜《きふ》を手に消費時間の確認。釈迦堂先生の時間の使い方から今後の展開を予想する。

「こうこうこうこう…………うん。うん。大丈夫……いけるはず……」

言い聞かせるように何度もそう唱える。大丈夫。研究通りに進んでる。『これで負けたら仕方ない』と思えるほど研究してきた局面に誘導できてる！

記録係の翼さんが戻ってきて、わたしが先にいることに少し驚きながら、長机の前に腰を下ろした。

やがて対局再開の時間になる。

「……て、定刻になりましたので……対局を再開してください…………」

けど、手番の釈迦堂先生はまだ来ない。ありがたいと思った。相手よりも長く盤の前で考えているというのは自信になる。

——わたしのほうが早く読めて、長く考えてるんだから……深く読んでるはず！

読む。さらに深く読む。

分厚い雲の向こう側にある正解を摑もうと手を伸ばす。きっとこの雲を抜けた先には青空が広がってるはずだと信じて……！

どれくらいの時間が過ぎただろう？

盤の前に誰かがふわりと座る気配がした。

「じ…………時間に……なっております……」

「うん」

釈迦堂先生は頷いてから、ゆったりと脇息にもたれて次の手を考えている。

それからさらに十分、十五分と時間が経過していって……。

「……このくらいでよかろう」

ようやく釈迦堂先生は駒台《こまだい》に手を伸ばし、そこにあった歩を摘まんで盤の上に置いた。

7五歩。

次に7六桂の王手を狙《ねら》った超攻撃的な一手。

その手はわたしの予想通りで——————スイッチを入れる。

「こうこおおおおおおおおおおおおおおおおおおおおおッッッ!!」

第一局で成功した短期決戦。

今のわたしが釈迦堂先生に勝つにはそれしかない。

——この一手で一気に終盤戦に突入する!!　勇気を持って……!!

「ッ……!!」

盤側《ばんそく》で翼さんが身を乗り出すのが視界の端に見えた。わたしの決断に驚いてる。けど!

──自分を信じる！ 研究と終盤力を!!

「おおおおおおおおおおおおおおおおおおおおおおおおおッッッう!!!」

ここで放つ！

雲を吹き飛ばし、盤上に青空を開く……最強の一手を!!

雲外蒼天の一手を!!

放つ──────────はず、だった。

「…………………………………………………………………………………あれぇ？」

て、手が……届かない⁉

摑もうとした駒にギリギリ指が届かなくて、わたしは座布団から落ちそうになる。

「あ、あれ⁉ ば、盤が…………遠い⁉ あれれぇ⁉」

精一杯《いっぱい》手を伸ばしても、指したい場所まで指が届かなくて。午前中はこんなことなかったのに……。

あ！ 誰かが座布団の位置を遠くしたの⁉ 集中してて全然気付かなかった……。

「でも、誰が……？」

わたしが対局室を空けたのは昼食休憩の、しかもほんの短い時間だけ。

対局室に入ったのは、お部屋を清掃してくれる人だけだろう。もしかしたら将棋を知らない宿の人が、わたしと釈迦堂先生の体格差を考えずに同じ距離で整えちゃったのかも……？

『あい。盤に近すぎる』

声が聞こえた。

「…………え？」

それは、ここにいるはずのない人の声で……。

だからわたしはその声がどこから響いてくるのか、すぐに理解した。

それは…………わたしの心に深く刻まれた、記憶の中の声だった。

『せっかく膝を握って軽率な手を指さないようにしてるのに、盤に近づき過ぎてるせいで手拍子で指しちゃってるじゃないか』

『す、すみません師匠…………でも必死に考えてたら、気がつかないうちにどんどん近くなっちゃって……』

『なら座布団の位置を離せばいい』

『ざぶとん？』

『そうすれば近づきたくても近づけないだろ？』

『ああっ!!　なるほどですっ！　ししょーは天才です!!』

『俺が考えたんじゃないよ』
『へ？　じゃあだれですー？』
『師匠から教わったんだ。ちょっとしたコツだよ』
『おじいちゃん先生から？』
『そう。そして師匠はその師匠から』
『ししょうのししょうのししょう……から？』
『繋《つな》がってるんだよ。ずっとね』
『ずっと……繋がる……』
『そういう技術は先輩から教わるか盗むしかない』
そしてあの人はこう言った。
わたしの頭に優しく手を置いて。
『それが、人間同士が将棋を指すって意味だと思う』

「…………師匠…………」


すっかり記憶から抜け落ちていた大切なシーンが溢《あふ》れてきた。

一つ思い出すと、また一つ。そしてまた一つ……。

このタイトル戦のために詰め込んだ定跡《じょうせき》や研究手順によって記憶の隅に追いやられていた、無数の思い出。

師匠が教えてくれた、泥臭くて粘り強い関西将棋が。

空《そら》先生が教えてくれた、冷たくて熱い覚悟が。

桂香《けいか》さんが教えてくれた、努力は必ず報われるということが。

天《てん》ちゃんが教えてくれた敗北の辛《つら》さが。

澪《みお》ちゃんが教えてくれた勝つことの辛さが、綾乃ちゃんの夢に向かう姿勢が、シャルちゃんの天真爛漫《てんしんらんまん》な明るさが……わたしに何かを伝えようとしてくれていた。大切な何かを。

そして、第一局からずっと床の間に掛かっているあの人の揮毫《きごう》からも……。

──思い出そう。わたしの武器を。本当の武器を。

時間はある。

「ふぅう──────…………」

わたしは将棋盤に伸ばしていた手を引っ込めると、大きく深呼吸。

それから──

「すみません！　お腹《なか》がへっちゃったから、何か食べ物を持って来てもらうようお願いしてもらっていいですか？」

手番のわたしが盤側に向かってそうお願いすると、記録係の翼さんはビックリした。

「へ⁉」

「おにぎりとかでいいんですけど」

「あ……うん。いや、はい！　おにぎりを注文ですね⁉」

翼さんは何を思ったのか、中継しているカメラに向かっておにぎりを握る動作をしたり、頭の上で両手を使って三角形を作ったりしている。

「あの、翼さん？　そんなことしなくても、お部屋に備え付けてある電話で注文すればいいと思うんですけど……」

「あ……そっか。ご、ごめんね、あいちゃん…………で、電話、電話……」

「ふふっ」

翼さんには悪いけど、おかげで全身の力みが取れた。

わたしは立ち上がると、座布団の位置を丁寧に調節してから、せっかくだから凝り固まった関節をストレッチ。

運ばれてきたおにぎりをほおばる。

「はむはむ……！　…………ふぅ〜……」

温かいお茶を胃の中に流し込むと、落ち着きが戻って来た。

じんじんと身体《からだ》の奥から痺《しび》れるような心地よさを感じながら、わたしは新しいおしぼりで丁寧に指を拭《ぬぐ》う。

そして気合いを入れて、しっかりと袴《はかま》を握り締めた。

膝の部分だけに大きく皺《しわ》が寄るように。

「…………うんっ‼」

それからわたしは指した。

けれどその一手は、今までみたいに早く勝負を終わらせる手じゃなくて。

「えっ⁉」

記録を取っていた翼さんが思わず筆記用具を落としてしまう。書こうとしていた符号と全く違う手をわたしが指したから。

わたしが選んだのは────２九飛。

飛車を自陣の奥まで引いて勝負を長引かせる、受けの手だった。

「ふっ……」

それまで黙って見ていた釈迦堂先生は息を吐くと、

「やれやれ……休憩中に誰かが座布団の位置を整えたせいで、気付いてしまったようだね？

これは倒すのに骨が折れそうだ……」

言葉とは逆に、楽しそうに笑みを浮かべてそう言った。

その反応で自分が正解手を選んだことを悟る。局面の正解は別にあったかもしれないけれど……それを選んでもわたしは最後に敗れていただろう。

釈迦堂先生が最も恐れるもの。

わたしが持っている、先生に勝てる唯一のもの。それは――

「…………金沢《かなざわ》の空をご存知ですか？」

「うん？」

「北陸って、いつも雲が多くて。雨ばかりだから、あんまり青空を見ることが無くて……」

雲外蒼天。

それは、棋士がよく扇子に揮毫する言葉で。

その言葉通りに、雲を突き抜けた先には、真《ま》っ青《さお》な空がどこまでも広がっていると思っていた。みんながそう言うから。

けれど違うんだ。

わたしが思い描いていた青空は、想像でしかなくて。

そして将棋という道は、そんなに簡単なものじゃない。もっともっと果ての無い、もっともっともっと過酷で、どこまでも終わりのない道で……！

雲を突き抜けてもまだまだ山は高く高く聳えていて！

「だからわたしは天辺を知りませんでした。何も知らずに山を登り始めて、雲を抜けたらそこで終わりだと勝手に思って、息を止めて目を閉じて駆け抜けようとして……」

ぜんぜん違った。

雲を抜けた先には、今までよりも遙かに険しい道が続いていた。

天辺へと続く道が。

「……特殊なのだよ。番勝負というものは」

わたしの言葉を聞いて、釈迦堂先生は言う。

「他の公式戦はほぼ一発勝負。そして対局の期間も空く。しかし短期間で連続して同じ相手と先後を入れ替えて行うタイトル戦は、お互いの棋風や癖《くせ》がどうしても見えてしまう」

わたしは敢《あ》えてそれから目を背《そむ》けていた。

逆に釈迦堂先生はわたしの癖を見抜き、対応した。

当然だよね……番勝負が進むにつれて勝てなくなるのは。

「タイトル戦を恋愛にたとえた棋士がいたが……余はむしろ、師弟関係に近いと思っている。短期間とはいえ生活を共にするのだからな。一緒に旅をし、同じものを食べ、同じものを見て……上位者にとって最も恐れるのは、棋士として積み上げてきたあらゆるノウハウを番勝負のあいだに吸収されることなのだよ」

二九年間無冠になったことのないその人は、言った。

「一局の勝敗など、その恐怖に比べれば芥子粒《けしつぶ》のようなもの。仮にタイトルを失ったとて、磨いた技さえ盗まれねばいつでも取り返すことができるのだから」

高い。そう思った。

――釈迦堂先生や名人がいる境地は……そんなにも高くて透き通った場所なんだ……。

《エターナルクイーン》とまで呼ばれるこの人が恐れる、わたしの持つ唯一の武器。

それは――――成長の速度。

『勝ちたい』

『タイトルが欲しい』

そんな気持ちがわたしの目を曇らせていた。それがわたしの空にかかる雲だった。

わたしは将棋に集中していたんじゃない。

キラキラと目の前に輝く綺麗なものに気を取られて大切なことを忘れてしまっていた……。

けどそれは、宝石なんかじゃない。

紛《まが》い物《もの》のガラス玉だ。

わたしが本当に必要なのはタイトルなんかじゃない。それは手段でしかない。それは結果でしかない。

「…………強くなる」

目を閉じて、わたしは口の中で唱える。

「強くなれば……強くならなくちゃ…………いつまでたっても道は開けない……!!」

雑念を掻《か》き消すように、何度でも口にする。『強くなる』と。

そして再び目を開けると、釈迦堂先生を真っ直《す》ぐ見て、

「わたしは強くなるための最高の機会を自分で放棄しちゃってたんです。せっかく釈迦堂先生に将棋を教わるチャンスをいただけたのに……四局も無駄にしちゃいました……」

後悔はある。

師匠からもっと多くのものを教わればよかったと思うのと同じように。

「けどまだ一局あります！　この一局でわたしは先生を超えます!!」

女流棋士の歴史そのものを前にして、挑戦者《わたし》は叫んだ。


――この山を！　頂を…………超えるッッ!!


「そうだ。余《ここ》が天辺だ」

それまでとは全く違う手つきで、釈迦堂里奈《りな》女流名跡は駒を動かす。

４二銀という、長い長い戦いを予感させる一手を。

「始めようか？　雛鶴あい」

「はいッ!!　よろしくおねがいしますっ!!」

ようやく顔が見えた天辺の人をしっかりと見上げてから、わたしは頭を下げる。

それは本当の、本物の、女流名跡戦が始まる合図だった。

「さあ！『勝負』を始めよう!!」

☖ 元カレ・憧《あこが》れ・親友

『こ、これは予想外の手が出ました！　挑戦者は第一局のように踏み込むのではなく、敢えて持久戦を選びました！』

解説役のプロ棋士が画面の中で驚愕《きょうがく》の叫び声を上げるのを、月夜見坂燎は長良川の岸に立って聞いていた。

聞き手の女流棋士も首を傾《かし》げている。

『評価値は釈迦堂女流名跡に傾《かたむ》いています。雛鶴さんに何か誤算が？』

『うーん……攻めようと思っても何故か弱気な手を指してしまうことは、よくありますからね。大きなものの懸かった将棋だと、特に』

『ではこの将棋を挑戦者が落としたら、敗因はプレッシャーということに？』

『そう言ってもいいのでしょうが……しかし酷かもしれません。小学生の女の子に、そこまでの強い心を求めるのは』

「……わかっちゃねーな」

画面を切ると、月夜見坂は足下の石を拾って乱暴に川へと投げ込む。

「わかっちゃねーよ！　全然わかってねぇ！」

ボチャン！　ボチャン！　ドッボーン‼

次々に投げ込んだ拳大の石は一瞬だけ水面に大きなしぶきを上げるものの、すぐに川はまた静かに流れてゆく。

「…………」

傍《かたわ》らの神鍋歩夢は無言で佇《たたず》んでいる。

二人は川の対岸から、対局の行われている宿の部屋を眺めていた。せめて遠くからでも戦いの場を見守りたいと。

「……なあ。正直に教えてくれよ」

石を投げるのにも飽きた月夜見坂は歩夢に声を掛ける。

「オレも奨励会時代……目先の白星にこだわらず、こんなふうに強くなるために戦ってたら、もっとやれてたと思うか？」

「ああ」

歩夢は即答した。月夜見坂はフッと笑うと、

「オメーも成長したぜ。男としてな」

「どのあたりが？」

そう尋ねた『元カレ』に、月夜見坂燎は答える。

「嘘《うそ》が上手くなった」


「お父さん。見てる？」

二階から降りてきた桂香は、和室でパソコンに齧《かじ》り付いている清滝鋼介《きよたきこうすけ》九段に声を掛ける。

およそ一ヶ月ぶりの父娘の会話だった。

「ああ………」

心ここにあらずといった返事をする父。桂香は怒る気も失《う》せてしまう。

八一《やいち》の前では毅然《きぜん》とした態度で『妻のことを忘れられなかった』などと語ったらしいが……

こうやって画面の向こうの釈迦堂を見詰める姿は未練タラタラだ。

──八一くんもそうだけど、男ってどいつもこいつも……。

「やっぱり素敵ね。釈迦堂先生って」

隣に腰を下ろして一緒に画面を見つつ、桂香は記憶を探る。

「初めて指導対局で教えていただいたのは小学四年生の時だった。今でもはっきり憶えてるわ

「……私が女流棋士を目指そうとした切っ掛けだから」

こんなにも美しくて強い人が、この世にいるんだ……。

テレビで見る女優やアイドルよりも遙かに素敵だった。

まるで夢の中にいたかのようなその指導対局で自分がどんな将棋を指したのか、桂香は全く憶えていない。

一つだけ憶えているのは……その興奮に突き動かされて、あの手紙を書いたこと。

十歳の桂香が、二十歳の桂香へ。

けれど同時に……小六で将棋を辞める決断をしたのもまた、釈迦堂が原因だった。

──仰ぎ見る天辺があまりにも高すぎたから……。

「釈迦堂先生の言葉に『二番目に高い山の名は誰も知らぬ』っていうのがあるでしょ？　一番と二番にはそれだけ大きな差があるっていう……」

どれだけ頑張っても自分は絶対に釈迦堂のようにはなれないと理解したとき、桂香はあっさりと将棋を辞めた。

──一番になれないなら、将棋の世界で自分に価値は無いから。

それは再び女流棋士を目指してからも心の底で燻《くすぶ》り続け、桂香の指し手を曇らせた。

でも。

いま画面の中で釈迦堂と戦っている小学生の女の子が、桂香に教えてくれたのだ。

『将棋が好き』という純粋な気持ちを。

その気持ちさえあれば……特別でなくても、夢を追いかけてもいいのだと。

だから桂香はあいを応援していた。あいの勝利を心から願っていた。

しかし同時に……胸を抉《えぐ》るような寂しさも覚える。

「あの頃の……私が初めて盤を挟んだ頃の釈迦堂先生だったら、きっとここまで勝負はもつれなかったでしょうね。まぐれとはいえ私ですら勝ててしまうほど……今の先生は衰えて……」

「桂香。それは違うで」

「え？」

「里奈ちゃんは今が一番強くて綺麗や。わしと公式戦で初めて戦った頃よりも、今のほうが確実に強い」

画面を見詰める父親の顔は、お世辞など言っているようには見えなかった。

それどころか……三十代の、綺麗にヒゲを剃《そ》った精悍《せいかん》な顔の父親がそこにいて――

「っ⁉ ……………まさか、ね」

ゴシゴシと目を擦《こす》ると、そこにいるのはやっぱりヒゲの伸びた五十男だった。

あいと釈迦堂の対局は日本以外の国の人々も注目していた。

たとえばヨーロッパの某国でも。

『後手が勝つよ！　だってこの女性はすごい数のタイトルを獲得したグランドマスターなんだろう？』

『いいや先手さ！　どんなゲームでも若くて勢いのあるほうが有利なんだもの！』

ネットのおかげでリアルタイムで視聴できる動画配信を見ながら、人々は釈迦堂とあいの対局について熱い議論を交わしていた。

時差のせいでまだ明け方にもかかわらず、小さなノートパソコンの前には人集《ひとだか》りができている。

その中央にいるのは、あいと同じくらいの年齢の少女。

緯度が高いため雪深いその国では、ボードゲームが盛んだった。とりわけチェスのような、二人で対戦するアナログゲームが。

だからその少女が東洋の島国から持ち込んだ、木片を使った珍しいボードゲームが流行するのも時間の問題だった。

少女の社交性もあって、今では百人近い規模の大会が開かれるまでになっている。

『印象論ではなく局面の優劣を論じよう』

瘦身《そうしん》の男性が静かに言うと、それまで騒いでいた人々は一瞬で静かになり、その言葉に耳を傾ける。

男性はチェスのグランドマスターであり、囲碁でも欧州有数の強豪だった。将棋に関してもわずか半年間で高段者の域に達しつつある。

『AIの評価は後手が優勢のようだ。そして私が検討したところ、先手がここから逆転するのは不可能に近い。何か大きなミスを後手が犯すしかないが……このシャカンドという女性の指し手はAIとほぼ一致し続けている。私が先手なら既に投了《リザイン》しているだろう』

誰もが納得して頷き合う。

しかし──

「小さい子が勝つよ」

少女がそう言ったことで再び議論は沸騰した。

この国を訪れて初めてチェスに触れたその少女は、グランドマスターを相手に初対局で引き分け《ドロー》に持ち込むという並外れた勝負強さを見せた。

その圧倒的な才能の煌めきに誰もが引かれたからこそ、少女の持ち込んだ将棋というゲームも流行したのだ。

「あの子はどんな時も絶対に諦《あきら》めないいし、誰よりも早く成長していく。だからあの子が勝つよ」

『なぜそんなにもあの女の子を信じているんだい？　ミオ』

周囲の疑問に対して、少女は明快に理由を答えた。

「だってあの子は……あいちゃんは澪の親友で、一番のライバルなんだもんっ！」

☗全盛期

「小駒《こごま》の使い方が上手すぎる！　歩を使った攻めだけで、どうしてこんなに……⁉」

桂香さんから聞いてたはずなのに、わたしは激しく動揺してしまう。

前にしか進めない、歩。

一つしか進めない、歩。

同じ筋に二つ打つことができない、歩。

全《すべ》ての駒の中で最も多くの制約を持つはずのその駒を使って、まるで魔法のように多彩な攻めを繰り出せることに、わたしは将棋観を覆されっぱなしで。

そして玉座に座った女王のように、釈迦堂先生の玉は５二の地点に鎮座したまま全く動いていない。

逆にわたしは次々と召喚される歩兵たちに追い回されて盤上を無様に転げ回る。

「はぁ……！　はぁ……！　す、すごい……っ‼」

手数が伸びれば伸びるほど、釈迦堂先生はわたしの知らない手筋を見せてくれる。

驚きと恐怖を超えて、感動すら覚えていた。

――釈迦堂先生はすごい！　将棋ってすごい‼

『才能』という言葉にどこか満足している自分がいた。

将棋を覚えて三年未満でタイトルに挑めたことで、いろんな人から天才と言ってもらえた。

だからわたし自身も勘違いしてしまったんだ。

『終盤力』

『読みの速度』

みんなから凄《すご》いと言ってもらえるものが、自分の持っている最高の武器だと。

今もそこに頼ってしまいそうな自分がいて──

「まだッ！　もっと……この将棋は、もっと高い場所へ行ける……!!」

指が肌を突き破りそうになるほどキツく右手で膝を摑んで、わたしはギリギリまで読む。

──直線的に読まない！　もっと広く！　もっと曲線的に!!

詰将棋《つめしょうぎ》で将棋を覚えたわたしは、どうしても狭い局面を一直線に読んでしまう。

けれど本物の将棋盤の広さを、深さを、わたしは釈迦堂先生から教えていただいた。

端歩を突き合うだけで。

香車が一段上がるだけで。

玉が一マス動くだけで──勝敗は大きく変わる。将棋はもっともっと広い！

「ぐぅぅうっ……!!　かあああああああああああああああああッッ!!」

『読み』の限界を超えるため、わたしはわたしの感覚を造り替える。十一面ある脳内将棋盤を叩き壊して。

盤上のありとあらゆる駒と繫がっている感覚。

盤外《こまだい》にある駒たちも支配する感覚。

「ああああああああああああああああああああッッッ!!」

脳内のニューロンを無理矢理繫ぎ合わせるかのようなその作業に、頭が悲鳴を上げる。

投げ出したくなったり、自分の居る場所を見失いそうになるけど――

「もっと……! もっと……!! もっともっともっともっとぉぉぉぉぉ!!」

高みを目指して叩き落とされても地べたを這《は》いずればいい!

泥だらけになって上を目指せばいい!

「もっと泥臭く! もっと熱く!!」

口に出して唱える。何度でも。何度でも!

脳内将棋盤も終盤力も、わたしはたまたま生まれつきそれを持っていたというだけで。

わたしが自分の力で、努力で、身に付けた将棋の血肉は!!

「泥臭く粘り強い、関西将棋!」

わたしの立ち返るべき場所。

わたしが将棋を始めた場所。

「釈迦堂先生が指してきた将棋の数には、まだ絶対に追いつけない。けど――――!!」

幼くて空っぽな自分を認めて、泥の中からわたしは立ち上がる。

目の前の偉大な棋士に一秒でも長く将棋を教わるために。

目の前の小さな少女の中に詰まった将棋の質量に、余は慄《おのの》いた。

その圧倒的な粘り強さに舌を巻く。これが本当に馬莉愛《まりあ》と同じ歳《とし》の少女なのかと。

「…………しぶとい」

「いや。単純なしぶとさではない……これは『捌《さば》き』か！」

局面が進むにつれて激しさを増す駒の交換。

盤上から一瞬消えた駒は、次の瞬間に駒の利《き》きを跳躍《ワープ》して盤上へと出現する。物理法則を捻《ね》じ曲げるかのように、従来の将棋の常識を書き換えていく。

そうして跳躍する駒たちが知覚できぬ『固さ』となって、余の攻めを無効化していた。

──形勢は良い！　良い……はずだが、なぜ届かぬ⁉

攻めが鋭いのは知っていた。

が、ここまで奇抜な受けの力を見せるのは想定外。

居飛車《いびしゃ》党の堅実さと振り飛車《ふびしゃ》党の感性が不思議に混ざり合った、全く新しいオールラウンダーが、目の前にいた。

まるで《鋼鉄の壁》と《捌きの巨匠《マエストロ》》が同居するかのような……。

──あり得るのか⁉　このような将棋が……⁉

将棋千四百年の歴史が今、余の目の前で完全否定されようとしていた。

居飛車と振り飛車という二大命題《テーゼ》が、一人の少女の中で融合していく。

これまで余が培《つちか》ってきた将棋の感覚が全く役に立たぬ。無重力の宇宙へ放り出されたかのように不安定で不確かな未来が、目の前で孵《かえ》ろうとしていた。

「はぁ……はぁ……はぁ…………ふぅぅぅぅぅ！」

脳が酸素を求めていた。

天辺に立ちつづけた余は、その高みで戦うことに慣れていたはず。

——そこを超えて行こうというのか……この少女は……！

一手指すごとに強くなっていく。

余が身に付けてきた技術を吸収して。

——この少女は……雛鶴あいは…………余では測れぬほどの天才だというのか⁉

良い素材だとは思った。

恵まれた家庭に育ち、健康な身体と天性の計算力を備えている。誰もが弟子に取りたいと願う逸材だろう。

しかしだからこそ『優しさ』が溢れていた。

——第一局の対局開始前に余はそれを見抜き……この少女の『底』を見切った。

優しさは驕《おご》りに繋がる。

驕りは油断に繋がる。

油断は見落としに繋がる。

そして見落としは敗北に繋がる。

優しさと傲慢《ごうまん》は紙一重なのだ。女流棋士を下に見ていた古い世代のプロ棋士と同じように、優しい若者は心の中に驕りに似た油断を持っている。

身体的なハンディキャップを得ることで余はそんな優しさや驕りを見抜く目を手に入れた。

——それこそが、余が天から授《さず》かりし将棋の才。

皮肉としか言いようがない。

将棋から逃げられなかったからこそ。勝負と向き合うしかなかったからこそ。余は誰よりも隙《すき》の無い棋風《こころ》を手に入れることができた。

——《浪速《なにわ》の白雪姫》も……銀子《ぎんこ》も余と同じように身体の弱さを心の強さに変えた。

弱さを抱えていたからこそ壁を超えたのだ。

『女である』という、将棋界で最も高かった壁を。

しかし目の前の少女はそんな壁など最初からなかったかのように、軽々と、僅《わず》かな時間で、天辺に至ろうとしている。

——この強さは何だ⁉　この…………心の強さは‼

このような少女が現れることを余は願っていたはずだった。

コンプレックスなど無くても、ただひたすらに将棋を追究し、強くなっていくことができる少女が。

しかしいざそのような完璧《かんぺき》な才能が目の前に現れたとき……余は、自分が激しく動揺することを知った。

──せめて……せめて全盛期の棋力《ちから》が余にあれば……ッ!!

かつて一度として感じたことの無いほどの焦燥に身を焼かれつつ、必死に駒を動かす。

それは、自分の人生を否定される喪失感でも。

自分に持ち得ぬ才能を持つ少女への嫉妬でも。

唯一残されたタイトルを失うかもしれぬという恐怖でもなく。

全盛期の頃に出会っていればきっと……もっと自分は強くなれていたという、もっと前向きな、もっと前のめりな、勝負師としての根源的な衝動。

「熱い」

知らず知らずのうちに口にしていた。

名前の無いその感情を。

「失礼します！　です!!」

貞任綾乃が対局室に入ったのは、ギリギリの均衡を保ち続けていた形勢に大きな差が付いた瞬間だった。

「はぁああああああああああああああッッ!!」

あいは気合いと共に角を切り、さらに敵陣の最奥へ飛車を打ち込む。大駒《おおごま》二枚を駆使して、何とか反撃の糸口を摑もうと。

しかし。

「効かぬよ！」

釈迦堂は黄金の盾を召喚し、あいの打ち込んだ飛車を簡単に弾《はじ》いてしまう。それによって、さらに形勢に差が付いた。

——けど、竜ができた！

あいの目に精気が漲《みなぎ》る。形勢差など感じないほどに。

「この竜を使って………勝つッ!!」

「その前に死ね」

次の瞬間、釈迦堂は先手玉《せんてぎょく》に対して連続王手を開始する。

「ッ!?　ここで決めに来たの!?」

しかもただの王手ではない。六連続王手。駒台の戦力をほぼ全て投入する突然の猛攻！

「ぐうううう……!!」

遂に盤の隅にまで追い詰められる、あいの玉。

そこでようやく釈迦堂は自陣に手を戻す。

「厄介な竜を消しておこうか。この駒は……本当に厄介なのでね。ふふ」

達人の呼吸だった。

「くっ……！」

谷底から這い上がろうと崖の縁にようやく手を掛けた瞬間、その手を踏み砕かれるような絶望感。

——でもまだ飛車はもう一枚あるもん!!

あいは粘り強く耐え続ける。残されたもう一枚の飛車に望みを託し、谷底を泥まみれになって這い回る。

一度は盤の左隅まで追いやられたあいの玉は、今度は右へ右へと追い立てられ、3筋でようやく踏み止《とど》まった。

釈迦堂の玉は堂々と5筋に鎮座したまま。

この玉の動きだけでも形勢の差は明らかだった。

それでもあいの心が折れないのは——玉の行く手を切り開いてくれる大駒の存在。

「こうっ!!」

残されたもう一枚の飛車が後手陣を貫き、竜に成る。

後手陣の最奥に出現したその巨竜は、攻めだけではなく先手玉の逃走路を確保する役割も担っていた。入玉の可能性が一気に高まり、あいの全身に力が漲る。

「竜王か。厄介な駒が……」

釈迦堂は角と金を使ってその竜を何とか仕留めようとするが、あいはぬるぬると指一本で竜を操作し、安全地帯の１一へと潜り込むことに成功。

「逃げ切った！」

「そうかな？」

刹那《せつな》、釈迦堂の手が駒台に伸び――――あいは天地が逆転するような衝撃を受ける。

先手玉の小鬢《コビン》に銀を放り込む、２七銀！

「銀のタダ捨て⁉」

それは、恐るべき一着だった。

釈迦堂が竜を追い回していたのは、この手を成立させるためだったのだ！

「ど、同玉だと……４七飛成で受けが無い⁉　しまッ――――‼」

自陣への竜の利きが消えてしまった影響で発生した手順。この銀を取れば負けると悟ったあいは、よろけるように玉を逃がす。

その瞬間、釈迦堂は再び達人の呼吸で自陣に手を戻し、あいの竜の真横に歩を打って盤の隅に閉じ込めた。

「封印完了だな」

「あっ……⁉」

「将棋が終わるまでそこにいてもらおう」

あいの竜は完全に封印され、しかも玉の目の前には銀という拠点が築かれている。

数手前とは全く違う光景が盤上に広がっていた。

——りゅ、竜が……わたしの竜が……。

もはや取り返すことすらままならない。

先手の最後の望みは完全に断たれた。

「あ……あ、あ、あああ………」

がっくりと畳に右手を突く、あい。

そして女流名跡は最後に慈悲の心を見せた。

「せめて愛する竜王《こま》の手にかかるがよい。雛鶴あい」

釈迦堂は9七竜という手で、盤の反対側にいる先手玉へ王手を掛ける。

「っ……‼」

絶体絶命。

そんなあいをさらに追い詰める言葉が盤側から告げられる。

「ひ、雛鶴先生……これより一分将棋です……」

持ち時間も尽き、投了《とうりょう》する余裕すら無い。

狙撃手《そげきしゅ》に首筋を狙われる恐怖に怯《おび》えながら、それでもあいは必死の抵抗を続けた。一片の希望すら擂《す》り潰された状況で、繰り返される王手を凌《しの》ぐだけの、絶望の時間が続く……。

棋譜を記録しながら、盤側の翼は自分の書いた符号の異様さに思わず声を漏《も》らした。

「……先手『同玉』って、もう何十回書いたっちゃ……？」

あいの玉の生命力に、その粘り強さに、感動すら覚える。

しかし――――形勢はどう見ても苦しい。

既に後手勝勢。自分ならば投げている。

入玉による逆転を得意とする《不滅の翼》の目から見ても、先手玉が敵陣へ逃げ込める可能性は万に一つも無い。

逆に後手玉は５二の地点に鎮座しつつも常に入玉用の逃走路を確保して戦い続けていた。

――この周到さ。強すぎるちゃ……。

どれほど深く読んでも、あいが勝つ順は見えない。翼は歳の離れた友人の無念を思うと、もうその横顔を見るのが忍びなかった……。

けれど翼の隣に座る綾乃は、むしろこの状況で前のめりになっている。

「あいちゃん……！　あいちゃんの視線は、まだ……!!」

「し……せん……？」

翼は棋譜用紙から視線を上げて、あいの横顔を見る。

あいの目は、追い詰められた自玉ではなく——敵陣を見据えていた。

そして駒台から銀を摑むと、

「……王手?」

形作り。

そう思った。あいの打ち込んだ銀は、投了を伸ばす以上の意味を持っていない。

一〇〇手ぶりに釈迦堂の玉が動く。

それは対局の終わる合図だった。女流名跡というタイトルはこの圧倒的な存在の手から永遠に零《こぼ》れ落ちることは無いのだと示すかのように、釈迦堂は打ち込まれた銀を堂々と玉で取る。

「こう!」

あいはノータイムで角を打ってもう一度、王手をかけた。

「……まだ足りぬのか?」

釈迦堂の声に落胆と苛立《いらだ》ちの感情が混ざる。

手数は既に二一〇を超え、女流名跡戦史上最高の熱戦譜となった。これ以上この神聖な棋譜を穢《けが》したくないという思いが滲《にじ》む。この先に美しい局面などもう残っていないと。

それでも、なお。

「こう!」

あいは打った角を引いて、自玉の頭を押さえていた釈迦堂の銀を取る。

「入玉に望みを託したか……最後の最後に幼さを覗《のぞ》かせたな。しかしその余韻もまた、愛すべきやもしれぬ」

そう言いつつ油断なく自玉の先へ目をやる釈迦堂。

竜と馬。先手陣の左右に入り込んだ二匹の幻獣が、女流名跡の逃走路を確保している。詰みは絶対にない。

この局面から負けることは、絶対に、ない。

「……こう……こう……こう……こう……こう、こう、こう、こうこうこうこうこうこうこうこうこうこうこうこうこうこうこうこうこうこう――――」

しかしあいは指し続ける。王手を。

「――――こう!!」

５五歩。

盤の中央、そして後手玉の前にポンと放り込まれた、一枚の歩。タダで取れる歩。

ぞわり。

「っ……!?　こ、この寒気………………うっ!!　お、おぇぇぇぇぇ………!!」

最初に反応したのは翼だった。寒気と吐き気で気が遠くなりそうだった。読みや大局観より先に、本能が反応していた。刻み込まれた恐怖がこう叫んでいた。

──この手は人間を殺せる手だと。

釈迦堂は脇息を握り締めて、上半身を限界まで盤に近づけた。

「この異様な歩の意味は………⁉」

玉を動かして何らかの罠《わな》を仕掛けるという意味。それしか考えられない。

問題は、これを取ったら死ぬのか。それとも避けたら死ぬのかだが……。

──何時間……いや、幾日を費やしても読み切れぬ局面。

おそらく何年後かに不意に結論が思い浮かぶ類いの、人類には複雑すぎる局面。

残り時間は五分。絶対に読み切れない。

考えれば逆に破滅する。ならば──

「余は逃げぬ。あらゆる運命から」

釈迦堂里奈は選んだ。

女王の進路を妨害する歩兵を、後ろに従えた桂馬《ナイト》で討《う》ち取《と》る一手を。

「同……………桂」

翼は吐き気を堪《こら》えながら棋譜にその符号を記す。

次の瞬間、あいは盤に身を乗り出すようにして手を伸ばし、一つの駒を手にする。

摑んだ駒は──竜。

「こう‼」

2二竜。

封印していた金を食い破り遂に竜王が復活したのだ。

その竜は歩で簡単に取れる。取れるが――

「…………………………………………同歩だと、詰み？」

釈迦堂は震えた。

自身の負けが見えたからではない。

あいが盤上に描いて見せた詰みの手順。その、あまりの美しさに……。

「な、なんと……歩の一枚も余らない、のか？……斯様《かよう》な美しい投了図が、これだけの激戦の先に残されていたとは…………‼」

まるで双玉《そうぎょく》の詰将棋だ。

二三手先に待つ己《おのれ》の死に釈迦堂は魅せられた。

「美しい……何を合駒しようと受けきれぬ、絶対的な詰み……」

2二竜という手を、釈迦堂はずっと警戒していた。ゼロ手損《てぞん》で金を補充できるその手を回避するために、金を持たれても詰まない形を選び続けていたはずだった……。

しかし――

「二一三手目に打った4二角の時点で既に、この詰みの形に気付いていたね？　5二馬で、余の玉はどこへ逃れようとも詰むと」

「…………はい。でも、条件をクリアする必要があって……」

「それがあの５五歩か……」

盤上の形勢は必敗。いくら最善手を積み重ねても勝てない。

ならばあいは、相手のミスを誘う必要があった。相手の心理を突いて勝利を捥《も》ぎ取る以外に道はないから。

対局相手を深く深く理解して欺く――――勝負師にならねば。

「先生が選んだ同桂以外だったら……玉が逃げていたら、先生の勝ちは動きませんでした」

「二択ですらなかったな。分が悪い賭けだと思わなかったのかい？」

「いえ――」

あいはきっぱりと告げる。自分がその罠に運命を託した理由を。

「受けるか逃げるかを迫られたとき、釈迦堂先生は逃げる手をお選びになりません」

「っ……！」

ハッと、目を開かされた。

あいは二二〇手という長い長い戦いの中で釈迦堂里奈という棋士を深く理解し、そして最後の罠を張った。釈迦堂にとって『たとえ負けても後悔は無い』という手を見つけ出したとき、盤上真理とは別の場所に勝敗は移っていたのだ。

「…………見事だ。それが人間同士の勝負というものだよ」

そう。釈迦堂里奈は逃げない。

脚の不自由な釈迦堂は、逃げることができないから。

そして高い高い山の天辺には、後退《あとずさ》る場所など存在しないのだから。

「余も一つ、教えておこう」

自らの敗北に誇らしさすら覚えつつ、女流名跡は告げる。

釈迦堂里奈が見抜き、この五番勝負で常に意識し続けていた、あいの癖。自分では気づけない、けれど他者から見れば『これが雛鶴あいの将棋だ』と一目でわかる特徴。

それは――――

「盤上に竜王が存在するとき、雛鶴あいは強くなる。そして決して諦めない」

「ッ……‼」

対局の途中だというのに、あいの瞳《ひとみ》には涙が溢れる。

運命の分かれ道となった第三局。

あいの飛車はずっと2九にいて、3筋にいた釈迦堂の玉を牽制するだけの役だった。最後まで竜に成ることはなかった……。

けれどこの将棋では、何度も竜が出現し。

そして決め手になってくれた。あいの勝利の……。

「盤の隅に閉じ込めて満足したのが敗因だったよ。さっさと消しておくべきだった。ね？」

コツン、と拳で頭を叩いておどける釈迦堂。

少女のようなその振る舞いに、泣いていたあいも笑ってしまった。

「もっとも、視線が常に竜に行く癖は直したほうがよい。2二竜を狙っているのがバレバレだったぞ？」

「釈迦堂先生だって、歩を集めるのが好きすぎです！　今だって九枚も駒台に集めて」

「……駒得《こまどく》は裏切らぬ。それだけさ。別に歩が好きなわけでは……」

プイッと横を向いて頰を膨らませる釈迦堂。あいは今度こそ噴き出してしまった。

その時だった。

釈迦堂里奈の視線が、川の向こう岸に佇む一人の青年を捉《とら》えたのは。

「ああ…………」

眩しそうに目を細める。

沈みゆく夕日が水面を黄金色に輝かせ、日没前の一瞬を神々《こうごう》しく彩《いろど》っていた。

「美しい……斯様に美しい瞬間だったのだな。余が無冠になる瞬間とは……」

そして釈迦堂が居住まいを正し、その右手を駒台に翳《かざ》そうとした――寸前。

「釈迦堂先生」

挑戦者は問いかける。

「先生の全盛期は、いつですか？」

「余の……全盛期？」

意外過ぎるその問いに投了するのも忘れて、釈迦堂は答えを探す。

「どうであろうな？　女流タイトルを全冠制覇した頃か、それとも《殺し屋》と呼ばれプロ棋士を相手にしても負けぬと思っていたあの頃か……少なくとも既にその期間は過ぎ去っている。疾《と》うの昔に、な」

「…………」

「とはいえそれで、其方《そなた》の手に入れるタイトルが色褪《いろあ》せるわけでは――」

「そっか……先生はずっと床の間を背負って戦って来たから、それが見えないんですね……」

「それ？」

タイトルを保持し続けた釈迦堂は、常に上座に座り、床の間の掛け軸に背を向けて座り続けていた。

だからあいに指摘されたその時、初めてそこに掛かっている軸を見たのだった。

「……あっ⁉」

釈迦堂里奈は後ろを振り返り、初めてその軸を見た。その軸に揮毫された言葉を。

そして……揮毫した人物の名を。


『俺の全盛期は明日』


明日。

年老いた者が恐れるべきそれをむしろ可能性と捉える、あまりにも前向きであまりにも能天気なその言葉を書いたのは――

「鋼介さんの揮毫……そうか……余はずっと、これに気付かなかったのか……」

釈迦堂は愕然《がくぜん》とした。

あれだけ憧れ、今も自分の心に住み続けていると思っていた清滝鋼介。

少し前の釈迦堂であれば絶対に気付いただろう。仮に名前が書いてなくてもそれが誰の手によるものかはすぐに気がついたはず。

自分の恋が疾うの昔に終わっていたことを、釈迦堂は悟る。

「わたしの大師匠は……清滝鋼介九段はいつも言ってます。『明日はもっと強くなってやるんや！』って。『若々しさを解き放つんや！』って」

あいは再びこう問いかける。

「釈迦堂先生の全盛期だって、きっと明日です。そうでしょう?」

「いや、余はもう――」

なお言葉を濁す釈迦堂に対して、あいは吠《ほ》えた。

「これだけ強い将棋が指せるのに衰えたなんてそんなの嘘です! わたしの全盛期は今から始まるんです! わたしは一番強い釈迦堂里奈を倒してタイトルを手に入れるんですっ!!」

駄々っ子のように雛鶴あいは叫び続けた。

「だから釈迦堂先生も、明日が一番――綺麗《つよく》になりますっ!!」

無茶苦茶な理屈だ。それは言っているあいが一番よくわかっている。

それでもあいは言い続ける。

続けることしかできないから。心が折れた瞬間が本当の敗北だから。一番大切な人にそう教えてもらったから。

「だから……ああ……だから…………!!」

涙すら流しながら、あいは伝えようとした。

不器用な自分がもどかしかった。

馬莉愛に頼まれたことをもっとスマートにできたらと思う。

かつて八一が授けてくれた『勇気』というものを、自分も同じように誰かに与えられるようになりたかった。

それが――雛鶴あいという棋士の目指す、天辺だから。

「…………全盛期…………か…………」

掛け軸から窓の外へと視線を戻した釈迦堂は、

「鋼介さんの孫弟子に背中を押されるとは……ふふ！　余は本当に幸せだ。こんなにも幸せになる予定ではなかったのだがな……」

「…………」

「ならばいっそ…………もっと幸せになってみようか」

「っ！」

弾かれたように顔を上げたあいに、かつて《殺し屋》と呼ばれたその女性は微笑《ほほえ》む。

「後を頼む」

「はい！　預からせていただきます」

あいは深々と頭を下げた。

その瞬間、二九年間ずっと一人の女性の頭上にあり続けたタイトルが、十一歳の少女の頭上へと移る。

立ち会った翼と綾乃は呆然《ぼうぜん》とその様子を眺めていた。

歴史が変わる瞬間にしては、あまりにも和《なご》やかで、あまりにも幸せそうだったから。

「あっ！　せ、先生……これを……!!」

身支度を調え始めた釈迦堂を見て、記録係の翼は慌てて書き上げた棋譜を手渡す。

「ありがとう。《不滅の翼》よ」

「い、いえ！　こ、ここ、こちらこそ…………あの………」

少しだけ迷ってから、翼は意を決したように、

「……しゃ、釈迦堂先生には、ずっと申し訳なくて………私は、奨励会で結果を残せなかったから………」

「……」

「でも、女流棋士になる道を先生が残してくれていたから、今もこうして大好きな将棋と関わることができて。あいちゃんみたいなお友達もできて。だから——」

岳滅鬼翼は深々と頭を下げながら、こう言った。

「ありがとうございます。私に将棋を残してくださって」

頭を下げ続ける翼を苦しそうに見詰めながら、釈迦堂は声を絞り出す。

「………余は、其方に辛い思いをさせてしまった。其方だけではなく、見込みのある他のたくさんの少女たちにも………」

「そ、それは……自分で選んだことですから。だから釈迦堂先生を恨むなんてこと……無い、と思います。私も…………空さん、も……」

翼が『空さん』と言ったとき、あいの肩が微《かす》かに動いた。

「お疲れ様でした。もう……先生が背負う必要は、無い…………です」

頭を上げると、翼はそう言って笑顔を浮かべた。

女流棋士になってようやく取り戻した、不器用な笑顔を。

その笑顔から釈迦堂は目を逸らすが……頰には光るものがあった。

そして翼の隣でかしこまる綾乃に、優しく語りかける。

「すまないね。せっかく観戦記を書いてくれているのに、感想戦もしないで消える悪い大人を許しておくれ？」

「いいえ！　必要なことは十分過ぎるほど見せていただいた……です」

でも！　と綾乃は訴える。

「うちはまだ、今日の将棋をどう表現したらいいのかわからないのです。だから……だから釈迦堂先生には、これからもたくさん将棋を見せていただきたいのです。歩き続けてほしいのです。これからも、ずっと……！」

「…………ありがとう」

そう言って頷くと、女流名跡だった女性は、不自由な脚を引きずるようにして部屋を出て行った。

◯ 歩む

宿を出ると、釈迦堂は杖《つえ》を突いて川へと向かう。

ずっと座り続けていた脚は、ほとんど力が入らない。二百手以上もの激戦の後だけあって、杖を握る手も痺れている。

「くっ……！」

けれどなぜか、不思議な力が身体の奥から湧き出してくる。全盛期の頃のように。だから前に進むことができた。

「…………いた…………」

そして大きな橋の前に辿《たど》り着いた時、見えたのだ。

向こう側から一人で歩んでくる青年の姿が。

釈迦堂は杖を握る手に残った力を全て込めると、駆け出した。

――なんと。まだ余は走れたのだな。

そんなふうにして急いで動くことなどもう二十年以上もしたことがなかったから、すぐに息が切れ、心臓はドキドキと破裂しそうだ。

橋の向こう側からは歩夢が必死に駆けてくる。

そしてあと少しというところで――――脚がもつれた。

「おっ？　……とと」

転びそうになる師を、弟子が慌てて受け止める。

「マスター！」

「ふふ……やはり全盛期にはほど遠い、か」

転びかけた拍子に落としてしまった杖の代わりに、すっかり逞《たくま》しくなった歩夢の腕にすがり付いたまま、釈迦堂は自嘲《じちょう》した。

やはり自分は老いたのだと。

「頓死《とんし》してしまったよ。其方の順位戦とは逆の結果になったな……不甲斐《ふがい》ない師匠を笑っておくれ？」

「……いえ。我も同じ手を読んでおりました。同桂で勝てると」

「そうか。では師弟揃《そろ》って頓死したのだね？」

負けたというのに釈迦堂は嬉《うれ》しそうだった。

駒が複雑に入り乱れた局面でどこから読み始めるのか。どの手に運命を託し深く読むのか。

棋士の個性はそこに最も出る。

人によってはそれを第一感と呼ぶ。センスと呼ぶ棋士もいるだろう。

けれどもし、それを魂と呼ぶのであれば。

この二人の魂は確かに似ていた。

「…………名人になります。歴史に名を刻むほどの名人に」

歩夢は言った。あのプロポーズと同じ言葉を。

そして今回は続きがあった。

「しかしいずれ失冠する時が来るでしょう。地位や肩書きは永遠のものではありません」

「そうだね。たった今、余がそれを証明した」

「その時に、こうして……貴女《あなた》に側《そば》にいて欲しいのです。名人であろうとなかろうと、ずっとこうして共に支え合って生きていきたいのです」

名人になったら結婚して欲しい。

そう言われたとき、釈迦堂は喜びよりも怒りを覚えた。では名人になれなかったら？　名人ではなくなったら？　そうなったら自分が歩夢を捨てるとでも？

そんなふうに腹を立てた時点で答えは出ていたのだ。

足りないのは自分の勇気で……。

その勇気は、ついさっきタイトルの代わりに手に入れた。

「我が師よ」

神鍋歩夢は跪《ひざまず》くことなく、釈迦堂を自分の腕で支えたまま、こう問いかける。

「共に歩んでいただけますか？　永遠に…………共に」

「…………………」

釈迦堂は答えない。

やがて、沈みゆく夕日を眺めながら、こう言った。

「……この五番勝負で痛感したよ。一人で移動するのは骨が折れる。優秀な弟子が何もかもしてくれていたので、いつのまにか一人では何もできぬ身体になってしまっていたからな」

「……？」

「その弟子がタイトル戦の前にあのようなことを申すので、余は本当に苦労したのだ。わかるか？　余がどれだけ思い悩んだのか。将棋どころではなかったのだぞ？」

「そ、それは失礼を……」

「まだわからぬのか？　大天使の話を聞いたときにも思ったが、名人級の朴念仁《ぼくねんじん》だな！」

そして釈迦堂里奈は言った。

夕日で赤く染まった頰を、少女のように膨らませて。

「余も、其方を手放したくない」

共に歩もう。我が愛しき騎士よ——

☗もう一人の棋譜

検討室は騒然としていた。

「どうなった⁉　詰んでるのか詰んでないのか⁉　どっちだ⁉」

「何か喋《しゃべ》ってるみたいだぞ⁉　手番は釈迦堂女流名跡だろ⁉　投了したのか⁉」

「時計はまだ動いたままです！　投了はしてないはず‼」

「ソフトの評価値は互角に戻って……ええ⁉　ご、後手がいいの⁉」

「今度は先手勝勢ってなってるぞ⁉　壊れてるんじゃないのか⁉」

厨房でコップに水を汲《く》むと、俺はそれを持って一人で対局室へと向かっていた。

その途中で検討室の前を通ったらこの騒ぎだ。

みんなパソコン画面に表示される数字に振り回されていた。

ソフトでの検討に慣れ過ぎてしまった人々は、あの局面を見ても形勢判断が付かなくなってしまったらしい。

確かに難しい局面だ。今までの人類の将棋には現れない終盤だし、ソフトにとっても読みの盲点になるほど深い部分に結論が隠されている。

現時点でその結論に至ることができるのは、俺と――

「やったたな。あい」

コップを握る手に思わず力が入る。

あいは必ず答えに……詰みに行き着いているはずだった。尻尾《しっぽ》の先にくっついていた最後の殻を破り、遂に飛び立った雛鳥。

「強くなったな……本当に……」

対局室へと繋がる廊下を俺は一人で歩いて行く。

進めば進むほど静寂と緊張が支配していく聖域へ向かって、コップ一杯の水を運んでいく。

必ずあの子はこれを必要としているから。

詰みを読み切ってタイトル戦に勝った後は…………とても喉《のど》が渇くから。

――この水を渡して仲直りしよう。

もう、あの子は一人前の棋士になった。タイトルを獲得したんだ。小学六年生で。

ご両親と約束した『中学卒業まで』という期限より四年近くも早く。

その約束を果たしたことで、あいはずっと女流棋士でいられる。

俺たちは本物の……永遠の師弟となった。

――だったら早く仲直りしたほうがいいもんな。

また一緒に暮らすのか、それともあいは東京に住み続けるのか、それは仲直りしてから話し合えばいい。

「何なら天衣《あい》と一緒に三人……いや晶《あきら》さんも含めたら四人か。みんなでルームシェアしたっていいもんな。部屋だって余ってるし」

廊下の途中にあったソファに腰を下ろしながら、今後のプランを考える。

対局室に入る必要は無かった。

あいが俺に水を渡してくれた時のように、俺もここであの子を待つ。そうすれば必ず俺たちは出会うことができる。あの時のように、また。

詰みだけではなくそんな未来まで見ることができた。

「っと、そうだ。天衣だよ天衣」

あいの対局が終わるまでまだ多少時間があるだろうから、先に向こうの結果を確認しておこう。

「そろそろあっちも終わった頃だよな……?」

俺はソファの脇《わき》にあるサイドテーブルにコップを置くと、ポケットからスマホを取り出して棋譜中継を見る。

【終局】　女王戦第五局　戦型《せんけい》不明　登龍花蓮《のぼりょうかれん》三段　―　夜叉神《やしゃじん》天衣女流二段

やはり天衣の対局はもう終わっていた。

フルセットになり、振り駒が行われ……後手を引いている。けれど作戦家の天衣にとって先後はあまり気にならないだろう。

それよりも俺が気になったのは――

「……戦型不明？」

確かに天衣の技は多彩だ。

角頭歩《かくとうふ》のような奇襲も好んで放つが……正念場でそれを出すか？

「姉弟子とのタイトル戦で千日手《せんにちて》になったときは振り飛車を居飛車に戻したりしたけど、あれは千日手指し直しだし、そもそも千日手局になった角頭歩だって二度は出せない類いの奇襲だった。それをまたやるとは考えづ…………ら、い…………？」

棋譜を表示させた瞬間。

俺はそれに引き込まれた。一瞬で。

「…………は…………？」

今までに見たこともない将棋がそこにあった。

形容する言葉すら無いほど不可思議な駒の配置の連続が俺の脳髄を刺激する。他の全てをシャットアウトして思考が将棋に没入していく。

「な、ん…………だ？　こ……れ…………は…………？」

その将棋をたとえるならば、そう。

未来の将棋。

しかも十年や二十年そこらじゃ辿り着けないほど遠い遠い未来から届けられたタイムマシンみたいなその棋譜は、俺の興味と関心を一瞬で強奪《ごうだつ》した。

もう勝敗なんてどうでもよかった。

気がつけば遡《さかのぼ》って天衣の棋譜を全て見ていた。

第一局でもう天衣は未来の片鱗《へんりん》を示していた。だがそれは数年で……二局目になると明らかに現代とはかけ離れている。部分的な手筋ではあるものの、確かにそれは俺を含む全ての棋士が見たことのないもので。

天衣が一人で辿り着いた…………わけがない。

どんな天才でもこんなふうに階段を十段も二十段も飛ばせるわけがない。たった一人でこんなふうに時計の針を進めることができるなんて、そんなことはあり得ない。

けれど現実に天衣はそれをやっていて。

本当にこんな将棋をあの子が指せるのだとしたら――

「………………行かなきゃ………………」

スマホを握り締めたままソファから立ち上がる。

俺はそこを目指して歩き始めていた。

手に持っていたコップをどこに置いたのかすら忘れて。

☖　一杯の水

「…………よかった……」

その呟きを、集まった記者の人たちは誤解した。

「初タイトル獲得にホッとされたんですね!?」

「女流名跡戦史上最長手数《さいちょうてすう》の激戦を制して出た『よかった』！　最高のコメントです！」

「あ、いえ…………あの……」

橋の上を、釈迦堂先生とゴッド先生が、支え合って歩いて行く。窓からその様子を見て思わず口から漏れた言葉だったんだけど……。

わたし以外の誰も、窓の外になんて目を向けてなくて。それどころか釈迦堂先生が退席していたことすらも、そんなに気にした様子がなくて……。

みんながじっとわたしの言葉を待っている。

世界が一変していた。わたしは何も変わっていないのに。

「続きの質問は記者会見でお願いします！」

連盟職員さんが退室を促して、ようやく質問や撮影から解放される。

わたしと、記録係の翼さんだけが部屋に残った。

強烈な喉の渇きを覚えて盤側に目をやると、ペットボトルも水差しも、全てが空になっている。あれだけあった水分をみんな自分が飲み干したのが信じられない。

それでもまだ喉が渇いていた。全身がヒリつくほどに……。

「あいちゃん……だ、大丈夫？　なにか持ってこよう……か……？」

「……ありがとう翼さん！　もう大丈夫」

心配してくれる友達に笑顔でわたしはそう言った。本当はぜんぜん大丈夫じゃないけど……

咄嗟《とっさ》にこう思っていた。

——もう誰にも底を見せちゃいけない。

釈迦堂先生が纏《まと》っていたタイトルという鎧《よろい》を受け継いだわたしは、ずっとそれを身に付けて生きていくことになる。言葉で教えてもらったわけじゃないけど、将棋を指す中でそれを理解していた。だから笑顔のままでわたしは言う。

「あと少しだけ一人でここにいて、いい？」

「わ、わかった………じゃあ、さ、先に……行ってる、から………」

そう言うと、翼さんは記録用の道具を持って立ち上がる。

それから部屋を出る直前に、深々と頭を下げてこう言った。

「お先に失礼します………雛鶴女流名跡」

誰もいなくなると、一気に室温が下がったような気がした。

ひんやりとした空気が心地いい……。

「ふぅう――――――…………………」

深呼吸して、最後の仕事に取りかかる。タイトル保持者としての仕事に。

盤の下から駒箱を取り出すと、美しい投了図を崩し、駒を集めて駒箱に仕舞う。

最後にキュッと駒袋の紐《ひも》を締めて、盤の中央に安置すると――

「……ありがとうございました」

一人で礼をして、また深呼吸。

全てを出し尽くして空っぽになった身体の中に新鮮な空気を入れて、わたしは立ち上がる。

けれど身体は風船みたいに軽くなってはくれなくて。

「はぁ…………はぁ…………はぁ………………………ぁあっ⁉」

乱れていた袴を踏んづけて、廊下で転んでしまう。

小さなボールみたいにころころと床を転がっていく。

――早く起き上がらなくちゃ……‼

こんな姿を誰にも見せちゃいけない！　わたしは強いタイトル保持者として振る舞わなくちゃいけないんだから！

――釈迦堂先生みたいに、あんなふうに常に余裕を持たなくちゃいけないのに……‼

けど、身体が言うことを聞いてくれない。

さっき決意を固めたばかりなのに……この弱い身体が反応してくれなくて。

「うっ……く………ぁぁぁ………!!」

タイトルを獲ったっていうのに地べたに這いつくばっている自分が滑稽《こっけい》で、哀れで、思わず泣きそうになる。

「あ………れ？」

顔を上げると……廊下の隅に置かれたソファが見えた。

正確には――ソファの横にある、サイドテーブル。

その上に置かれていたものが、わたしの目に飛び込んできて……心の中で想いが爆発《ばくはつ》した。


コップ一杯の水。


すぐにわかった。誰がそこに置いてくれたのか。誰がここに来てくれたのか。

「し………しょ、う………？」

気がつけばわたしは立ち上がり、そのコップを両手で摑んでいた。

「師匠………師匠………!!」

あの人が同じように廊下に倒れていたとき、わたしは同じように一杯の水を渡した。

そしてあの人はこう言ってくれた。

『お礼に何でも言うことを聞いてあげるよ』

だからこのお水は、師匠からのメッセージ。

ずっとずっと……わたしを見守ってくれていたというメッセージ。わがままなわたしを許してくれるというメッセージ。

そしてあの人がここにいないというのは、これからも見守ってくれるという、あの人からのエール。

それは何にも勝る、タイトル獲得のご褒美だった。

「ありがとうございます…………師匠…………っ‼」

涙が止まらなかった。

コップが溢れてしまいそうなくらいたくさんの涙が頬を伝う。薄暗い廊下の片隅で、ガラスのコップを握り締めたまま、わたしは泣き続けた。

戦いは終わらない。

むしろわたしの選んだ戦いは、ここからが本番だった。今、スタートラインにようやく立てたのだ。

そしてタイトルを得た以上、もう引き返すことなどできはしないのだ。

こうして座っていても膝が震えそうになる。

「…………けど、やらなくちゃ」

コップを強く握り締めて、わたしは呟いた。

ガラスの中に残った水が大きく揺れている。

手がブルブルと震えていた。

全盛期の釈迦堂先生を……《殺し屋》と呼ばれたあの人を倒せたのなら自分にだって不可能じゃないと奮い立たせてみてもまだ、震えは止まらなくて。

「もっと……もっと強くなろう。強くなればきっと、道が開けるから」

何度も何度も自分に言い聞かせる。強くなれ。強くなれ、雛鶴あい。こんなところで震えてる場合じゃない！

コップの水を勢いよく身体の中へと流し込んで、わたしは再び立ち上がる。

薄暗い廊下はずっと先まで続いている。

タイトルを得たことでわたしの前には道が開けた。

この先に待っているのはきっと、一瞬の油断も、ほんの少しの甘えすらも許されない、この地上で最も過酷な戦場だ。

——でも、今だけは………甘えてもいいですよね？

空になったコップにそっと口づけをして、わたしは囁《ささや》いた。

涙と一緒に溢れて止まらないこの想いが……どこかに零れてしまわないように。

「好きです…………師匠……」

☗百年後の少女

その丘の上に少女はいた。

「あら。来てくれたの?」

黒い服を纏ったその少女は俺の足音を聞くと、こっちが声を掛ける前に立ち上がってそう言った。

神戸《こうべ》の街を見下ろす小高い丘。

常に強い風が吹くその場所を、俺はもう何十回と訪れていた。

けれど今、その場所も……そして黒い墓標の前に佇む少女も、俺が知っているはずの存在とは違って見えて……。

「……棋譜をお供えするつもりだったんだ」

少女と、そしてその背後にある墓標に向かって、俺は言った。

そこには少女の両親が眠っている。

「お前がタイトル戦は見るなと言ったから、終わってからまとめて棋譜を見て、結果と一緒にその将棋をご両親に報告しようと思ってた。だから俺が初めてあのダブルタイトル戦の棋譜を見たのは――――」

「あいの将棋が終わってから、でしょ?」

まるで見てきたかのようにその少女は正解を告げる。

遙か遠くで起こった出来事だというのに。

「そして私の将棋を見た瞬間、あなたはあの子を捨てて私のところへ来た。全てを投げ出して
……でしょう？　八一」

「どうして……」

どうしていつもいつもそんなふうに言い当てられるんだ？　そう問おうとして、言葉を飲み込む。

いや。この少女なら。

見ていたとか見ていなかったとかじゃなく……これから何が起こるのかを全て言い当てることくらい造作も無いはずだ。俺のこの、荒唐無稽《こうとうむけい》な考えが正解ならば。

「…………お前…………」

その小さな女の子に向かって俺は尋ねた。

「お前は…………本当に、天衣……なのか？」

「あは」

少女の顔が歓喜に染まる。

　そして両腕で身体を抱え、身をよじりながら、大笑いした。

「あはは」

　少女は笑い続ける。涙すら流しながら。

「さすがね師匠！　あなたならきっと気がつくと思っていたわ！　あなたなら‼」

「……」

「他の誰もが私の姿形に惑わされてしまう。けど、あなたは私の将棋しか見ていない。だから気付くと思っていたわ……ま、私としてはもう少し外見にも興味を持って欲しいんだけどね！」

「……晶さんを使ってお前が始めた事業と関係があるのか？」

　確信が持てないまま、推測をぶつけてみる。

「個人用のパソコンじゃなく、企業が使う大規模なサーバーを使って将棋ソフトを動かすとか……そういうことなのか？」

　天衣は目尻に浮かんだ涙を細い指で拭うと、俺の手を掴んだ。

「来て。八一」

　少女に手を引かれ、俺は丘を下っていく。

☖　切符

東京の片隅にひっそりと佇む……はずの旅館はその日、異様な熱気に包まれていた。

いったい何が行われるのかと道行く人々は興味を持つが、それが将棋のイベントだと知ると誰もが意外そうな顔をする。

『女流名跡戦就位式』。

全館貸し切りで行われるそのイベントに集まった人々の数は、何と三千人。

将棋界では前代未聞の規模だった。

ましてやその式典の主役が、まだ十一歳の、小学六年生の女の子だとあっては……。


「よいっ……しょ！　これで大丈夫だよね？」

姿見の前でくるりと後ろを向いたあいは帯の具合を確かめる。

二重太鼓を大きめに。

日本一の旅館と名高い『ひな鶴』の女将《おかみ》である母親から直々に叩き込まれた着付けの技は完璧だ。

「礼装だと、お太鼓って大きく結ぶんだよね？　あんまり大きくすると七五三みたいに見えちゃうかなぁ……？」

タイトル戦を経験したことで着付けの技術も向上した。

けれどそれはいわば戦闘用の技で、就位式のような華やかな場で求められる着付けとはまた別だ。

「もぉーっ！　今日くらいお母さんがやってくれたらいいのに！」

タイトル戦の間は『甘えが生じないように』一人でやれと言われたが、就位式くらいは甘やかして欲しいと、あいはぷんぷん頬を膨らませる。

今日は対局の時のように袴は必要ない。

そして正座することもないから帯は少しキツ目にした。

「タイトル戦を五局も指したら、少し太っちゃった……痩《や》せる人もいるのに、どうしてあいはこうなっちゃうのぉ？」

生まれ持った体質を呪《のろ》う。銀子と天衣は痩せるタイプだと聞いたことがあったから……。

「あ、あいのせいじゃないもん！　お父さんとお母さんの遺伝で――」

『入ってもいいかい？　あい』

部屋の外からその父親が呼びかけてくる。

「はーい！」

鏡を見たまま、あいは大きな声で返事をした。

「ねえお父さん！　お母さんはどうして今日、着付けをしてくれな…………い…………」

髪飾りを付け終わると、両親のほうを振り返り——

それが視界に入った瞬間、あいは言葉を失った。

「お、おかあさん……それ…………？」

今から思えば、予兆はあった。

第一局で着付けをしてくれた時、洋服を着ていたこと。苦しそうな表情を浮かべていたこと。

それ以降ほとんど顔を合わせることもなかったこと。

あいが連敗して苦しんでいるときにすら声を掛けてくれなかったこと……。

「そっか……わたし、本当に周りが見えてなかったんだ……」

母親の——雛鶴亜希奈《あきな》のお腹が、大きくなっていた。

「……心配させないよう、今まで黙っていました」

「と、言っているけどね」

口ごもりながら説明しようとする亜希奈に代わって、父の隆《たかし》が言う。

「本当はお母さんがあいのことを心配しすぎてお腹の子に影響しないよう、お父さんが止めていたんだ。対局を見に行ったり、あいの様子を見たりすることを」

あいも亜希奈も、まだお互いの目を見ることができない。

「寂しい思いをさせたね、二人とも」

隆が口にした説明を、あいはほとんど聞いていなかった。

「お母さん………」

驚きと、そしてもちろん喜びもある。

ただ、あいの頭に真っ先に浮かんだのは――――――後悔と罪悪感だった。

「……ひとつだけ、聞いていい？」

「ええ」

「もしかして………もしかして、この子は………わたしの代わりに『ひな鶴』を継がせるために？　わたしが女流タイトルを獲って約束を果たしちゃったから――」

「それは違うわ。あい」

きっぱりと、けれど優しい口調で亜希奈は言った。娘の目をようやく見ながら。

「むしろ逆なのよ」

「ぎゃ……く？」

「将棋と出会ったことで、あなたは私たちが考えていたのとは全く違う道を歩き始めました。それによって将来のプランが崩れたのは事実です。親として考えていた娘の将来が」

「………」

「あなたが家を飛び出して大阪《おおさか》に行ってからの毎日は、ハラハラすることの連続でした……」

母は振り返る。激動の二年間を。

「若い男の人と同居を始めたかと思えば、その歳で大人と真剣勝負を繰り広げる。そんなあなたが将棋で出会った人々と、私たちも交流を持つようになって……」

八一の兄を社員として雇ったことや、銀子と天衣のタイトル戦を『ひな鶴』で行ったように、両親は将棋界と関係を深めている。

——もし……そのことを重荷に感じてたら？

その考えは、あいの心を縛った。本当にこのまま前に進んでいいのかと。

——だってこの先……もっともっと迷惑を掛けちゃうから……。

しかし母の答えは、あいの予想外のものだった。

「それがね？　とっても楽しかったの！」

「へ……？」

将棋に出会うまでのあいは大人しい優等生だった。

親の言いつけに背くことなど一度もなく、幼い頃から家の仕事を当たり前のように手伝い、習い事も全てこなして優秀な成績を収めた。

「そうやって言いつけに従う娘より、言いつけを破って親の想像を遥かに超えていく娘のほうが何万倍も魅力的だった。だから思ったの。もう一人、そんな子供を産みたいと」

「私たちは今まで忙しすぎたんだ」

妻の肩に手を置いて隆は言う。

「『お客様の幸せが私たちの幸せ』と考えて、自分たちのことを犠牲にし過ぎていた。いや、自分だけならいいが、子供をも犠牲にしようとしていた……」

「お父さん！　わたしは犠牲になっただなんて思って――」

「わかってる。あいは将棋が好きになっただけと言ってくれる。それは嬉しいけれど、私たちもそこに甘えてはいけないんだ」

頑固な職人の顔を覗かせながら父はきっぱりと言い切った。

「それに将棋界を見ていると、血縁に拘《こだわ》ることに疑問を感じ始めてね。技術や志は血が繋がっていなくても継承できる。私たちの次にこの『ひな鶴』を担うのは私たちの弟子であればいい。それがお客様のためにもなるんだから」

「あなたが将棋に出会ってくれたことで私たちも気付くことができたのです」

立ち尽くす娘を優しく抱き寄せながら、亜希奈は言った。

「本当の幸せが、どういうものなのかを」

「…………わたしが…………」

大きな瞳を潤ませながら、あいは言葉を絞り出す。

「わたしが……将棋に出会ったことが……お父さんとお母さんを幸せにしたの？　ほ、本当に……そう思っても、いいの……？」

「そうよ」

あいの手を取って、自分のお腹にそっと触れさせて、亜希奈は優しく言う。

「この子が私たちにどんな驚きをもたらしてくれるのか……それを想像するだけで今からワクワクしているわ。お姉ちゃんみたいな子になって欲しいと」

「…………おかあ……さん…………！」

あいはポロポロと涙を流す。

そして両親に強く抱きつくと、絞り出すようにこう言った。

「おとうさん、おかあさん…………ありがとう。わたしの……わがままを聞いてくれて……」

家族三人……いや四人で抱き合いながら、娘は伝えた。

ずっとずっと伝えたいと思っていた言葉を。

「ありがとう。わたしを…………わたしたちを、産んでくれて……！」


少しだけ目元の化粧を直した後、雛鶴あいは煌びやかなステージの上に立った。

『就位状』

そう書かれた大きな和紙を掲げて。無数のフラッシュと拍手を浴びながら。

就位状を手渡してくれた月光聖市《つきみつせいいち》会長も隣で拍手をしていた。

その隣には黒塗りの盆を捧《ささ》げ持つ男鹿《おが》さ さり女流初段。

いつかステージの下から仰ぎ見た、師匠である九頭竜八一竜王の就位式と同じ光景。

そこに今、あいは立っていた。

——これが……師匠の見ていた景色なんだ……。

会場に集まった人々の顔が意外なほどはっきりと見えた。

ステージから最も近い場所には将棋関係者が集まっている。視線を少し下げれば、懐かしい顔がたくさん見えた。

泣きそうな顔で拍手する桂香。

その隣で号泣している大師匠の清滝鋼介。

今もペンを握って、あいの晴れ姿を文章にしようと必死な綾乃。

その隣で楽しそうに写真を撮るシャル。

研修会幹事としてあいを育ててくれた久留野《くるの》七段。生石《おいし》九段と娘の飛鳥《あすか》も銭湯を閉めてまで祝福に来てくれている。そして生石の隣には山刀伐《なたぎり》の姿もあって、こっちに向かって小さく手を振ってくれている。

東京で新しくできた友達の、岳滅鬼翼と恋地綸《こいじりん》。

女流名跡リーグで競い合った月夜見坂燎と供御飯万智。

他にも、ベテランの女流棋士たちの姿があった。家事や育児で忙しい彼女たちが自分のために割いてくれた時間がどれほど貴重か、今のあいは十分に理解している。

釈迦堂と歩夢は「敗者がいては味が悪かろう」と出席を辞退していたが、馬莉愛は二人の分までテーブルに並んだ料理を食べまくっていて。

自分が想像していたよりも遥かに多くの人たちが、あいの就位を祝ってくれていた。

でも……。

——いないよね。やっぱり。

あいの心の一番大きな場所を占める三人の顔は、この広い会場のどこを見ても、見つけることはできなくて。

落ち込むことはなかった。

その三人と顔を会わせる場所は……ここではないと知っているから。

『それではここで！　雛鶴新女流名跡に質問☆タ〜イム！』

就位式の司会を買って出てくれた鹿路庭《ろくろば》珠代《たまよ》女流二段が、マイクを握って明るい声であいの隣に躍り出る。

『次の目標を教えていただけますかぁ？　やっぱり複数冠を？　目指すは新たに創設される女流順位戦の初代タイトル保持者でしょうか⁉』

「いいえ。女流タイトルは一つあれば十分なんです」

『…………はぇ？』

鹿路庭が意外そうな声を上げる。

会場もザワつき始めた。

しかしあいは構わず喋り続ける。

「女流タイトルを獲ればプロ棋戦に出場することができます。わたしは女流棋士として、プロ棋士と公式戦で将棋を指して、勝ち続けます」

強くなれ。

強くなれば道が開ける。

その言葉だけを道標として強くなったあいは今、自分の手の中にある就位状という名の切符を掲げて、新しい道を進むと宣言していた。

目の前に集まったプロ棋士どもを蹴散らして進むと。

あいは今、この場に集まった全ての将棋関係者に宣戦布告をしていた。ステージ上で就位状を授けてくれた月光聖市会長が凍えるような闘気を放ち始める。それまでステージの下で笑顔を浮かべていたプロ棋士たちの視線が、槍《やり》のようにあいを刺す。

「勝ちます。誰が相手だろうと」

怯まずに、雛鶴あい女流名跡は言い切った。

「そして最短最速で編入試験を受けて、プロ棋士になる。これがわたしの次の目標です」

あとがきに代えて――『声の話』

私の母は呼吸器に障害を抱えていました。

高校二年生の頃に交通事故で大怪我を負った母は、顔や喉に大きな傷ができ、さらに声帯や気管も潰れてしまったため、健常者よりも息を吸える量がとても少なく、毎日が苦しそうでした。

傷跡は手術によってそれほど目立たなくなったのですが、一つだけ、他人にもわかる事故の痕跡が残りました。

それは声です。

母は大きな声が出せず、常にかすれた感じの声になっていたそうなのです。

そうなのです……というのは、私にはそれが全く理解できなかったからです。

不思議なことに、一人息子の私だけは、母の声が普通と違っているということが全く理解できませんでした。

かすれているようにも聞こえませんでしたし、小さいとも思いませんでした。母の声はどこにいてもきちんと聞き取ることができました。

聴力が異常に発達した……というならラノべっぽくてかっこいいのですが、おそらく普通だと思います。

母の声だけを、はっきりと聞き取ることができるのです。

なので、たまに母に向けられる無邪気な悪意……母の声を聞いた人々が、笑いながらわざとかすれた声を出すような場面に遭遇しても、それが何を意味しているのかすぐには理解できないことが多かったです。

後になって母が悲しそうに泣いていても、私はそういった悪意を向ける人々を激しく憎むというようなこともありませんでした。

「だってお母さんの声は、ぜんぜん変じゃないもん」

そう、心の底から言うことができたから。

すると母は泣き止んで、こう言ってくれました。

「きっと神様が、お母さんの声をはっきり聞くことができる子を授けてくださったんだね」

母が亡くなって5年半。

その声は今もはっきりと耳に残っています。

健常者である自分にとって、不自由なものを抱えるキャラクターを書くことは、とても難しいと感じています。

物語に登場させないという選択もあるでしょう。

それでも本作にそういったキャラクターを登場させたのは、やはり母の影響があるのだと思います。

子供を育てるようになって、改めて母の偉大さを痛感しています。

女手一つでいったいどうやって私を育ててくれたのか……しかも不自由な身体で。

社会的には弱者として扱われた母でしたが、だからこそ、考えられないような強さを持っていたと感じるのです。

そういった強さを表現できる作家になりたいと、私は思います。


さて！　今回は監修の『西遊棋』の先生方に加えて、コンピュータ将棋《しょうぎ》開発者の方々からもご助力をいただきました。

特に第四譜の歩夢《あゆむ》と山刀伐《なたぎり》の将棋は、将棋ソフト『水匠』の開発者であるたややんさんに、『水匠5』と『dlshogi』を対局させたものの中からこちらのオーダーに合った棋譜をいくつか抽出していただきました。他にも『きのあ将棋』の山田さんからも、ストーリーに合った将棋ソフトの棋譜についてご推薦いただきました。

これらは特定非営利法人『AI電竜戦プロジェクト』への寄付のリターンとして受け取ったものです。寄付のリターンに棋譜をもらうという（笑）。

また、『人造棋士18号』のたまさんと、『やねうら王』の磯崎さんには、将棋ソフトの現状と今後の予測についてレクチャーしていただきました。

本当にありがとうございます。そして引き続きよろしくお願いいたします！


将棋ソフトが生み出す棋譜をどのように咀嚼するか、棋士たちも日々格闘していますが……

それは将棋を文字で表現する作家にとっても同様です。

私は観戦記者が人間同士の対局を見て生み出した文章に感動して『りゅうおうのおしごと！』を書き始めました。棋士の姿と、棋譜という数字と記号を記録したものをもとに、こんなにも熱い戦いを描くことができるのかと。

将棋ソフトは今、すごい棋譜をどんどん生み出しています。ならばこの棋譜と、私の生み出したキャラクターを組み合わせることで、もっと熱い物語を書けるのではないか？

コンピュータは感情を持ちませんが、人類はその棋譜を見ても感動できる、優れた感性を持っています。

自然が生み出した宝石を人の手で加工することで美しくできるように、コンピュータが生み出した棋譜という原石をどこまで美しく、熱く、加工することができるか。

残された幸せな時間で追究していきたいと思っています。

感想戦

『ポートライナー』という名前のその乗り物に乗ったのは初めての経験だった。もちろん存在は知ってたんだが……。

「世界初の無人運転システムなのよ」

窓際の座席に座った天衣《あい》は誇らしげに言った。

俺《おれ》たち以外に誰《だれ》も乗っていないその電車みたいな乗り物は、神戸三宮《こうべさんのみや》とポートアイランドを繋《つな》ぐ交通機関だ。終点は神戸空港。

いつも乗る電車は海と併走するが、この乗り物は海へと向かって走っていく。

「モノレール……なんだよな？　これ」

窓の外には海峡を隔てた島の姿がはっきりと見えた。

実は高いところがちょっと苦手な俺は、まるで海の上を走ってるかのようなその乗り物に恐怖を覚えつつ尋ねる。

「電車でもモノレールでもない。だから『新交通システム』と呼んでるわ」

「どっちでもないのかよ……」

「そもそも今から向かうポートアイランド自体が日本で最先発のウォーターフロントであり、建造当時は世界最大の人工島だった。知らないの？」

「んなこと言われても、俺の生まれる前からあるんだろ？　まあ神戸が凄《すご》いのはわかったけどさ……」

「そうよ。神戸には世界初や世界一がいっぱいあるの」

誇らしげに天衣は言った。子供っぽいその姿を見て、ちょっと安心する。俺の知っている夜叉神《やしゃじん》天衣だ……。

「……いい加減、教えてくれないか？」

痺れを切らして尋ねる。

「晶さんは会社のサーバーを使って女流棋士に最新の将棋《しょうぎ》ソフトが使える環境を提供するって言ってた。お前は番勝負を通してそのデモンストレーションをしてたんじゃないのか？」

「続けて？」

「つまり……家庭用のパソコンを使うよりも、お前の会社と契約したほうが強くなれると証明しようとしたんじゃないのか？　この国ではまだ、企業が本気で将棋ソフトの開発に取り組んだことはない。不動産会社は隠れ蓑で、お前が本当にしようとしてるのは――」

「立って。次で降りるわ」

「お？　おう……」

追い立てられるように歩きながら、チラッと見えた駅の名前は――

『計算科学センター駅』

珍しい名前だと思っていると、天衣が先を歩きながら教えてくれる。

「名前がコロコロ変わるのよ。前は『京コンピュータ前駅』だったわ」

「けい？　……コンピュータ？」

どっかで聞いたような気がしたが、思い出せない。

「さっきも言ったけど、私はそれほど自惚《うぬぼ》れてはいないの」

駅直結の建物の中に俺を誘いつつ、天衣は喋《しゃべ》り続ける。

「自分は世界で一番の将棋の天才だって信じてるわけじゃないし、あなたが私のことを世界で一番愛してくれるようになるとも思ってない。ただ、知っているだけ」

「何を？」

「世界で一番の将棋の天才はあなたで、あなたが本当に愛してるのは人間じゃないって」

「…………」

「どれだけ逃げても、どこへ行っても、あなたは結局……将棋《ここ》に戻ってくる」

建物の奥へ奥へと天衣は歩いて行く。

俺は無言でその後に続いた。

「私はね？　自分を信じてなんかいない。将棋を信じてるの。だから安心して離れていられるのよ。誰も見たことのない将棋を指せば、あなたはそれに夢中になってしまうから」

「そ――――」

そんなことない！

……そう、言おうとした。けれど途中でその言葉を飲み込む。

「…………」

確かに俺は今までずっとそんなことを繰り返してきた。

そして今も、あいと仲直りできる最高の機会を棒に振ってでも、天衣のところに駆けつけてしまっている。

「港湾業から身を起こした夜叉神家はポートアイランドの建設に深く関《かか》わっていたわ。そしてこの計算科学研究機構を誘致する際にも、資金援助を含めて様々な工作をした」

要するに、と天衣は言葉を続ける。

「『京』は夜叉神家が援助してここに建造したのよ……かつて世界一だったスーパーコンピューターを、ね？」

「……！」

そうかスパコンだ。

てっきり東京《とうきょう》にあるもんだと思ってたが……それが神戸の、しかもここポートアイランドにあっただなんて……。

「私のお父様とお母様は東京の大学で出会った。将棋部で出会い、偶然同じ学部の同じ学科だということで親しくなっていったの」

「同じ……学部？」

ぐにゃりと世界が歪《ゆが》んでいくのを感じた。

いや逆だ。

今まで俺が見ていた世界のほうが歪んでいたんだ。

俺は将棋を中心に世界を見てしまう。当然だ。俺はプロ棋士で、将棋を指すことが仕事なんだから。

しかし……天衣の両親はアマチュアだった。つまり将棋以外の仕事を本業としていたのだ。

もしかしてあの墓は、娘を……神戸の街を見守っているんじゃなくて。

もっと……別のものを見るために、あの丘の上に建てたんじゃないのか？

「そうよ」

俺の思考を読んだかのように黒衣の少女は頷《うなず》いて。

ピッ。

掌紋で生体認証を完了すると、天衣は研究所の一番奥にある部屋へと足を踏み入れた。

「お父様とお母様はここで働いていたの。次世代スーパーコンピューターを作るために」

そこにあったのは――――真っ黒な物体。

丘の上に建っている墓標と同じように、黒く、四角く……けれど墓標よりも遙《はる》かに巨大な筐体《きょうたい》が、整然と並んでいた。

「筐体の数は四三二台。その中に納められた十五万個以上のＣＰＵを接続して構成する巨大なコンピューターシステムよ。現時点でも、そして今後しばらくは、これ以上の計算機は地球上に存在しない」

　まるで墓場のようなその部屋の中央に立って、黒衣の少女は言う。

「世界最速の次世代スーパーコンピューター――《淡路》」

　黒い筐体に優しく触れながら、天衣はその名を呼んだ。

「私と同じ、お父様とお母様の愛の結晶……つまり姉妹《しまい》ね。私の」

「淡路……？」

「国産神話で最初に産まれた島の名前よ。イザナミとイザナギが天の御柱の周囲を回って出会い、初めて産み落とした」

　このポートアイランドからもはっきりと見えた島の姿を思い起こしながら、俺の頭は他のものにずっと支配されていた。天衣が指した十局の将棋……。

　その答えが目の前にある。

　人類が手にした未来の計算機。それが、俺の求める答えだったのだ。

　たかがボードゲームを解析するために世界一のスパコンを使うなんて、普通だったら子供の妄想と切って捨てるだろう。

　しかし俺は信じた。証拠があったから。

女王戦と女流玉座戦《じょりゅうぎょくざ》で天衣が指した将棋。

あれは間違いなく――未来から齎《もたら》された将棋だったのだから。

「天衣……お前、まさか……これを使って……？」

「あは！」

未来をその手にした少女は、バックステップで素早く黒い筐体の後ろに隠れると、顔だけをこっちに出す。

悪魔のように可憐《かれん》に微笑《ほほえ》みながら。

「さあ……この手を取って。八一《やいち》」

暗黒の向こう側から小さな手を伸ばし、夜叉神天衣は俺の名を呼んだ。


「私と一緒に、百年後の将棋を創りましょ？」

ファンレター、作品の
ご感想をお待ちしています

〈あて先〉

〒106－0032
東京都港区六本木2－4－5
SBクリエイティブ（株）
GA文庫編集部 気付

「白鳥士郎先生」係
「しらび先生」係

**本書に関するご意見・ご感想は
右のQRコードよりお寄せください。**

※アクセスの際に発生する通信費等はご負担ください。

https://ga.sbcr.jp/

りゅうおうのおしごと！ 16

発　行　　2022年4月30日　初版第一刷発行
著　者　　白鳥士郎
発行人　　小川　淳

発行所　　SBクリエイティブ株式会社
〒106−0032
東京都港区六本木2−4−5
電話　03−5549−1201
03−5549−1167（編集）

装　丁　　木村デザイン・ラボ

印刷・製本　中央精版印刷株式会社

ISBN978-4-8156-1502-4
Printed in Japan　GA文庫